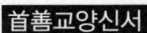首善교양신서

영미문학입문

British and American Literature

정병조 · 이재호 · 이영옥 · 정진수 공저

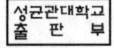성균관대학교
출 판 부

머리말

이 책의 특징은 英國文學史와 美國文學史가 같이
수록되었다는 점일 것이다. 入門書이니 만큼 독자들
이 흥미를 느낄 수 있도록 서술해야 한다는데 필자
들은 의견의 일치를 보았다. 그러면서도 중요한 作
家와 作品에 악센트를 주도록 유의했다.

英文學史는 시대순으로 즉 詩를 제일 먼저, 그 다
음에 드라마, 그다음에 小說순으로 배열했고, 마지
막에 美國文學史를 하나로 묶어 기술했다.

참다운 文學史란 작품을 읽음으로써 형성되는 것
이지, 文學史 책을 아무리 읽어봤자 수박 겉핥기에
지나지 않는다. 그러므로 독자는 英美文學의 흐름이
대충 어떠하며, 어떠한 大家들이 있고 또 걸작들이
있는지 그 윤곽을 파악하고 나서 자기가 흥미를 느
끼는 작가와 작품을 읽음으로써 첫 여행의 길에 올라
야 할 것이다.

英美文學을 공부하는데 도움이 되는 사전으로는
*Oxford Companion to English Literature*와 *Oxford
Companion to American Literature*가 있으니 활용하
면 좋은 결과를 맺을 것이다.

1983년 1월 10일

목   차

머리말

I. 영국시

이재호

1. 序 論

현대 서구의 지적·종교적 기초는 지중해를 둘러싼
지역에서 B.C. 800에서 A.D. 900년까지, 즉 1200년
에 걸친 시기에 형성되었다. 이 고대세계(Ancient
World)의 문학은 헤브라이어, 희랍어 및 라틴어 세 언
어로 씌었다. 서양문명을 헬레니즘(Hellenism)과 헤브
라이이즘(Hebraism)의 융합이라고 말하는데, 특히 문
학적 측면에서 보면, 희랍정신과 성서(the Bible)[1]가
두 주축을 이루고 있다. 호메로스(Homeros)의 『일리아
스 *Ilias*, 〔영〕 *the Iliad*』와 『오뒷세이아 *Odysseia*, 〔영〕
the Odyssey』는 최초의 희랍정신의 기록인 동시에 최
초의 희랍문학이면서 최초의 서사시(epic)였다. 그후
희랍, 헤브라이 및 로마의 독립된 발전과 상호 작용
과 최종적 융합이 드디어는 아우구스티누스(Augusti-
nus, 354—430, 초기 그리스도 교회의 지도자)에서 수렴
(收斂)하게 된다. 즉 우리는 아우구스티누스에게서 고
대 희랍인의 지적 정직성과 호기심, 그리고 로마의
사회적 진지성과 질서의식을 볼 수 있다. 또한 헤브
라이인들이 느꼈던 인간의 불충분함과 신(神)의 전
지적 정의(正義)를 발견할 수가 있다.

혼히 제프리 초오서(Geoffrey Chaucer, 1340—1400)를
영문학의 아버지라 부르지만, 영문학은 그 보다 훨씬

---
1) 구약은 헤브라이어, 신약은 희랍어로 씌어짐.

오래전에 시작되었었다. 영문학의 두 지류(支流) 중
첫째 지류는 어두운 분위기의 앵글로-색슨 문학이며,
둘째 지류는 노르만인들이 프랑스에서 가져온 밝고
명랑한 문학이있다. 초오서는 이 두 전통을 병합시
켰던 것이다.

영어(the English Language)는 그 발달사에서 세 가
지로 구분된다.

고영어(古英語 : Old English=Anglo-Saxon 700-1100)[2]

중기영어(中期英語 : Middle English, 1100—1500),

근대영어(近代英語 : Modern English, 1500—).

고영어(혹은 앵글로-색슨어)는 5세기에 이르러 로
마제국이 분열되어 로마군이 영국에서 철군한뒤 그들
대신 새로 이주해온, 게르만계의 앵글로-색슨인들의
언어였다. 고영어는 현대의 영국인들 조차도 외국어
처럼 여겨질 만큼 낯설지만, 초오서의 영어인 중기영
어는 전체적인 뜻은 대충 알수 있을 정도이다. 셰익
스피어(Shakespeare, 1564—1616)의 영어는 근대 영어
(Modern English)에 속한다. 영국이 가장 자랑할 수
있는 것을 하나로 말하라고 한다면 바로 영어라고 말
할 수가 있다. 영문학을 초월하여, 영어는 전세계에
절대적인 영향을 끼쳤으며 앞으로도 끼칠 것이다. 엘
리자베쓰조 때에는 유럽의 한 지방의 언어에 지나지
않았던 영어가, 약 4백년 후인 지금 세계의 언어로
통용되고 있다.

---

2) Old English를 고대영어라고 번역하는 사람도 있으나, 서양
사에서 고대는 A.D. 476년 로마제국이 멸망할 때 까지이며,
고로 Old English는 서양사에서는 중세에 속한다. *The Oxford
Anthology of English Literature*, Vol I.에서도 중세문학
에 분류되어 있다.

영문학의 정수(精髓)는 시이며, 영문학사적으로 보아도 가장 오래된 문학 장르이다. 희곡(drama)은 15세기에, 그리고 에세이(escay)는 16세기의 베이큰(Bacon)에서 비롯되었고, 소설(novel)의 역사는 250여년에 지나지 않는다.

「인도와도 셰익스피어를 바꾸지 않겠다」고 말한 토머스 카알라일(Thomes Carlyle, 1795—1881, 평론가, 역사가); 「영국은 그의 시보다 더 찬란한 것이 없다 (By nothing is England so glorious as by her poetry)」라고 말한 매슈 아늘드(Matthew Arnold, 1822—88, 시인, 비평가); 「내 생각엔 영시보다 앞서는 시는 없을것 같다」고 말한 유명한 프랑스 비평가 텐느(Hyppolyte Adolphe Taine, 1828—93)의 말을 보아도, 영시의 우수성은 가히 짐작하고도 남음이 있다. 그러나 영시의 역사는 시간으로 재어보면 별로 오래지가 않다. 작자미상(作者未詳)인 영문학 최고(最古)의 영웅서사시 『베오울프 Beowulf』는 7세기경에 쓰어진 것이며, 현존하는 수고(手稿, manuscripts)는 10세기경의 것이다. 영문학의 가장 오래된 작품, 즉 앵글로·색슨족의 정신을 가장 잘 표현하고 있는 3,182행의 『베오울프』가 발견된 것은 순전히 기적적인 우연에서 였다. 유일한 현존 수고는 1705년 로버트 코튼경(卿)(Sir Robert Cotton)의 소장품(所藏品)에서였고, 1731년에 발생한 대영제국박물관(The British Museum)화재 때 간신히 파멸을 면했었다. 바꿔 말하면, 『베오울프』가 기록된지 1200년 이상이 지나서야 비로서 옛날 바다를 항해하던 전사(戰士)들에 관해 우리는 읽을 수가 있게 된 것이다. 10세기 말경의 수고가 남아있

긴 하나, 실은 훨씬 오래전 부터 궁정시인(宮廷詩人) 들에 의해 전래되어 오던 것이었는데, 이야기는 독일 의 『니벨룽겐의 노래 *Niebelungenlied*』와 닮은, 스칸 디나비아의 옛 영웅전설에서 따온 것이다.

2. 베오울프와 앵글로-색슨 抒情詩

베오울프

제 1 부 : 덴마크왕 호로쓰가르(Hrothgar)는 대궁전 헤오로트(Heorot)를 지어 매일밤 주연을 베푸는데, 늪에 사는 거대한 괴물 그렌델(Grendel)이 이 궁전을 습격하여 용사 30명을 죽인다. 매일밤의 공격으로 이 궁전은 인기가 떨어지면서 12년이 지났다.

남 스웨덴에 사는 예이츠 족의 왕자 베오울프는 그 소문을 듣고서 14명의 용사와 함께 바다를 건너 왔다. 밤에, 격투 끝에 괴물의 한쪽 팔을 베었다. 다음날 밤, 그렌델의 어머니인 요마(妖魔)가 복수하려와서 자 기 아들의 팔과 귀족 한 사람을 잡아채 간다. 베오울 프는 추격하여, 그 괴물이 사는 호수 밑으로 헤엄쳐 들어간다. 자기가 가져간 칼로는 여괴물의 몸을 벨 수 없음을 알아차리고 그 호수밑 홀(舘)에 걸려있는 거대 한 고검(古劍)을 잡아 쥐고 그것으로 상대를 죽이지 만, 그 칼은 괴물의 독한 피로 인해 녹아버려, 칼집 과 그렌델의 목만 가지고 육지로 올라 온다.

제 2 부 : 고향에 돌아온 베오울프는 왕위에 오르게 되고, 50 년간 선정(善政)을 베푼다. 그런데 산의 묘지 에 살며, 돌더미 속에 숨겨져 있는 보물을 지키고 있 는 화룡(火龍, dragon)이 한 마리 있었다. 도망쳐 나온

노예가 보물을 훔쳐 달아났기 때문에 마침내 용은 화
가 치밀어 불을 입에서 내뿜으며 집을 태우고 국토를
황폐케 한다. 드디어 왕궁도 화를 입게된다. 노왕
(老王) 베오울프는 11명의 용사를 이끌고 용이 있는
곳을 향해 싸우러 나간다. 화염에 휩싸인 왕을 본 10
명은 숲속으로 도망쳐 숨어버리지만, 단 한 사람 위
글라프(Wiglaf)가 구원에 나서 용을 퇴치하나, 왕은
그만 부상을 입고 죽는다. 그리고 백성들의 슬픔 속
에 장엄한 화장(火葬)이 거행된다.

『베오울프』는 본래 전적으로 이교적인 괴물 정복의
영웅 이야기였으나 현존하는 형태로 변하는 도중 승
려의 손을 거쳐 기독교적 요소가 가미된 것으로 추
정된다. 신에의 찬미나, 악귀 모자(母子)는 구약성
서의 카인의 자손으로, 지옥의 악귀라는 설명과 병행
하여 무사의 영광과 복수의 의무를 강조하는 옛 게르
만 사회의 도덕관이 반복되며, 또 「운명(Wyrd)은 항
상 정해진 대로 이루어진다」는 유명한 1행에 나타나
있듯이, 이교적(異敎的) 숙명관이 전편에 넘쳐있다.
앵글로-색슨족이 말했던 언어는 근대영어와는 여
러모로 달랐다. 그들의 언어는 강한 강세(stress)와 많
은 자음으로 된 언어였다. 그들의 시는 각운(rhyme)
이 없었고, 두운(頭韻, alliteration)[3]을 애용했다. 후대
의 시와는 달리 각 시행은 두운을 중심으로 구성되었
다. 강세가 있는 음절 4개와, 그것에 따르는 약음
절로 되어 있고, 시행(詩行)은 반드시 중앙에서, 이

---

3) In a summer season when soft was the sun.
   —William Langland, *Piers Ploughman* 『농부 피어스』

분(二分)된 특이한 형식을 사용 했다. 또 kenning(代稱)[4]이라는 표현법을 즐겨 썼다. 또 근대 독일어에서처럼 복합어[5] 형성에 능숙했다.

고영어 시로는 『베오울프』외에 「방랑자 The Wanderer」, 「바다 나그네 The Seafarer」, 「브르난부르후 전투 The Battle of Brunanburh」, 「몰든 전투 The Battle of Maldon」, 「캐드먼의 찬미가 Caedmon's Hymn」, 「십자가의 꿈 The Dream of the Rood」등 짧은 시들이 남아 있다.

14세기 최상의 두운시의 약간은 단 하나의 수고(手稿) 속에 발견된 네편의 시다. 「진주 Pearl」, 「인내 Patience」, 「청결 Cleanness」, 그리고 『개웨인 경과 녹색기사 Sir Gawain and the Green Knight』이다. 그중 가장 매력을 끄는 것은 마지막 것으로, 이 시는 아아써 왕(King Arthur)의 기사중의 하나가 주인공으로 나오는 기사도 이야기 (romance)다. 「진주」는 두살도 채 되지 않은 딸을 잃은 시인이 꾼 꿈을 묘사한 아름다운 서정시로, 시인은 환상속에서 하얀 옷을 입은 딸이 천국으로 받아들여지는 장면을 본다.

또 14세기의 가장 인기있었던 시는 윌리엄 랭글런드(William Langland, c. 1362—c. 1387)의 사회 풍자적인 시 『농부 피어즈 Piers Ploughman』로, 내용은 중세에 흔했던 꿈이야기 형식을 빌린 우의시(寓意詩: allegory)이다[6].

이 시는 어느 5월의 아침 맬번 언덕 (Malvern Hills)

---

4) "바다"를 *hronrad*(=whaleroad), 태양을 woruld-candel(=world-candle)이라고 표현하는 것.

5) sea-walker=ship; war-adder=arrow.

6) 문학적 표현의 한 형식으로, 추상적 관념을 의인화(personification)하여 등장 인물로 만들어, 도덕적 교훈을 준다.

의 시냇물가에서 시인이 살포시 잠들었다는 유명한 귀
절로 시작된다. 그는 환상속에서 부자들과 가난뱅이
들, 일꾼들과 게으름뱅이들, 귀족들과 상인들, 타락
한 사제(司祭)들, 면죄부 파는 사람들과 광대들이 가
득찬 들판을 본다. 귀부인 「성스런 교회」(Holy Church)
가 그에게 나타나 최상(最上)의 것——「진리」(Truth)
를 찾도록 그에게 전한다. 시인이 어떻게 거짓(the
false)을 알수 있느냐고 묻는다. 진리를 찾는 사람들
에 대해, 노동의 신성함을 말하는 농부 피어즈가 진
리의 안내자가 되어주겠다고 자청한다. 농부 피어즈
는 참다운 기독교인의 상징으로 나타났다가 마침내
그리스도의 상징이 된다.

3. 캔터버리 이야기

서양의 중세를 이해하는 열쇠(key)이며 중세를 대
표할 수 있는 3대 저서를 꼽는다면, 단테의 『신곡
The Divine Comedy), 로리와 장 드 (Guillaume de
Lorris와 Jean de Meung)의 『장미이야기 Roman de la
Rose』와 초오서의 『캔터베리 이야기 The Canterbury
Tales』를 들 수 있다. 제프리 초오서(Geoffrey Chaucer,
1340?—1400)는 소위 "영문학의 아버지"라 불릴만치
영문학 사상 중요한 작가이다. 런던의 포도주 상인의
아들로 태어나 왕궁에 발을 들였고, 열 아홉살때 백
년전쟁에 출전하여 프랑스군의 포로가 되어 몸값을
치르고서 석방되었다. 귀국하여 외교의 임무를 띄고
프랑스 및 이탈리아를 방문하여 선진문화에 접촉할
수가 있었고, 이것이 그의 작품에 커다란 영향을 끼

치게 된다.

초오서의 창작은 3 기(期)로 구분되는데, 제 1 기가 프랑스기, 제 2 기가 이탈리아기, 제 3 기가 영국기로, 이 마지막 시기에 이르러 비로소 영문학 독특의 유모어, 또 세밀한 관찰과 구체적 파악으로 인생을 바라보고 기술하면서, 관대하고 따뜻한 마음을 가지고 인간의 결점을 용서하는 초오서의 기조(基調)가 형성되었다.

그의 만년의 걸작 『캔터버리[7] 이야기』는 이탈리아 작가 보카치오의 『데카메론』처럼, 우연히 함께 모인 사람들이 하는 이야기들의 집성(集成)이라는 형식을 취하고 있다. 『데카메론』[8]은 흑사병 때문에 어느 교외에 있는 교회에 모인 남녀 열사람이 하루에 한편씩, 즉 열흘에 100 편을 이야기 한 것을 모은, 단조롭고 정적인 구조를 가진 작품이다. 초오서의 이 화집(話集)은 단순히 재미나는 이야기들의 집성으로 그치지 않고, 화자(話者) 하나 하나의 성격과 인생관을 노출시키면서 다양하고 다채롭게 이야기를 전개시킨다.

꽃피는 4 월이 오자 영국 동남쪽에 있는 캔터버리 대성당[9]의 무덤으로 순례가기 위해 방방곡곡에서, 런던 템즈강 남안(南岸)에 있는 사저크의 타바드 여관에 스물 아홉명이 모여든다. 이들은 왕을 제외한 여러 전형(典型)들과 직업들을 대표하게끔 주의깊이 선택되어 있어 중세 영국의 각계각층을 총망라하고 있다. 이 순례자들에 대한 간단한 스켓치가 「전체 서시(全體 序

---

7) 영국 남부 Kent 주의 도시. 영국 국교 총본산의 소재지
　 (약 17,000행).
8) 「10일 이야기」란 뜻.
9) 순교자 토머스 아 베키트(St. Thomas à Beckett)가 묻힌 곳.

詩」(The General Prologue)에 생생히 묘사되어 있다.
시인의 눈은 날카로와 무엇 하나 놓쳐 보지 않는다. 여
관주인은 여행의 지루함을 달래기 위해 각 순례자가
캔터버리로 가면서 2편, 돌아오면서 2편의 이야기를
할 것을, 그리고 제일 이야기를 잘한 사람에겐 타바드
여관에서 저녁대접(순례자들한테서 걷은 돈으로)할
것을 제의한다. 그러나 초오서는 이 작품을 미완성
인 채로 남겨, 겨우 24편(단편(斷片) 둘을 포함하
여)밖에 쓰지 못하고 죽었다.

그의 작품의 특징으로 말한다면 묘사력이라 할 수
있다. 날카로운 관찰력, 임기응변의 위트, 예리한
유우머, 세목(細目)을 포착하는 능력. 그리하여 그는
영문학 사상 처음으로, 살아있는, 그림같이 선명하면
서도 재미나는 인물들의 화랑(畵廊)을 만들었다. 특
히 「전체 서시」는 가작인 동시에 영문학에 있어서 가
장 매력적인 초상화랑(肖像畵廊)이다. 또 동행자들의
악덕과 미덕을 다룸에 있어서 초오서는 너그럽고 친
절하고, 현명하고 온후하고 유우머러스하다. 이 인
간미야 말로 그의 귀중한 특색이 하나다.

『데카메론』의 정적인 구조에 반해, 『캔터버리 이
야기』는 순례자들이 말을 타고가면서 이야기하는 "움
직이는 무대"(moving stage)의 동적 구조를 가지고 있
다. 저자들은 다른 어떠한 화집에서 보다도 다양하
고 다채롭고, 자기 직업과 신분에 맞는 이야기를 한
다. 이야기 가운데에서도 서로 잡담을 하거나 혹은
말다툼까지 하고(그러므로써 그들의 성격을 드러낸
다), 또 이야기를 잘 못한다고 도중에 중지당하기도
하는, 매우 활기찬 상황이 그려져 있다.

초오서는 영국 동부 방언으로 글을 썼지만, 그의
작품의 영향으로 그의 언어가 급속히 표준어가 되었
기 때문에 많은 대중들이 오래도록 감상할 수가 있었
다. 즉 그가 영시(英詩)만을 창조한 것이 아니라 영
시어(英語)를 창조했다고 말해도 과언이 아니다. 그는
1400년에 죽어, 런던의 웨스트민스터 사원(Westminster
Abbey)의 「시인 묘소」(The Poets' Corner)에 묻히었으
며, 영국 최초의 「계관시인(桂冠詩人)」(Poet Laureate)
이다. 「전체 서시」의 첫부분을 인용해 보면 :

Whan that Aprill with hise shoures soote
The droghte of March hath perced to the roote,
And bathed every veine in swich licour,
Of which vertu engendred is the flour;
Whan Zephirus eek with his sweete breeth
Inspired hath in every holt and heeth
The tendre croppes; and the yonge sonne
Hath in the Ram his half cours yronne;
And smale fowelles maken melodye,
That slepen al the night with open eye,
So pricketh hem nature in hir corages:
Thanne longen folk to goon on pilgrimages,
And palmeres for to seken straunge strondes,
To ferne halwes cowthe in sondry londes.
And specially fram every shires ende
Of Engelond, to Caunterbury they wende,
The hooly blisful martyr for to seke,
That hem hath holpen whan that they were seeke.

4 월이 감미로운 소나기로
3 월의 가뭄을 뿌리까지 꿰뚫고
꽃피우는 힘을 지닌 물로
온갖 물관을 적실때
서풍(西風) 또한 감미로운 숨결로
모든 잔 나무숲과 히이쓰에서
부드러운 새싹을 움트게 하고 젊은 태양이
백양궁(白羊宮)의 반(半)코스를 달렸을 때 ;
그리고 밤에 뜬 눈으로 자는
(그렇게 자연은 그들의 마음을 설레게 한다)
작은 새들이 노래 부를때 :
이때 사람들은 순례를 가고 싶어하며
성지 순례자들은 여러나라에 있는
먼 이름난 성당을 찾아 낯선 해안을 헤매고저 한다.
특히 영국의 방방곡곡으로 부터
캔터베리로 사람들이 간다,
병들었을 적에 그들을 도와준
성스럽고 복된 순교자(殉敎者)를 찾아.

이밖에 『공작부인의 책 *The Book of Duchess*』, 『트로
이루스와 크리세이데 *Troilus and Criseide*』, 『새들의
회의 *The Parliament of Fowls*』, 『영예의 궁전 *The
House of Fame*』, 『선녀 열전(善女列傳) *The Legend
of Good Women*』등이 있다.

4. 엘리자베쓰朝 英詩

이 시대의 가장 주목할만한 특징은 경탄할 시의 개
화이다. 대륙의 르네상스의 영향이 150 년이나 늦게
이 섬나라에 다달았다. 이탈리아의 시형(詩形)을 모

방함으로써 영시의 새로운 길이 트였다. 이 이탈리아
시의 영향의 초기단계는 토머스 와이어트(Sir Thomas
Wyatt, 1503—43)와 서리 백작(The Earl of Surrey, 1517
—47)의 시에서 발견된다.

와이어트는 이탈리아 시인 페트라르카의 영향을
받아, 특이한 연애시에 소네트(sonnet) 형식을 썼다.
즉 남자는 신의있고, 초조해 하고, 아무런 희망이
없지만 사모하고, 일련의 관례적 이미지로 그의 연인
을 찬미한다. 반면 그 여인은 고자세이고, 사랑을
받아들이지는 않지만 사랑스럽다. 소네트 형식은 페
트라르카가 그의 애인 라우라(Laura)에게 바친 연애
시에서 비롯된 것으로, 이때문에 처음엔 소네트가
연애시란 말과 동의어(同意語)로 쓰였다.

엘리자베쓰조 시인들은 이러한 페트라르카풍(風)의
사랑을 모방했고, 그것을 표현하기 위해 소네트 형식
을 사용했다. 셰익스피어도 예외는 아니었지만, 그는
페트라르카풍(혹은 이탈리아풍)소네트를 셰익스피어
풍 소네트(Shakespearean sonnet)(혹은 영국풍)으로 발
전시켰다. 이 전형적 서정 시형은 그 유행이 강렬했던
만큼 또한 수명이 짧기도 했다. 당시의 소네트의 대
표적 시인으로는 시드니(Philip Sidney, 1554—86), 스
펜서(Edmund Spenser, 1552—99), 셰익스피어를 들 수
가 있다. 그러나 이 시형은 유행이 지나간 후 지금
까지 수백년 동안이나 영국시인들이 애용해 왔다.

서리 백작은 로마 시인 웨르길리우스(Vergilius, 〔영〕
Virgil)의 서사시『아이네이스 *Aineis*, 〔영〕*The Aeneid*』
를 라틴어로 부터 영역할때, 처음으로 무운시(無韻詩,
blank verse)를 썼다. 이 시의 형식 또한 그후의 영시

에 결정적 영향을 끼치게 된다. 무운시는 마알로우
(Christopher Marlowe, 1564—93)와 세익스피어를 비롯
한 수많은 엘리자베쓰조 시인들에 의해 시극(詩劇)에
씌었고, 오늘날 까지 많이 애용되어 왔다. 시극이 아
닌 장시(長詩)에도 이 무운시가 큰 업적을 남겼다. 예
를 들면 밀튼(Milton)의 『실낙원 *Paradise Lost*』, 키
이츠(Keats)의 『하이피어리언 *Hyperion*』, 테니슨(Ten-
nyson)의 『왕의 목가 *The Idylls of the King*』등이 있
다. 요컨대 와이어트와 서리백작은 그들 자신이 쓴
시보다도 그들이 출발시켰던 전통으로 인해 불후의
위대한 업적을 남기게 된 것이다.

에드먼드 스펜서(1522—99)는 초오서 이후 제일의
시인으로, 극에 있어서의 세익스피어와 더불어, 영국
르네상스의 정점을 이룬다. 「순수한 영시의 원천」인
초오서를 스승으로 모시고, 고어나 방언이 「시를 우
미하게 하며, 시에 일종의 권위를 준다」고 해서, 고
어나 방언으로 시를 써야한다고 주장했다. 그의 천재
는 자기 자신이 스스로를 화가에 비교하고 있듯이 회
화적인 성질을 가지고 있다. 그가 창시했던 시형식「스
펜서 시체(詩體)」(Spenserian stanza)[10]도 이야기에 보다
는 묘사에 적합하다. 이 형식은 아아써 왕 전설을 바탕
으로 하여 엘리자베쓰 여왕을 찬양한 『요정 여왕 *The
Fairie Queene*』(미완성)을 위해 그가 창안했던 것이었
다. 전편(全篇)의 구성은, 월터 로올리 경 (Sir Walter

---

10) 스펜서가 『요정 여왕』(*The Faerie Queene*)에서 사용했고 또
후에도 다른 시인들이 썼던 시체(詩體) ; 최초의 8行은 약강오
보격(弱强五步格), 최후의 1행이 약강육보격(弱强六步格), 즉
알렉산더 격 시행(格 詩行)(Alexandrine)으로 이루어진, abab
bcbcc의 압운형식(押韻形式)을 가졌다.

Raleigh)에 바친 서문편지에 의하면, 전 12권으로 이루
어질 예정이었던 것으로, 요정 여왕 글로리아나 (Glo-
riana, 「영광」을 의미하는 동시에 엘리자베쓰 여왕을
나타냄)는 매년 한번 대향연을 베풀고, 그 12일동
안에, 12미덕(美德)을 나타내는 12인의 기사(騎士)
를 하나씩 내보낸다. 기사들은 수업편력 중 각각 대
항하는 악을 나타내는 사람이나 괴물을 퇴치하여 공
을 세운다. 작품 전체는 이러한 모든 미덕을 완벽
히 갖추게 되는 "용감한 기사의 이미지"인, 왕자 아
아써(Prince Arthur)란 인물에 의해 통일된다. 스펜
서는 겨우 전반 6권을 완성했을 뿐으로, 제 7권은
단편만이 남아 있다. 그럼에도 이 서사시는 각권이
12가(歌)로 구성되어 있고, 각가는 평균 50연의 스
펜서 시체로 이루어져 있어, 총계 34,000행을 넘는
초대작이다.

  셰익스피어 : 「에이번강의 백조」(The Swan of Avon)
라 불리는, 엘리자베쓰조 영국이 낳은 세계 최대
의 창작가로, 1564년 4월 23일 영국 중부의 워리
크쉬어의 작은 타운 스트래트퍼드-어펀-에이번 (Strat-
ford-upon-Avon)에서 태어났다. 셰익스피어의 아버지
존(John)은 스트래트퍼드에서 장사를 했으며, 한때는
시장도 지냈다. 1557년 부농의 막내딸 메어리 아아든
(Mary Arden)과 결혼했고, 셰익스피어는 세번째 자
식이고 장남이었다. 그의 소년시대에 관해서는 거의
기록이 남아있지 않으나, 1571년경에 그곳에 있는
문법학교(Grammar School)에서 배웠다는 것은 확실하
다고 한다. 셰익스피어가 「약간의 라틴어와 보잘것
없는 희랍어(small Latin and less Greek)」밖에 몰랐다고

말한, 동시대 작가 벤 존슨(Ben Jonson)의 말은 그의 교육정도를 나타내는 말로서 유명하다. 1582년 18세에 여덟살 연상의 앤 해써웨이(Anne Hathaway)와 결혼, 5개월후 장녀 스잔나(Susanna)를 낳고, 1585년에, 쌍둥이인 장남 햄니트(Hamnet)와 차녀 주디쓰(Judith)를 낳았다. 그후 약 10년간 소식이 끊기는데, 셰익스피어가 언제 런던으로 나가, 어떻게 극장인이 되었는지는 불명이다. 17세기 전기작가 오브리(Aubrey)는 셰익스피어가 한때 학교선생을 했다고 말하고 있으며, 토머스 루시 경(Sir Thomas Lucy) 소유의 샤알러트(Charlotte) 사슴공원에서 사슴을 훔친 것이 발각되어 고향에 있을 수가 없게 되었다는 전설도 있다. 런던의 극장에서 고용되어 관객의 말을 돌보는 일을 했다는 전설도 있다.

어쨌든 1592년, 28살때 런던 극단에 혜성처럼 나타나 배우로서, 극작가로서, 선배들의 원한을 살 정도가 되었다. 그후 약 20년간 37편의 희곡과 2편의 장시 『웨누스와 아도니스 *Venus and Adonis*』(1593), 『루크레티우스의 겁탈 *The Rape of Lucrece*』(1594)와 『소네트 *The Sonnets*』154편을 썼고, 극단의 간부, 글로브 극장(The Globe)의 주주로서 돈을 벌어, 고향에 뉴 플레이스(New Place)란 대저택을 구입했고, 만년에 로맨스 극을 썼을 때 쯤부터 1616년 4월 23일, 52살의 생애를 마칠때 까지, 스트래트퍼드-어펀-에이번에 물러나 살았었다. 그가 죽고난 7년뒤인 1623년에 친구들의 손으로 폴리오판(folio, 二折判)전집이 출판되었다.

셰익스피어를 시인이라 말할때, 우리는 3편의 시

집을 쓴 셰익스피어만을 가리키지 않는다. 그의 희곡들은 많은 무운시 (blank verse)로 씌어 있으며, 극시인의 면모까지를 포함시켜 우리는 그를 시인이라 부르는 것이다.

그의 극작태도는 「자연에 거울을 비추는 것 (to hold the mirror up to nature)」이란 햄릿의 말에도 나타나 있다. 낭만파 시인 코울리지 (Coleridge)가 「백만의 마음을 가진 (myriad-minded)」이라고 말한 이 시인은 온갖 인간상의 성격묘사의 능력 혹은 재능, 탁월한 극작술, 깊은 통찰력을 갖고 있었다.

또한 그는 언어의 천재적 마술사였다. 그는 무식한 사람에서 유식한 사람까지 기쁘게 하는 능력을 갖고 있었다. 그리고 초기의 작품에서 로맨스 극에 이르기까지 일관하여 작자의 따뜻한 관용의 정신이 기조를 이루어, 아름다운 조화의 세계를 짓고 있다. 셰익스피어에 대한 끊임없는 애호는 왕정복고시대의 시인겸 비평가였던 드라이든의 한마디 말로 요약될 수 있으리라 : 「나는 존슨을 찬탄하지만, 셰익스피어는 사랑한다. (I admire Jonson, but I love Shakespeare.)」

다음 글은 셰익스피어의 『햄리트』 3막 1장에 나오는 유명한 독백인데, 무운시로 씌어진 것이다.

To Be, or Not to Be

To be, or not to be: that is the question:
Whether 'tis nobler in the mind to suffer
The slings and arrows of outrageous fortune,
Or to take arms against a sea of troubles,
And by opposing end them? To die: to sleep;

No more; and, by a sleep to say we end
The heart-ache and the thousand natural shocks
That flesh is heir to, 'tis a consummation
Devoutly to be wished. To die, to sleep;
To sleep: perchance to dream: aye, there's the rub;
For in that sleep of death what dreams may come
When we have shuffled off this mortal coil,
Must give us pause. There's the respect
That makes calamity of so long life;
For who would bear the whips and scorns of time,
The oppressor's wrong, the proud man's contumely
The pangs of disprized love, the law's delay,
The insolence of office, and the spurns
The patient merit of the unworthy takes,
When he himself might his quietus make
With a bare bodkin? who would fardels bear,
To grunt and sweat under a weary life,
But that the dread of something after death,
The undiscovered country from whose bourn
No traveller returns, puzzles the will,
And make us rather bear those ills we have
Than fly to others that we know not of?
Thus conscience does make cowards of us all;
And thus the native hue of resolution
Is sicklied o'er with the pale cast of thought,
And enterprises of great pith and moment
With this regard their currents turn awry,
And lose the name of action.

살 것인가 아니면 죽을 것인가

살 것인가 아니면 죽을 것인가, 이것이 문제다 :
포악한 운명의 돌팔매와 화살을
마음 속에서 참는 것이 더 고상한가?
아니면 고난의 바다에 대항하여 무기를 들어
반대함으로써 이를 근절시키는 것이? 죽는것은 잠드는 것 :
그 뿐이다 ; 만일 잠듦으로서 우리가 육체가 상속받은
마음의 고통과 수천가지 피치 못할 충격을
끝낼 수만 있다면, 그것이야 말로 열열히
원할 극치. 죽는것은 잠드는 것 ;
잠들면 아마 꿈꾸겠지 : 아 이게 곤란해.
왜냐하면 그 죽음이란 잠 속에서, 우리가 이 육체의 굴레를
벗어 났을 때, 어떤 꿈들이 찾아올 것인가,
이것이 우리를 주저케 한다. 이 때문에 불행을
한 평생 끌고 간다.
그렇지 않다면 누가 참으려하랴, 세상의 회초리와 조소,
압제자의 횡포, 세도가의 멸시,
업신당한 사랑의 고통, 법률의 지연,
관리의 오만불손, 참을성 있는 유력자가
천한 자로부터 받는 발길질을,
단 한자루의 단도로 스스로 삶을 결산할수 있는데도? 누가
지루한 인생아래 신음하고 땀 흘리며 짐을 지려 하랴,
사후의 무언가에 대한 두려움이 아니라면,
나그네 한번 가서 돌아온일 없는
미지의 나라가 의지를 망서리게 하고
우리가 알지 못하는 다른 것에로 날라가기 보단
차라리 우리가 겪는 저 환란을 참게하지 않는다면?

이리하여 생각은 우리를 모두 비겁자로 만들고
그래서 결심이란 본래의 빛깔은
사색의 창백한 빛깔 때문에 파리해지고
중대한 웅도(雄圖)는
이 때문에 가던 길이 비뚤어지고
행동이란 이름을 잃고 만다. [11]

5. 17세기 英詩

영시의 전통은 초오서, 스펜서, 세익스피어, 밀튼
으로 이어지는데, 밀튼을 전후하여 형이상학파 시인
들(Metaphysical poets)과 왕당파 시인들(Cavalier poets)
이 있다. "형이상학파 시인들"이란 존 단(John Donne,
1572—1631)을 중심으로 한 시인군으로, 종교시인으
로는 조오지 허어버트(George Herbert, 1593—1633),
헨리 보온(Henry Vaughan, 1622—95), 리처드 크래쇼
(Richard Crashaw, 1613?—49)등이 있고, 세속시인으
로는 앤드루 마아블(Andrew Marvell, 1621—78) 존 클
리블런드(John Cleveland, 1613—58), 에이브러햄 카울
리(Abraham Cowley, 1618—67) 등이 있다.

왕당파시인들은 벤 존슨(Ben Jonson, 1572—1637)의
깃발아래 모인 젊은 시인들로서, 로마 시인 호라티
우스(Horatius, B.C. 65—8), 카툴루스(Catullus, B. C.
c. 84—c. 54)같은 고전시인들의 찬미자였다. 그들의 정
신은 이교적이어서 찰라의 삶을 사랑했다. 그들 대부

---

11) 하나의 시(詩)로서 독립해서 존재할만큼 유명한 햄리트의 사
   대독백(四大獨白) 중의 제 3독백. 「햄리트」 3막 1장 56~
   87행.

분이 차알즈 1세 (Charles I)의 궁정에 속해 있었고, 왕에 대한 충성심 때문에 왕당파라 불리웠는데, 그들의 주 테마는 사랑이었다. 페트라르카의 영향을 받은 엘리자베쓰조 시인들의 "이상화된 사랑"(idealized love)이 아니라, 로마 시인의 "현재를 즐겨라"(*carpe diem*)라는 사상에 바탕둔 현실적 사랑이었다. 그들의 메시지는 여자와 자연의 미는 사라지니, 아름다움이 있는 동안 즐기라는 것이었다. 이들 시인의 공통점은 우아함, 경쾌하고 명랑함, 세련된 매너였고, 소박함과 슬픔이 깃든 시풍이었다. 이러한 시인들로는 군인이면서 궁정인이었던 토머스 캐어리(Thomas Carew, 1598—1639), 리처드 라블레이스(Richard Lovelace, 1618—58), 존 사클링(John Suckling, 1609—42)이 있었다. 로버트 헤리크(Robert Herrick, 1591—1674)는 시골 목사이고 궁정인은 아니었지만, 그의시 대부분이 왕당파 시풍이었던 까닭에 이들과 같이 분류되고 있다.

영문학에서 "형이상학"(metaphysics)이란 용어를 처음 쓴 사람은 시인겸 비평가였던 드라이든이며, 17세기초기의 일군의 시인들을 가리켜 "형이상학 시인들"(metaphysical poets)이란 용어를 쓴 이는 18세기의 시인겸 비평가 새뮤얼 존슨(Samuel Johnson)이었다.

형이상학시는 영문학 중 가장 풍요하고 폭넓은 문학의 하나이며, 이 시풍이 17세기 전반에 가장 활기가 찼을 때, 최고의 연애시·최고의 종교시와 더불어 가장 훌륭한 서정시·풍자시·목가시들을 낳았다. T. S. 엘리어트(Eliot)는 「형이상학 시인들 The Metaphysical Poets」이란 에세이에서 형이상학 시풍을

어떠한 체험도 소화시킬 수 있는 감수성의 메카니즘
으로 보았다. 감정과 이성을 분리된 상태가 아니라
혼연일체로 만들 수 있는 능력이라 보았다. 즉 사상
을 장미향기처럼 맡을 수 있거나, 타이프라이터 소음
과 요리냄새를 새로운 전체로 만들 수 있는 감수성
의 메카니즘으로 보아, 형이상학시를 「통일된 감수
성(unified sensibility)」의 시라고 격찬을 아끼지 않았
다.

그러면 형이상학시의 특징은 무엇인가?

첫째, 기상(conceit)이다. 형이상학시풍의 기상은
모든 지식(철학, 종교, 신학, 연금술, 지리, 과학 등)
을 동원하여 비관습적(unconventional)이미지를 구했
다. 그 결과, 새롭고 놀랍고 기지(機智)에 찬 효과를
내었다. 형이상학시는 본질적으로 기지의 시라고 할
수 있다.

둘째, 대화(dialogue)형식을 취하고 있다. 긴급한,
혹은 열띤 논의(argument)의 극적, 수사학적 형식을
취한다. 즉 시인이 애인에게 말을 하거나, 신(神)에게
말을 하거나 항의하는 것은 매우 돌연적이고 사적인,
구어적 어조(colloquial tone)로 시작된다. 그리고 논의
혹은 권유하는 형식을 취하기 때문에, 자연히 논리
적, 분석적, 혹은 심리적이 되기 마련이다. 시형식에
있어서도, 그당시 유행의 절정에 달했던 소네트와
는 다른, 복잡한 서정시의 형식이 그들의 마음에 들
었다.

세째, 단어는 그들의 정서의 지적 등가물(intellec-
tual equivalent)을 발견하려는 시도 때문에, 연상이 짙
지 않는 단어, 즉 정서를 함유하지 않는 단어를 택

했다. 그래서 상업, 과학, 공학, 신학, 지리 등의 용
어를 좋아했다.

비째, 리듬도 엘리자베쓰조의 시처럼 고전적 유산
혹은 음악의 필요성에 의해 암시된 것이 아니라, 의
미의 지배를 받는 리듬이었다. 그래서 귀에 거슬리
거나 거치르게 들리지만, 현대적 시점에서 보면 오
히려 규칙적인 스무우드한 리듬 보다도 활기차고 발
랄하고 극적인 효과를 발휘한다.

다섯째, 흔치 않은 구문 (syntax)을, 즉 압축된 생
략적 구문을 즐겨 썼다. 그 결과 난해성은 더할지
모르나, 의미의 탄력과 밀도가 생기고, 표현이 집약
적이 된다.

여섯째, 역설(paradox)[12]를 사용하여 자기의 주장
을 한층 강력히, 분명히 표현했다.

이와같이 고도로 복잡한 의미, 세심한 지적구조,
정교한 기상의 시들이, 깔끔한 규칙적인 시를 썼던
왕정복고기 및 18세기의 시인들에겐 좋은 평을 받을
리가 없었다. 그리하여 18세에 이르러서는 영웅시
체 2 행연구 (heroic couplet)[13]가 신(新) 고전주의 시의
매체가 된다.

형이상학시의 전개과정을 보면, 17세기 초반, 이
시풍이 유행했을 때 이외엔 제대로 평가받지 못했
다. 형이상학적이란 말은 18세기엔 비난의 말로 쓰
였고, 20세기에 이르러서야 그리어슨(Sir Herbert

---

12) 얼핏보기에 모순된듯 하나 잘 생각해 보면 진리(眞理)를 담
고 있는 것. 참조: Cleanth Brooks, "The Language of
Paradox," (*The Well Wrought Urn*).
13) 이 시형(詩形)으로 영웅서사시를 번역했기 때문에 "heroic"
이란 말이 붙게 된 것이다,

Grierson)과 T.S.엘리어트의 노력으로 좋은 의미의 용어가 된 것이다.

휴 케너(Hugh Kenner)교수는 그 당시 시인들과 현대시인들과를 매우 재미있게 비교했는데, 와이어트는 G.M.호프킨즈(Hopkins), 셰익스피어는 예이츠(W. B. Yeats), 카울리는 초기의 오오든(W. H. Auden)에 해당된다고 말하고 있다. 바꿔 말하면, 존 단은 17세기초에 현대의 엘리어트 같은 혁신적 역활을 맡았으며, 박식하고, 극적 스타일을 좋아하고, 압축된 표현을 사용하면서 엘리자베쓰조의 시적 관습을 타파하는데 앞장을 섰던 것이다.

존 단(John Donne, 1572—1631)은 런던에서 부유한 상인의 아들로 태어났다. 부유한 철물상이었던 아버지는 그가 4살때 죽었다. 어머니 엘리자베쓰는 극작가 존 헤이우드(John Heywood)의 딸이고, 순교한 토머스 모어 경(Sir Thomas More)의 조카딸이었다. 단의 동생 헨리는 신부를 감추어 주었다고 해서 뉴게이트 감옥에서 옥사했다. 셰익스피어보다 일곱살 아래인 그는 엘리자베쓰조인이지만, 그가 그후의 다른 형이상학 시인들과 함께 분류되는 까닭은 그의 시집이 그가 죽은지 2년만인 1633년에 출판되었기 때문이기도 하다.

휴 케너에 의하면 셰익스피어도 단을 알고 있었을 것이다. 그는 햄리트처럼 침울하고 매력적이며, 관절이 삐인 시대에 질서를 갈망하는 대학출신자였고, 세속적 행동과 시적 천재가 깊은 신앙과 혼합된 사람이었다. 옥스퍼드와 케임브리지 대학에서 교육받았지만, 그의 카톨릭 신앙때문에 어느 대학에서도 학위를 받지 못했다. 그 이유는 그의 시대엔 출세의 유일한 길이 영국국교(Anglican Church)를 믿는 것이었기 때문이었다.

1592년 그는 링컨 법학원에서 법률을 공부했으며, 그동안 정렬적이고 관능적인 그는 많은 연애시 (*The Songs and Sonnets*)를 썼고, 또 풍자시와 약간의 비가를 썼다. 벤 존슨은 단이 「25세가 되기전에 그의 최상의 시 전부를 썼다 (have written all his best pieces ere he was 25 years old)」라고 평했다.

1596년 24살때 방랑 군인으로서 월터 로오리와 에섹스를 따라 스페인의 보물함대를 찾아 스페인의 카디스(Cadiz)로, 그 다음 해엔 아조레스(Azores)로 원정을 떠났다. 26살의 나이에 베이큰 같은 최고의 관직에 오를 수 있는 자리를 얻었었다. 즉 국새상서 (The Lord Keeper of the Great Seal)인 토머스 에저튼 경 (Sir Thomas Egerton)의 비서가 되었다. 그러나 1601년 (29세) Jack Donne(세속적인 Donne의 별명)의 앤 모어(Ann More, 16세)와의 비밀결혼은 그의 공직생활에 종지부를 찍게 했다. 화가 치민 앤의 아버지 조오지 모어 경은 단의 파면을 요구했고, 두달 동안 그를 투옥시키기 까지 했다. 그다음 10년 동안 그는 아무런 희망도 없었고, 빈곤하게 시골에서 처가집 친척들과 함께 살다가, 런던으로 되돌아와 부유한 귀부인들과 왕의 총신들과 사귀었다. 병과 빈곤이 여러해 동안 계속 끈질기게 따라다녔고, 제임즈 1세 치하에선 국교도만이 승진할 수 있었음으로, 1615년 (43세) 그는 할 수 없이 성공회 목사가 되었다. 1617년엔 아내 앤이 열 두번째 애를 낳다가 죽었는데, 이 충격과 그의 기질적 병이 거의 전적으로 종교시를 쓰게끔 했다. 1621년(49세)에 단은 런던의 성 바오로(St. Paul's)사원의 수석사제(Dean)가 되어 죽을 때까지 10년 동안 재직했고, 그의 설교는 영국 설교웅변 중 가장 훌륭한 것에 속하며, 주로 쇠퇴(decay)와 죽음(death)에 관한 것이다. 헤밍웨이의 소설 『누가 죽었기에 조종(吊鐘)이 울리나 *For Whom the Bell Tolls*』는 그의 「명상」(Meditation) 제17장 1절에서 따온 것이다. 1631년 죽기 며칠전 그는 수의를 입고 초상화를 위해 포즈를 취했었다.

17세기는 여러 면에서 현대세계에 이르는 과도기였다. 청교도 혁명(Puritan Revolution)이 옛 생활방식과 분리시켰고, 과학과 함께 합리주의가 세력을 확장하고 있었다. 밀튼이 시를 쓴 것은 바로 이 시기였다. 그는 크롬웰(Oliver Cromwell)편에 가담했으나, 왕정복고(Restoration)로 결국 실패로 돌아갔고, 눈이 멀고 늙고 희망이 산산히 부서진 말년에 그가 젊었을 때 야심으로 품었던 서사시를 썼다. 처음에는 아아써 왕(King Arthur) 전설을 다루려 했지만, "인간의 타락"(The Fall of Man)으로 결정지었다. 그리하여 장엄한 문체(grand style)로 『실락원 *Paradise Lost*』(1667)를 썼다. 밀튼에서 르네상스와 청교도주의가 만나는데, 르네상스에 그의 넓은 교양과 고귀하고 아름다운 것에 대한 사랑을, 그리고 청교도주의에 그의 고상하고 근엄한 성격이 힘입고 있다.

존 밀튼(John Milton, 1608—74)은 셰익스피어 다음의 영국 제2의 작가라고 평가받고 있는데, 표현의 장엄함, 완벽한 조탁, 완성된 대작으로서의 균형감

이란 점에서는 『실락원』은 언제나 영문학사상 제일로
손꼽히고 있다. 그는 부유한 런던 공증인을 아버지
로 하여, 음악과 문학을 몹시 사랑하는 부모에게
서 태어났다. 성바오로 학교(St. Paul's School)를 거
쳐, 케임브리지 대학교의 크라이스트 칼리지에 다녔
는데, 얼마나 그의 용모가 아름답고 마음이 순결했
던지 "크라이스트 칼리지의 귀부인"(Lady of Christ's)
이란 별명이 붙을 지경이었다. 케임브리지에서 교육
받은 그는 당시의 고전주의 전통(라틴어, 희랍어와
외국어들의 칼리큘럼) 속에서 자랐다. 대륙을 여행한
후 청교도들의 열렬한 추종자가 되었고, 크롬웰 치하
의 공화국(Commonwealth)에서 라틴어 비서관 (Latin
Secretary)으로 봉직했다. 그의 임무는 외교문서의 라
틴어를 번역하고, 또 라틴어로 답장을 쓰는 것이었
는데, 이것이 그의 시력을 몹시 악화시켰다.

이때가 밀튼의 가장 논쟁많은 저술의 시기였다.
「아레오파기티카 Areopagitica」에서 그는 언론자유를
주장하면서도, 카톨릭신자들에겐 그런 자유를 거부
했다. 이어 또한 그는 이혼론을 주장했는데, 그것은
그의 불행했던 결혼생활에서 나온 것이었다. 1649년
차알즈 1세가 처형된 후 올리버 크롬웰이 새 정부
를 세웠다. 시민의 자유가 약속되긴 했어도 이 정부
의 지도자들은 가장 관용성이 없었다. 그래서 백성
들은 다시 왕을 그리워 했다. 드디어 크롬웰이 절대
지배자가 되었다. 역사의 아이러니중의 하나는, 크롬
웰이 스튜어트 왕가의 폭정을 끝장내기 위해 봉기했
다가 자기자신이 폭군이 된 것이다. 마침내 1652년
(44세)에 밀튼은 눈이 멀게 되었다. 1658년 크롬웰

이 죽고 난 후 아들 리처드가 정부의 고삐를 잡았지
만, 전국적 소요와 군주정치를 요구하는 민중의 고
함소리가, 1660년에 차알즈 2세를 왕위에 올려놓았
다. 차알즈 2세는 1649년의 그의 아버지의 죽음에 책
임있는 모든 사람들의 처벌을 고집하지 않았다. 그래
서 밀튼은 죽음을 면했고, 계속 살아서 청교도 정신
에서 나온 그의 가장 위대한 서사시『실락원(失樂園)』
(1667)을 쓰기에 이르렀다.

이 서사시의 속편으로,『복락원 Paradise Regained』
(1665~6)이 있는데, 악마와 그리스도와의 대화응
수를 중심으로 광야의 단식의 장면을 다루고 있다.
즉 그리스도가 사탄의 유혹을 물리침으로서, 아담
과 이브가 잃어버렸던 낙원을 회복한다는 내용이
다. 이밖에도, 케임브리지 대학교의 급우였던 에드
워드 킹(Edward King)이 난파 익사한 것을 슬퍼하는
비가「리시더스 Lycidas」(1637)를 썼는데, 이 시는 셸리
(Shelley)의「어도네이스 Adonais」와 아아늘드(Arnold)
의「서어시스 Thyrsis」와 더불어 영문학상의 3대
목가조 비가(pastoral elegy)라 불린다. 또 가면극
『코머스 Comus』(1634)를 썼다.『실락원』은 근대 언
어로 씌어진 가장 위대한 서사시로 여겨지고 있
다.

『실락원』(전12권, 10,000行):

Ⅰ. 지옥에 떨어진 대악마(Satan)는 불타는 호수위
에서 제정신을 차리고서, 자기의 추종자들을 모아서
복마전(Pandemonium)을 건설한다.

Ⅱ. 회의의 장면에서 신이 새로 만든 신세계를 침

략하려는 결의가 채택되고, 사탄이 단신으로 탐색에
나선다. 지옥의 문을 지키는 죄(Sin)와 죽음(Death)
을 감언이설로 속여 문밖으로 나가 혼돈계(Chaos)를
지나 위로 날아간다.

Ⅲ. 신은 사탄의 계획을 알아차리고, 천사들에게
사탄의 성공과 인류의 타락을 예언한다.

Ⅳ. 사탄이 자기의 현재의 역경에 대해 탄식한다.
에덴동산이 묘사되어 있고 밤에 꿈속에서 이브(Eve)
를 유혹하려하나, 지키고 있던 천사들에게 쫓겨난
다.

Ⅴ. 신은 대천사 라파엘을 보내어 두 사람에게 경
고한다. 아담의 요구에 응해, 라파엘은 어떻게 왜 사
탄이 자기 동료인 천사들과 함께 반역행위를 일으켰
는지 이야기 해준다.

Ⅵ, Ⅶ. 라파엘은 신군(神軍)과 마군(魔)과의 싸움에
관하여, 하나님의 아들이 사탄의 무리들을 공격하여
천국에서 그들을 내몰아 바다속으로 뛰어들게한 이
야기를 계속한다.

Ⅷ. 지혜의 나무와 아내 이브에 관하여 아담이 추
억을 말한다.

Ⅸ. 사탄은 뱀(Serpent)이 되어 홀로 있는 이브를
유혹하고, 이브는 드디어 지혜의 나무의 열매를 따
먹는다. 아담은 이브에 대한 애정때문에, 차라리 둘
이 멸망하기를 택하여, 기꺼이 그 열매를 먹는다.

Ⅹ. 아담과 이브에 대해 신이 선고를 내린다. 한
편 사탄은 지옥으로 돌아가, 자기의 원정이 성공하
여 목적을 이루었음을 타락천사들에게 보고한다. 기
쁨의 절정에서, 사탄과 그의 천사들은 뱀으로 변신

된다.

XI. 천사 미카엘은 신의 천사로서 찾아와, 노아의 홍수까지의 인간의 미래를 환상으로 아담에게 보여준다.

XII. 미카엘은 구세주의 강림과 육화와 죽음과 부활과 승천에 관해 이야기 하고, 제 2 의 강림때까지의 교회의 부패상을 예언한다. 아담과 이브는 에덴 동산을 떠난다.

6. 王政復古期 및 18세기 英詩(1660—1798)

밀튼의 시대에 또한 하나의 뚜렷한 움직임이 있었는데, 그것은 현대적인 줄거리로 간결하면서도 단순한 시를 쓰려는 노력이었다. 그리고 그들의 시의 매체는 영웅시체이행연구(英雄詩體二行聯句 : heroic couplet)[14]였는데, "영웅시체"(heroic)란 이름이 붙게 된 것은 18세기에 고전(古典)영웅서사시를 번역할때 이 시형을 즐겨 썼기 때문이었다.

이 시형을 주요한 시형식으로 확립시킨 것은 왕정복고기(1660—1700)의 존 드라이든(John Dryden, 1631—1700)이었지만, 이 시형은 초오서(참조 *The Canterbury Tales*)에서 비롯하여 엘리자베쓰조를 거쳐 에드먼드 월러(Edmund Waller, 1606—87)에 이르러 틀이 잡혀 고정되고, 18세기의 앨리그잰더 포우프(Alexander Pope, 1688—1744)에 이르러 완벽의 경지에 이르렀다.

드라이든은, 시인으로서는 화란 함대와의 해전이나

---

14) 약강 5 보격으로 각 연이 aabbcc등으로 이어지는 시형.

런던대화(1666)를 다룬 장시 『경이의 해 *Annus Mira-bilis*』(1667), 왕위계승의 정치사사건을 다룬 풍자시의 걸작 『압살롬과 아키토펠 *Absalom and Achitophel*』(1681), 동물의 우화형식으로 카톨릭교회와 영국국교와의 대립을 그린 풍자시『사슴과 표범 *The Hind and the Panther*』(1687), 서정시의 명작「알랙산더 대왕의 향연 Alexander's Feast」(1697)을 썼고, 1668년에서 1688년 까지 계관시인으로 있었다.

극작가로서는 『그라나다의 정복 *The Conquest of Granada*』(1670)과, 셰익스피어의 『안토니우스와 클레오파트라』와 같은 소재를 다룬 운문(韻文) 비극 『모든 것을 사랑을 위해 *All for Love*』(1677)가 걸작이며, 평론중에는 『극시론 *An Essay of Dramatic Poesy*』(1664)가 있다.

영국의 18세기는 이성의 시대(the Age of Reason)이라 불린다, 왜냐하면 안전하고 자신에 찬 시대였기 때문이다. 런던은 복잡한 도시였고, 코피 하우스(coffee house)들이 생겨나, 사업과 사교 및 문인들의 모임의 중심이 되었다. 18세기의 문학은 주로 산문(prose)이었다. 두 중요한 새로운 형태의 창작이 나타나 번영했는데, 수필을 길러낸 정기간행물(periodical)과 소설(novel)이 그것이다.

드라이든이 17세기의 후반을 지배했듯이, 포우프는 18세기의 전반의 문단을 지배했는데, 당대의 시인들의 왕으로 군림한 그는 "이성의 시대"와 신고전주의(neoclassicism)의 대변자였으며, 시인이 탁월할 수 있는 유일한 방법은 고전작가들의 "정확성"(correctness)을 모방하는 것이라고 주장했다.

신고전주의에서는, 이성과 양식이 강조되었고, 이상적인 것, 감정적인 것은 멸시되었다. 시의 기능은 감정에 보다도 정신에 호소하는 것이었다. 신고전주의 시인들의 신조는 다음과 같이 요약될 수가 있다.

첫째, "완벽한 표현"이 가장 중요했다. 이것은 사상을 명쾌하고 간결히, 질서정연히 표현함으로 달성되었다.

둘째, 사상이 보편적이어야 했다.

세째, 감정은 설명 혹은 논증에 종속되어 있었다.

네째, 상상력이 창조적 능력으로 필요하다고 생각되지 않았다. 이러한 시기에 서정시는 꽃필 수가 없었다.

앨리그잰더 포우프(1688—1744)는 런던에서 자라나, 12살때 병 때문에 허약하고, 기형에 가까운 몸이 되었고, 그것이 나중에 훌륭한 풍자시를 쓰게 하는 원인이 되었다. 전통적인 작시법을 시로 쓴 『비평론 *Essay on Criticism*』(1711)이 애디슨(Addison)의 격찬을 받아 유명하게 되었고, 이어서 쓴 모의영웅시가 『머리칼의 겁탈 *The Rape of the Lock*』(1712)이다.

이 시는 실화에 바탕을 둔 것으로, 1711년 여름, 당시 사교계의 꽃이었던 애러벨러 파아머양(Miss Arabella Fermor)의 머리타래(lock)를 인척인 멋장이 청년 남작 로오드 피이터(Lord Peter)가 가위로 삭뚝 잘라, 머리칼을 돌려주기를 거부한 사건이 일어났었다. 이 사소한 일 때문에 양가는 불화에 빠지게 되었고, 이때 포우프의 친구인 캐릴(Caryll)이 그에게 이 사실을 소재로 시를 써서 화해시켜주라고 제의했다. 그리고 포우프는 2주도 채 못되는 사이에("in less than a fortnight's time") 이 시를 쓴 것이다. 이리하여 영어로 쓰인 최고의 모의영웅시가 탄생하게 되었다.

모의영웅시(mock-heroic poem)란 영웅서사시를 우스꽝스럽게 흉내내어, 사소한 테마(trivial theme)에 영웅서사시의 형식과 기품있는 언어(dignified language)를 적용한다. 예를 들면, 서사시에 있어서는 『일리아스』를 희화화한, 호메로스풍의 모의영웅시 『개구리와 생쥐의 싸움 Batrachomyomachiā』, 포우프의 『머리칼의 겁탈』등이 있고, 서정시에 있어서는 토머스 그레이(Thomas Gray)의 「금붕어 항아리에 빠진 귀염둥이 고양이의 죽음에 붙이는 부 Ode on a Favourite Cat, Drowned in a Tub of Goldfishes」, 희곡에 있어서는 헨리 피일딩(Henry Fielding)의 『톰 섬 Tom Thumb』이 있다.

또 호메로스의 『일리아스』(1715—20)와 『오뒷세이아』(1725—6)의 운문번역은 굉장한 호평을 걸으었고, 막대한 돈을 벌어 경제적으로 자립할 수 있게 되었다. 장시 『우인열전(愚人列傳) The Dunciad』(1728—1742)은 적을 많이 가졌던 그의 풍자시인으로서의 본령을 가장 잘 보여주고 있다. 『인간론 Essay on Man』(1733—4)은 그의 마지막 작품이다. 포우프의 사상은 그처럼 깊지는 않으나, 뛰어난 기교, 빈틈없는 격언적 명구에 의해 일반 독자에게 애독되었다.

포우프에 이어 문단을 지배했던 인물 새뮤얼 존슨(Samuel Johnson, 1709—84)은 사전편찬자, 비평가 겸 시인이었다. 장시 『런던』은 당시의 런던의 질서

혼란과 정치부패를 날카롭게 풍자하여 시인 포우프
한테 인정받았다. 1749년엔 『인간욕구의 허무함 *The
Vanity of Human Wishes*』, 1755년엔 8년간의 각고의
노력 끝에 『영어사전』을 완성했다. 또 『셰익스피어
전집 *The Plays of Shakespeare*』(1765)을 편찬했으며,
특히 그 서문은 셰익스피어 비평에 있어 높은 자리
를 차지하고 있다. 『영국시인평전 *The Lives of the
English Poets*』(1779—81)은 1777년, 68세때, 런던
서적조합에서 『영국시인집 *The Works of the English
Poets*』의 서문으로서 각시인의 간단한 전기를 쓰는
일을 맡게 되어 이것이 독립한 10권의 그의 대표작
이 되었다. 각 시인의 전기, 인물평, 작품비평의 순
서로 씌어 있으며, 특히, 카울리, 밀튼, 드라이든, 포
우프의 비평은 역작이다.

　이 존슨의 주위에 있었던 시인들 중에서 고울드스
미쓰(Oliver Goldsmith, 1728—74)에게 『황폐한 마을
The Deserted Village』이란 장시가 있다.

　이러한 이성과 고전주의를 주조로 하는 18세기에
이미 그 반동이라 볼 수 있는 움직임이 싹트고 있었
다. 자연의 신비에 대한 놀라움과, 중세에 대한 그
리움이 있었다. 즉 포우프가 사교계와 도시에 주의를
집중한 반면에, 다른 한편에서는 자연에 대한 관심
이 점점 높아가고 있었다. 자연이 앵글로-색슨 시대
로 부터 셰익스피어와 밀튼에 이르기까지 항상 영시
의 테마였지만, 18세기에 와서는 그것이 독립된 테
마가 되었다. 예를들면, 제임즈 톰슨(James Thomson
1700—48)의 자연의 관찰을 소박히 묘사한 시집 『사계
The Seasons』가 있으며, 혹은 퍼어시(Thomas Percy,

1729—1811)의 『영국 고시 습유(拾遺) *Reliques of An-cient English Poetry*』(1765)에서는 영국인 고유의 자연 애호정신을 불러 일으키기에 충분한 새로운 매력이 발견된다.

한편, 18세기의 전통적인 형식으로 쓰긴 했으나, 토머스 그레이(Thomas Gray, 1716—79)처럼 서민에 대한 동정과, 산업과 권력의 허무함, 인생의 무상을 노래한 「시골 묘지에서 쓴 비가 Elegy Written in a Country Churchyard」를 써서 상투화된 신고전주의와는 멀어진 시인들도 있었다.

18세기 후반에는 낭만주의 시인들을 미리 예고하는 한 시인이 살았는데, 그는 다른 모든 시인들을 초월하여 새로운 길을 걷고 있었다. 그가 윌리엄 블레이크(William Blake, 1757—1827)이다. 블레이크는 독립을 누구보다 사랑했고 살아있을적엔 많은 독자를 갖지 못했었다. 그러나 스윈버언(Swinburne)과 로제티(Rossetti)가 그의 작품을 발견한 이래 점점 많은 독자를 갖게 되었다.

또 하나의 전낭만파의 역할을 한 시인은 로버트 버언즈(Robert Burns, 1765—96)로, 그는 천성적인 서정시인으로, 향토의 생활을 스코틀랜드 말로 노래했다. 교육은 받지 못했지만, 자유분방한 기질을 가지고서, 통쾌히 위선을 욕하고, 열렬한 연애감정과 인간의 평화를 노래하여, 스코트와 괴테를 감격시켰다.

윌리엄 블레이크는 신비사상가로, 그의 생애의 대부분을, 용감무쌍한 독자만이 난해성 속에서 약간의 섬광을 볼 수 있는, 예언적 작품을 쓰는데 전념했다. 그러나 다행히도 그는 『무구의 노래 *Songs of Innocence*』

(1789), 『체험의 노래 *Songs of Experience*』(1794)같은 훌륭한 서정시를 남겼다. 그는 『무구의 노래』를 어린 시절에 바쳤는데, 어린애의 입을 통하여 경건함과 환희를 표현했다. 시인으로서 그는 그의 신비사상과 난해한 상징성으로 알려져 있다. 블레이크는 교회를 거치지 않고 직접 신을 체험했으며, 어린 시절부터 비젼을 보았고, 그것으로 그의 신화를 창조했다. 헌신적인 그의 부인의 말에 의하면, 「저는 블레이크 씨와 같이 있는 적이 드물어요, 그인 언제나 천국에 있거든요. (I have very little of Mr. Blake's company; he is always in paradise).」

블레이크의 다른 작품으로는 『셀의 책 *The Book of Thel*』(1789), 『천국과 지옥의 결혼 *The Marriage of Heaven and Hell*』(1970), 『네 조아 *The Four Zoas*』(1797)등이 있다.

이러한 시를 그는 거의 전부, 그 자신이 꿈에서 발견했다고 하는 동부식조판법(그는 "彩飾印刷"〔Illuminated Printing〕라고 이름지었다)으로 삽회를 그리고, 그것을 아내에게 착색시켜, 시화집을 만들어 자비자제(自費自制)로 출판했다. 그는 어쨌든 화가로서도, 시인으로서도 탁월히 독창적이었으며, 19세기말까지 그는 "광기"의 요소가 있었다고 말해졌다. 20세기에 이르러 드디어 시인 하우스먼의 표현에 의하면, "광기가 블레이크를 가장 시적인 시인으로 만들었다"고. 말하게 되었다.

7. 浪漫主義 英詩

영문학에서 낭만주의 시대는 흔히 워어즈워어쓰와

코울리지가 『서정 민요시집 *Lyrical Ballads*』을 펴낸 1798년을 기점으로 하여 월터 스코트(Walter Scott, 1771—1832)가 죽은 1832년 까지의 시기를 말한다.

그러나, 영국의 낭만주의시는 서서히 대두한 것이지 갑자기 생겨난 것은 아니었다. 18세기 후반에 이미 낭만주의의 선구자들, 그레이, 콜린즈, 버언즈, 블레이크 같은 시인들이 있었지만, 18세기의 신고전주의 문학에 대해 최초의 반대의 깃발을 쳐든 것은 윌리엄 워어즈워어쓰(William Wordsworth, 1770—1850)와 새뮤얼 테일러 코울리지(Samuel Taylor Coleridge, 1772—1834)였다. 흔히 "낭만주의 선언문"이라 불리는 글은 1800년에 나온 『서정민요시집』재판에 실려 있는 「서문」이다.

워어즈워어쓰는 시의 언어가 일상생활의 평범한 언어여야만 한다고 주장했고, 신고전주의시의 「시어」(poetic diction)나 추상관념의 의인화(Personification)는 인공적이라고 배격했다. 그의 정의에 따르면, 시는 자연발생적인 힘찬 감정의 넘쳐흐름이다. 시의 기원은 평정속에서 회상된 정서에서 유래한다. 그 정서가 관조되면 일종의 반작용에 의해 평정이 점차 사라지고 명상의 대상이 되기 전에 있었던 정서와 유사한 정서가 점차로 생산되어 실제로 마음에 존재하게 된다.

I have said that poetry is the spontaneous overflow of powerful feelings: it takes its origin from emotion recollected in tranquility; the emotion is contemplated till, by a species of reaction, the tranquility gradually disappears, and an emotion, kindred to that which was before the subject of contemplation, is gradually produced and does itself actually exist in the mind.

워어즈워어쓰는, 시집을 내기에 앞서, 프랑스에 갔었고, 프랑스 혁명의 비극적인 진행을 보고 환멸을 느껴, 귀국하고 나서는 스코틀랜드의 호수지방으로 물러나 시작(詩作)에 몰두했다. 또 코울리지도 한때 혁명사상에 감염되어, 미국에 "판토크라시"(Pantocracy)란 공산촌의 건설을 계획한 적이 있었으나 물거품으로 돌아 갔다. 그러나 이 두 사람의 시인에게 있어선, 그들의 급진적인 생각이, 현실에서 멀기는 했어도 아주 사라진 것은 아니었다. ——즉 그들의 내부에 잠재하면서 창작쪽으로 발산되어 새로운 시, 새로운 시론을 추구하면서 전율의 쇼크를 통해, 인간의 본성에 다다르려고 시도했다. 워어즈워어쓰는 자연과, 자연 속에 사는 사람들을 부드러운 말로 노래했었으나, 만년이 가까워짐에 따라 교훈적 경향이 짙어져 시의 매력을 잃게 되었다. 코울리지는 작품의 수는 적지만, 몽환적인 「쿠빌라이 칸 Kubla Khan」이라든가, 혹은 『노수부(老水夫)의 노래 The Rime of the Ancient Mariner』, 『크리스터벨 Christabel』 같은 마술적인 이야기 시를 남겼다.

워어즈워어쓰는 자연과 인간성의 조화에 오히려 종교에 가까운 신념을 품었고, 평범한 사실에서도 시의 경이를 찾아내었고, 시의 언어는 시골사람이 쓰는 말처럼 소박한 말을 써야한다고 주장했었다. 왜냐하면 시골사람은 자연과 가장 가까운 환경속에서 살기 때문에. 또한 코울리지는, 초자연적인 소재를 택하여, 우리로 하여금 그것을 받아들이게 하고 공감하게 하는 놀라운 능력을 지녔었다.

『서정 민요시집』의 권말을 장식한 명시 「틴턴 사원 몇마일 위에서 지은 시 Lines Composed a Few Miles above Tintern Abbey」는, 워어즈워어쓰가 누이동생과 함께 와이강(江)을 방문했을 때의 감상을 노래한 것으로 그의 무르익은 자연관이 엿보인다. 『서곡 The Pre-lude』(1798—1805)는, 죽고 난후 1850년에 출판된 자서전적 장시로, 미완성의 대철학시 『은둔자 The Recluse』의 「서곡」으로 계획된 것인데, 유년 시대, 소년 시대, 케임브리지대학 시대를 거쳐 프랑스혁명을 체험할때 까지의 정신적 성장의 기록이지만, 사회기록으로서도 흥미롭다. 그밖에 워어즈워어쓰의 대표작의 하나로 「영혼불멸의 노래 Ode: Intimations of Immortality」가 있다.

『老水夫의 노래』: 노수부가 결혼식잔치에 초대되어 가고있는 셋 젊은이들 중 한 사람을 붙들고는 자기의 이야기를 계속한다. 청년은 마술에 걸린듯 그냥 듣고만 있다. 이 노수부가 탄 배가 폭풍때문에 남극으로 흘러가 어름에 갇히었을 때, 노수부가 알바트로스(albatross)란 거대한 바다 새를 활로 쏘아 죽였기 때문에 배는 저주를 받아 북으로 흘러 적도에서 정지해서 움직이지 않게되고, 유령선이 나타난다. 다른 승무원들은 모두 다 목말라 죽지만 노수부만은 죽지않는다. 달빛 어린 바다에 꿈틀거리는 바다 뱀들이 아름답다고 느꼈을 때, 마음 속에서 무심결에 축복의 말을 했을적에, 저주는 풀리고 노수부는 고향으로 되돌아오게 된다. 그리곤 방방곡곡을 방랑하며 신

이 창조한 것을 사랑하고 존경해야 한다는 정신을
사람들에게 설교한다.

> Farewell, farewell! but this I tell
> To thee, thou Wedding Guest!
> He prayeth well, who loveth well
> Both men and bird and beast.

> 잘가시오! 잘가시오! 그러나 이것을 나는 말하겠소
> 당신에게, 결혼식 하객이여!
> 사람과 새와 짐승을
> 잘 사랑하는 이가 기도를 잘 드리는 이라고.

이 시는 두운(alliteration)을 효과적으로 써서, 음향
적으로도 탁월한 이야기 시이다.

「쿠빌라이 칸 Kubla Khan」은 아편을 마시고 본 꿈속
에서 수백행의 시를 구상하여, 잠깨자 마자 적기시작
했었는데, 방문객때문에 방해를 받아, 한 시간후에 다
시 계속쓰려고 했지만, 시의 환상은 다시 돌아오지
않고, 54행의 단편으로 끝났다고 한다. 원나라의 세
조 쿠빌라이 칸(12167—94 忽必烈汗. 징기스칸의 손자)
의 장려한 환락궁의 광경을 그렸는데, 음악미와 감각
미의 극치를 보여주고 있다고 평해지는 몽환시.

워어즈워어쓰, 코울리지와 함께 사우디(Robert
Southey, 1774—1843)는 "호반시인"(Lake Poets)속에 끼
이긴 하나, 그건 두 사람과 가까이 살고 친교가 있
었다는 것 뿐으로, 실은 자질도 다르고, 또 시 재능
도 그들에게 미치지 못했다. 또 한 사람, 월터 스코

트(Walter Scott, 1771—1832)가 있는데 『호상의 미녀 *The Lady of the Lake*』와 그밖의 이야기시로 널리 읽혀지기는 하나, 사상의 면에서는 훨씬 낡았고, 그의 생애 중기 이후로는 역사소설의 집필에 전력을 쏟았다. 낭만기중에서도 서정시의 황금시대는 젊은이에게 속해 있다. 바이런(George Gordon, Lord Byron, 1788—1824), 셸리(Percy Bysshe Shelley, 1792—1822), 키이츠(John Keats, 1795—1821)는 직접적으로는 프랑스혁명에 접하지 않았으나 반역의 정신이 투철했으며, 결국 셋은 고국을 버리고 이탈리아로 옮겨가 살았다. 그들의 신념표명에 강하게 나타나 있는 이상주의적 경향에 대해 영국사회는 이것을 위험한 사상으로 보았다. 그들은 모두 요절했는데, 바이런은 그리이스에서, 셸리와 키이츠는 이탈리아에서 객사했다. 바이런은 36세, 셸리는 30세, 키이츠는 26살의 젊은 나이로 죽었다.

이중 **바이런**이 제일 먼저 명성을 얻어 마치 낭만파의 챔피언인듯 느껴졌다. 그러나 그의 성격은 복잡하다――귀족으로 혁명사상을 품었고, 더구나 오만했고, 낭만주의의 깃발을 휘날리면서도 오히려 고전주의의 완전한 형식성을 인정했었다. 바이런이 그린 자연은 산악, 대해(大海), 파도, 모든 것이 잔혹하고, 그 주제인 인물은 그 자신의 악덕을 폭로하고 있다. 잠을 깨어보니 유명해진 자신을 발견했다고 하는 『차일드 해럴드의 편력 *Child Harold's Pilgrimage*』(1812—18)을 비롯하여, 『돈 주안 *Don Juan*』, 『맨프리드 *Manfred*』등은 가작이긴 하나 시형에 있어서는 독자적 창안이 없다. 그런 것 보다는, 근대인의 고뇌,

자아의 긍지, 정신의 불행한 균열(龜裂)의 문제를 그의 시는 다루고 있다.

『차일드 해럴드의 편력』: 스펜서 시체로 씌어있으며, 낭만적으로 음울한 주인공 차일드 해럴드란 명문의 아들이 사랑이 깨어지고 쾌락의 추구에 염증을 느껴 영국을 떠나 이국의 땅을 여행하면서 듣고 본 감상을 기술한 여행이야기 시이다(전 4 권) 제1, 2권에서는 영국에 이별을 고하고 포르투갈과 스페인을 방문하고 지중해를 거쳐 그리이스까지의 여행이 그려져 있다. 제 3 권에는 라인강의 풍경, 알프스 산맥, 스위스의 호수를 찬양하고, 워털루의 전쟁에 선 나폴레옹을 생각한다. 제 4 권은 이탈리아를 방랑하는 동안에 본 풍물과 여수(旅愁)를 노래하고, 로마의 전성기와 과거의 시인을 회상하고 찬미하고 있다.

『만프리드』는 극시로, 중세 알프스산중의 젊은 성주 맨프리드 백작이 죄의 자의식에 괴로워하며 대자연의 정령들에게 자기망각을 구했지만 얻지 못한다. 높은 봉우리에서 투신자살 하려했으나 실패하고, 알프스산의 마녀를 불러낸다. 그는 암흑의 왕에게 자기 자신을 팔아버리고 알프스산중에서 찬란한 고독 속에서 아무 인간의 동정도 없이 살지만 최후의 시간이 와 지옥의 악마에 끌려 간다. 이 극시는 자의식에 괴로워하는 시인의 인간상을 투영한 작품으로 주목된다.

『돈 주안』은 5,000 행의 풍자 이야기 시로, 주인공 돈 주안은 바이런 자신을 생각하게 하는 쾌남아로, 전설상의 바람둥이 돈판과는 별로 관계가 없다. 내용은 16 살에 연애사건을 이르킨 돈 주안은 국외로 추

방랑하나, 그를 태운 배가 폭풍을 만나 희랍의 섬에
표착하고, 해적의 딸에 구원받고, 그녀를 사랑하게 된
다. 함께 있는 연인을 본 그녀의 아버지는 그를 콘
스탄티노플의 술타나의 노예로 팔아버리고, 그는 러
시아 군대에 들어가 무훈을 세운다. 러시아의 여제
(女帝) 캐더린 2세는 돈 주안을 사절로 영국에 보내
고, 이 시는 영국에 돌아온 돈 주안으로 끝난다.

셸리는 지방귀족 출신으로 젊었을 때부터 혁명사
상의 영향을 받아, 상규를 벗어난 행위가 많았다. 이
튼 학교에서는 전통에 대한 반항때문에 "미친 셸리"
란 별명이 붙었다. 옥스퍼드 대학에서는 고드윈의 자
유사상에 영향을 받아 종교비판의 필요성을 논한 팸
플리트 「무신론의 필요성」을 출판했다가 퇴학처분을
당했다. 종교적 박해를 받고 있는 16살의 소녀 해
리에트(Harriet Westbrook)를 알게 되어 동정하게되고
스코틀랜드로 도망쳐 결혼했다. 첫 장시 『맵 여왕
Queen Mab』은 인간 악의 근원으로서의 사회기구의 개
혁을 주장했다. 고드윈 일가와 친하게 되고 그의 두
딸 메어리와 클레어를 데리고 프랑스, 스위스를 여
행했다. 1816년 아내가 두 아이를 두고 런던의 서어
펀타인 못에 투신자살한 후, 메어리와 정식결혼했다.
1818년 3월 영국을 떠났고, 그 사이에 자유와 인류
애를 구가하는 장편서사시 『이슬람의 반란 The Rovolt
of Islam』을 썼다.

베네치아에서 바이런과 재회했고, 다음해에는 로
마, 이어 항시(港市) 리보르노로 옮겼다. 극시 『첸
치 가(家) The Cenci』, 『사슬에서 풀린 프로메테우스
Prometheus Unbound』외에, 그의 최고 서정시 「서풍부

Ode to the West Wind」, 「종달새에게 To a Skylark」가 완성되었다. 1821년에는 『에피사이키디온 *Epipsychidion*』, 『어도네이스 *Adonais*』를 완성했다. 1822년 7월 8일 요트를 탔다가 폭풍우를 만나 익사했다. 장례후 유골은 로마교외의 신교도 묘지에 키이츠의 묘와 나란히 묻히었다.

「서풍부」(1819)는 낙엽을 흩트리고, 구름을 일게하고, 바다의 파도를 일으키는 자유분방한 서풍에 시적 영감의 모습을 보고, 자기도 그 바람에 불리어 이끌리는 나무잎, 구름, 파도가 되어 무자각한 깊은 잠에 빠진 세계를 향해 요란하게 불 예언의 나팔이 되고 싶다는 소망을 읊은 것으로, 유명한 「겨울이 오면 봄이 멀수 있으랴? (If Winter comes, can Spring be far behind?)」는 이 시의 마지막 행이다.

『에피사이키디온』은 "혼의 분신"이라는 뜻의 희랍어. 에밀리아 비비아나라는 이탈리아 피자의 미소녀를 이상미의 화신으로 보고 연애와 미의 경험을 노래한 것이다.

키이츠가 죽었다는 소식을 듣고 쓴 비가(悲歌)『어도네이스』는, 그의 죽음을 탄식하면서 후반에서는 일전해서 죽음과 삶을 훨씬 초월한 미의 영속과 초절적인 존재 세계에의 확신을 노래한 것으로, 그가 지나온 사상의 극점을 보여준다.

25세로 요절한 영국5대낭만주의 시인중 마지막인 **존 키이츠**(John Keats, 1795—1821)는 런던에서 대마업을 하는 아버지의 장남으로 태어났다. 엔피일드에 있는 학교에서 교육을 받았는데, 명랑하고 활기에 찬 소년이었다. 작은 몸집에도 불구하고 주먹싸움엔 뛰어났었다. 다행히도 키이츠는 이 학교의 교장선생 아들 클라아크(Charles Cowden Clarke)를 선생으로 맞게 되었는데, 그는 키이츠의 독서열을 장려하고 스펜서와 다른 시인을, 그리고 음악과 연극에 그를 소개해 주었다. 1804년, 9살때 아버지가 승마 사고로 죽고, 1810년 어머니가 폐병으로 돌아가셨다. 15살에 고아가된 그는 에드먼튼에서 외과의의 견습생으로 일했고, 5년 후 런던으로 옮겨 1816년엔 가이병원(Guy's Hospital)의 외과수술 조수가 되었고, 그후 외과 의사의 자격을 얻었다. 한편 그동안 키이츠는 널리, 특히 고전문학을 읽었다.

1815년 클라아크가 빌려준 호메로스 번역을 읽고 감격, 유명한 소네트 「채프먼의 호메로스를 처음 읽고서 On First Looking into Chapman's Homer」를 썼다. 클라아크 선생은 키이츠를 햄프스테드에 살고 있는 리이 한트에게 소개했고, 거기서 셸리와 해즐리트를 포함한 유명한 문인들과 알게 되고, 후에 워어즈워어쓰와 차알즈 램을 만났다.

1817년『시집 Poems』을 출판했는데, 성공은 거두지 못해도, 셸리의 호의로 외과의를 버리고 문학을 택하기로 했다. 그의 첫 주요한 시는 23살에 쓴『엔디미언 Endymion』인데, 달의 여신 셀레네와 미소년 목동 엔디미언과의 러브 스토리. 1819년은 경이의 해로, 많은 명작이 구상되고 완성되었다. 그 대부분이 1820년에 출판된 제3시집『레이미어, 이사벨라, 성녀 애그니스제(祭) 전야 Lamia, Isabella, The Eve of St. Agnes, and Other Poems』에 실려있는데, 「희랍고병부 Ode on a Grecian Urn」, 「나이팅게일부 Ode to a Nightingale」

「가을에게 To Autumn」란 유명한 세 오드(ode)이외에도, 『하이피어리언 *Hyperion*』도 미완인 채 실려있다.

1818년 친구 브라운과 호수지방과 스코틀랜드 서부 고지에 과욱한 등산을 했다가, 중도에 의사의 지시로 돌아와, 죽어가는 동생을 간호했다. 12월에 톰이 죽은 후 헴프스테드에 있는 브라운 집에 초대받아 머물렀다. 거기서 옆집에 사는 활발하고 사교적인 패니 브론(Fanny Brawne)을 사랑하게 되어 매일같이 연문을 썼다. 1819년 4월 약혼했지만 결혼을 하지는 못했다. 제 3시집은 비교적 호평을 받았으나, 폐결핵의 증상이 악화되어 갔다. 건강을 찾아 최후의 순간까지 그를 간호해준 친구 화가(畵家) 세번(Severn)과 함께 나폴리를 향해 떠났다. 다음해 2월 23일 죽어, 로마 교외에 있는 신교도 묘지에 묻히었다. 묘비에는 그 자신이 쓴 비명이 적혀있다, 「여기 물에다 이름을 쓴 자 누워있노라(Here lies one whose name was writ in water). 」

이러한 낭만파가 활동한 시기에, 몇몇 아(亞)낭만파라고 할 시인들이 있었다——고전주의형식을 지 서분방한 상상력을 지녔던 랜도(Walter Savage Landor), 워어즈워어쓰와 키이츠의 영향이 보이는 후드(Thomas Hood), 아일랜드인으로 인기높은 서정시를 썼던 무어(Thomas Moore), 쓸쓸히 정신병원에서 일생을 보냈던 순수무구한 자연시인 클레어(John Clare)를 빠뜨릴 수가 없다.

키이츠가 영향을 끼친 시인으로는 테니슨, 아아늘드, 로제티, 모리스, 호프킨즈가 있고, 셸리가 영향을 끼친 시인으로는 브라우닝, 스윈버언, 하아디,

예이츠가 있다.

8. 빅토리아朝 英詩

이 시대의 시는 본질적으로 낭만주의의 계속이지만, 이 시기에 이르러선 낭만기의 서정적 과열은 식었다. 젊은 낭만파 시인들의 지나친 감정의 유출이 형식에 의해 통제되어 한층 더 차분한 시가 씌어졌고, 사회적, 과학적, 종교적 주제가 많이 다루어졌다. 빅토리아조 시의 쌍벽중 테니슨(Alfred Tennyson, 1809—92)은 옛 모습을 완성하려 했으며, 주제가 영국적인데 반하여, 브라우닝(Robert Browning, 1812—89)은 스타일과 소재에 있어서 외국 장면과 주제를 좋아했다. 브라우닝에 의해 완성된 "극적 독백"(dramatic monologue)은 20세기에 이르러서도, T. S. 엘리어트와 프로스트, 파운드, 로버트 로우얼 등 많은 시인에게 큰 영향을 끼쳤다.

빅토리아조의 가장 대표적 시인 테니슨은 링컨쉬어의 사머즈비 교구 목사의 12자식 중 네번째로 태어났다. 8살때 부터 시를 지었고, 바이런에 감격해, 형 차알즈와 공저로 『형제시집』을 익명으로 출판했다. 1828년에 케임브리지 대학에 입학했다. 다음해 「팀북투 Timbuctoo」란 제목의 무운시로 대학총장패를 획득했다. 이것에 자신감을 얻은 테니슨은 30년에 『서정시집』을 내어 리이 한트에 인정받았으나, 31년에 아버지가 돌아가시고, 학위도 얻지 못하고 고향으로 돌아왔다. 32년에 『시집 Poems』을 내었고, 또 대학시대의 친구 아아써 핼럼(Arthur Hallam)과 합

께 유럽 여행에 나섰으나, 그 다음해 핼럼이 비엔나
에서 급사했다. 죽은 친구를 위로하는 정을 담은 『추
도시 In Memoriam』의 일부를 쓰고나서 그후 10년간
침묵을 지켰다. 1850년 11월에는 워어즈워어쓰를 이
어 계관시인이 되었다. 그의 시는 음악미가 뛰어나
고 시의 기법도 확실하며 아름다운 서정시에 넘쳐
많은 사람들에게 애독되었다. 55년에는 병적이고 정
신이상인 청년의 극적 독백인 『모드 Maud』가, 이어
아아써 왕의 전설을 다룬 야심적 대작 『국왕의 목가
Idylls of the King, 2권』이 나왔고 목가적 이야기 시
『이노크 아아든 Enoch Arden』(1864)은 짧은 기간에
6만부가 팔려 애송되었다. 또 베키트의 순교를 다
룬 『베키트 Becket』(84)와 『메어리 여왕 Queen Mary』
(75), 『해럴드 Harold』(76) 등 역사극 3부작을 썼
다. 1892년 10월 6일, 83세로 생애를 끝맺고 웨스
트민스터 사원에 묻히었다.

로버트 브라우닝은 교양있는 은행가의 장남으로
런던에서 태어나 가정에서 회화와 음악을 배웠고,
12세부터 시작을 시작했다. 17세에 런던대학에 들
어갔으나, 곧 퇴학하여 셸리의 시에 열중했고, 21
살에 처녀시집 『포올린 Pauline』(1833)을 내었다. 다
음 『파라켈수스 Paracelsus』(35)는 극적 이야기시로,
스위스의 의사이며 철학자이고 마법·연금술·점성
술 등을 배운 방랑학자의 전기를 소재로 한 작품이
다. 1840년에 출판된 장시 『소르델로 Sordello』는 그
난해성으로 유명한데, 테니슨은 그가 이 시를 이해
하려고 최선을 다하였지만, 이해할 수 있었던 부분
은 첫행과 마지막 행이었다고 극언했다.

Who will, may hear Sordello's story told.

Who would has heard Sordello's story told.

듣고 싶어하는 자는 소르넬로의 이야기를 들으리라.

듣고 싶어했던 자는 소르넬로의 이야기를 들었느니라.

1846년 (34세)에는 여섯 살 연상의 여류시인 엘리자베쓰 배리트(Elizabeth Barrett)와 결혼하고, 이탈리아로 사랑의 도피를 했는데, 그들의 연애는 영문학사상 가장 유명하다. 그후 약 15년간 주로 피렌체에 살면서, 건강을 회복한 부인은 아들 하나를 낳았다. 즐겁고 행복한 생활을 보내는 동안 극적독백 형식으로 쓴 걸작, 『남과 여 Men and Women』(1855) 2권이 출판되었다. 이 작품으로 브라우닝은 시인으로서 인정받기에 이르렀다. 그의 후년의 대작은 『반지와 책 The Ring and the Book』(1868—69)인데, 1880년 당시 이탈리아에 체재했던 브라우닝은, 17세기 로마에서 일어났던 살인사건에 관한 검찰관과 변호인이 제출한 재판기록을 고물상에서 구입할 수 있었다. 그는 곧 이 사건에 흥미를 느꼈지만, 61년에 아내가 죽자, 런던으로 돌아와, 4년간에 걸쳐 전12권 21,116행(각권은 각각 한 사람의 화자(話者)가 극적 독백으로 말한다)의 장시를 완결했다. 작자를 포함하여 10인의 등장인물이 각자의 시점에서 사건을 이야기 하는데, 독백을 통하여 저자의 성격과 마음을 엿볼 수가 있다. 1889년 12월 12일 이탈리아 베네치아에서 객사했고, 유해는 웨스트민터 사원에 매장되었다.

엘리자베쓰 배리트 브라우닝 (1806—61)의 시집 『포르투갈인의 연가 Sonnets from the Portuguese』는 로버

트가 엘리자베쓰에게 구혼하는 동안과 결혼 후 몇년
사이에 씌어진 것으로, 어느 날 엘리자베쓰는 남편의
포키트 속에 이 시들을 집어넣으며, 마음에 들지 않으
면 없애버려 달라고했다. 후에 로버트는 이렇게 말했
다, 「셰익스피어 이래 쓰인 가장 훌륭한 소네트를 혼
자서만 간직할 수만 없었다」고. 44편으로 구성된 이
시집은 엘리자베쓰의 사랑의 자서전으로, 모든 영국
연애시중에서도 가장 유명하고 가장 많이 읽히는 연
작이다. 그중 가장 유명한 한편을 인용해 보자.

How Do I Love Thee?

How do I love thee? Let me count the ways.
I love thee to the depth and breadth and height
My soul can reach, when feeling out of sight
For the ends of Being and ideal Grace.
I love thee to the level of everyday's
Most quiet need, by sun and candle-light.
I love thee freely, as men strive for Right;
I love thee purely, as they turn from Praise.
I love thee with the passion put to use
In my old griefs, and with my childhood's faith.
I love thee with a love I seemed to lose
With my lost saints, —I love thee with the breath,
Smiles, tears, of all my life!—and, if God choose,
I shall but love thee better after death.

어떻게 내가 당신을 사랑하느냐구요？

어떻게 내가 당신을 사랑하느냐구요？ 헤아려 보겠어요.

나는 당신을 사랑해요, 내 영혼이 눈에 보이잖게
저 멀리 「존재」의 끝과 이상적인 「우미(優美)」를 더듬으며
도달할 수 있을 만큼 깊고 넓게 높이.
나는 당신을 사랑해요, 태양 아래서나 혹은 촛불아래서,
매일의 가장 조용한 필요에 따라.
나는 당신을 자유롭게 사랑해요, 사람들이 권리를 위해
　투쟁하는것처럼,
나는 당신을 순수히 사랑해요, 사람들이 칭찬에서 돌아
　서는것처럼.
나는 당신을 사랑해요, 나의 옛 슬픔에 쏟았던 정열로서,
그리고 내 어린 시절의 신앙으로서.
나는 당신을 사랑해요, 세상을 떠난 나의 성인들과 함께
내가 잃은 것으로 여겼던 사랑으로서, ―나는 당신을
　사랑해요
내 평생동안, 숨결과 미소와 눈물로! ―그리고 하나님이
　택하신다면,
죽고 난 후 더욱 더 당신을 사랑하겠어요.

또한 화가겸 시인이었던 로제티(Dante Gabriel Ros-
setti, 1828—82)는 청년예술가들의 모임인 「라파엘전
파 결사」(Pre-Raphaelite Brotherhood)[15]를 만들었으나,
그에게도 키이츠의 영향이 많다. 그의 신비적이며
중세풍의 비전을 가진 시는 매우 포착하기 힘드나,
101편의 소네트를 모은 『생명의 집 The House of
Life』(1881)은 연애의 지상경(至上境), 관습의 도취를
회화적 이미지로 미묘히 그린 것으로, 영문학에는 아

─────────────
15) 1848년에 영국화가 Holman-Hunt, Millais, D.G. Rossetti
　등이 'truth, sincerity, earnestness'로 돌아가라고 부르짖
　으며, 라파엘 이전의 이탈리아 사실화풍을 존중하여 일으킨
　화파.

주 희귀한 남구적(南歐的) 감각과 향기가 풍긴다.

이국적 시풍을 영시의 세계에 도입한 시인으로 피 츠제럴드(Edward FitzGerald, 1809—83)가 있는데, 그 는 11세기의 페르시아 천문학자겸 시인인 오마르 하 이얌의 4행시집(*The Rubàiyàt of Omar Khayyam*)을 반(半)창작적 번역으로 출판했다. 팔리지 않고 서점 에 쌓여있는 것을 D.G. 로제티가 발견하여 금새 유명 해지게 되었다. 근동풍(近東風)의, 유위전변과 인생 의 덧없음에 대한 우울한 사상, 그것에 대처하는 탐 미쾌락사상이 풍부한 색채와 화려한 음악으로 노래 되어 있다.

또 시인·공예미술가이며 사회주의자인 모리스 (William Morris, 1834—96)는 이 시대의 배후에 감추 어진 불안을 민감히 느끼고 솔직하게 표현하였다. 후 에 날카롭고 치밀한 비평가가 된 아아늘드(Matthew Arnold, 1822—88)는 명가문에 태어났으나 일종의 반항 아였으며, 이교적 이상과 거친 관능을 대담히 보인 스 윈버언(Algernon Charles Swinburne, 1837—1909)등은 빅토리아조 후기를 대표하는 시인들이다.

어떤 비평가는 19세기야 말로 영문학사에 가장 화 려했던 시기라고 말한 적이 있는데, 낭만기의 워어 즈워어쓰, 코울리지, 바이런, 쉘리, 키이츠와, 빅토 리아조의 테니슨, 브라우닝, 그리고 혼히 20세기에 분류되었으나 실제로는 19세기에 살면서 시를 썼던 호프킨즈(Gerard Manley Hopkins, 1884—89)를 합해 보 면, 이 말이 정당함을 수긍할 수가 있다.

9. 世紀末과 아일랜드 文藝復興

빅토리아조도 1887년의 여왕 즉위 50년제(Golden
Jubilee)경이 그 절정으로, 그것이 지나면 국제정세도,
국내의 상태도 점점 어둡게 되고 대영제국도 이윽고
사양의 기미가 보인다. 이러한 빅토리아조의 몰락을
반영하고 또 프랑스 문학의 경향을 흉내내어 퇴폐, 권
태, 역설을 나타낸 것이 세기말 문학이다. 와일드
(Oscar Wilde, 1856—1900)를 중심으로 한 일파는 문
예잡지 『엘로우 북 Yellow Book』, 『사보이 Savoy』등
에 근거를 두었는데, 대체로 1897—8년에 그 운동이
끝났으며, 다우슨(Dowson), 시먼즈(Symonds)등의 시
인이 있었다.

이윽고 예이츠(William Butler Yeats, 1865—1939)가
아일랜드 문예운동의 지도자가 되어 프랑스의 상징
시, 스펜서, 블레이크를 배우고, 또 켈트 민족의 전
설이나 고담을 소재로 해서 아일랜드의 신비에 찬
자연을 노래했다. 그는 처음엔 뛰어난 서정시인으로
출발했지만, 1차대전 후 1920년대가 되면 현실의
허망에 도전하는 고독하고 강렬한 정신을 발휘하여
단순한 낭만파의 영역을 벗어나, 현대적 시를 썼다.

10. 20세기 英詩

현대영문학의 시기를 언제로 그어야 할지는 결정
짓기 어렵다. 빅토리아 여왕이 죽은 1901년을, 혹은
1차세계대전이 터진 1914년을, 혹은 1880년을 현

대의 시점으로 보는 사람들이 있다. 그러나 대부분
의 학자들은 마지막 것을 택하고 있는데, 후자의 경
우 빅토리아여왕의 시대는 1901년에 끝났지만, 빅
토리아시대는 그보다 약 20년전에 끝났다는 근거에
서다. 즉 낙관주의, 회의, 죄의식이 혼합인 "Victori-
anism"이라 불리는 그 특이한 정신이 반항아 바틀러
(Butler)등의 출현과 함께 사라지기 시작했다고 보기
때문이다. 이러한 진전은 에드워드 7세(1901—10)와
1차대전으로 이끈 몇 해 동안에 뚜렷해졌다. 리처
드 엘먼(Richard Ellmann)은 현대시(modern poetry)가
있기 이전에 "현대시인들"(modern poets)이 있었다고
말하면서 현대시의 선구자들로 다음 네 시인을 지적
하고 있다. 자유시(free verse)로 시를 쓴 휘트먼(Walt
Whitman, 1819—92), 그의 대우주와 대조적으로 자기
주위와 내부의 세계, 즉 소우주를 파헤친 디킨슨
(Emily Dickinson, 1830—86), 그리고 영국시인으로
는 휘트먼을 열렬히 숭배했었고 "도약 리듬"(Sprung
rhythm)[16]이란 새로운 리듬으로 독창적 시를 썼던 호
프킨즈(Gerad Manley Hopkins, 1884—89) 및 염세주의
적 세계관을 가졌던 하아디(Thomas Hardy, 1840—
1928).

　영국에 있어서 "모더니즘 Modernism"(우리 나라에
서는 "주지주의"라고 번역되고 있다)의 시작은 아아
써 시먼즈(Arthur Symons)의 『상징주의운동 The Sym-
bolist Movement』이 출판된 1899년이라고 보는 이도

---

16) 앵글로-색슨 시의 운율과 비슷한 시법. 각 시각(foot)의 제
　1 음절에 강세가 있고, 4개까지의 약한음절을 지배하며, 주로
　두운(頭韻) 중간운(internal rhyme) 및 어귀의 반복으로 풍부
　한 리듬을 만든다.

있다, 왜냐하면 이 책이 예이츠라든가 T.S.엘리어트에게 큰 영향을 끼쳐서 현대 영시의 양상을 바꾸어 놓았기 때문이다. "상징주의"(symbolism)란 용어는 1886년 프랑스에서 포풀러하게 되었고, 약 10년 후에 영국해협을 건너 갔다. 『케임브리지 영문학사 *The Concise Cambridge History of English Literature*』는 1920—60을 "T.S.엘리어트의 시대"라 명명했는데, 이는 엘리어트가 예이츠이래 최대의 시인이고, 매슈 아아늘드 이래 최대의 비평가이며, 시극(詩劇)에 있어서 탁월한 작가(산문극에 있어서는 버어너드 쇼오)였기 때문이다. 더구나 드라이든과 존슨 시대 이래 이만치 영국 문단에 권위가 있고 명성을 떨쳤던 작가가 없었기 때문이다.

20세기 초기에는 여전히 빅토리아니즘의 계속이었고, 시단에 이렇다 할 움직임이 없었지만, 세기말의 반동으로서 하우스먼(A.E. Housman)이나 하아디의 전원시가 환영받았다. 그후 1차대전 적후까지 낭만주의적 자연시, 전원시가 주류를 이루었다. 에드워드를 이은 조오지 5세의 치세였기 때문에 이 시인들은 "조오지조 시인 Georgian Poets"이라 불린다.

한편 미국에서 영국으로 건너와 활동하고 있던 파운드(Ezra Pound, 1885—1972)를 중심으로 "이미지즘"(Imagism)운동이 일어났다. 이 운동은 1909년에 시작해서 1917년에 끝난 비교적 짧은 문학운동이었지만 그 영향은 자못 컸다. 이 운동은 영국의 젊은 철학자 T.E.흄(Hulme)에 바탕을 둔 것으로, 그는 르네상스 이후의 휴머니즘 사상에 반대하고, 카톨릭 사상과 고전주의를 주장하면서 낭만주의를 배격했었다.

파운드의 초기 이미지즘 시는 한시(漢詩)와 일본시 (日本詩)의 간결한 압축이 조오지조 시인들의 산만한 전통주의에 해독제가 될 것이라는 확신에 바탕을 둔 것이었다. 이 시들은 간단하고, 정확하고, 반(反) 낭만주의적이었다. 1915년에 나온 『이미지즘 시인들 *Some Imagist Poets*』에 유명한 "이미지즘 선언"이 들어 있다.

1. 일상용어를 사용할 것. 단 정확한 단어를.
2. 새로운 리듬을 창조할 것. 낡은 리듬을 모방하지 말 것.
3. 소재의 선택에 절대 자유일 것.
4. 이미지를 제공할 것(여기에서 'imagist'란 이름이 나왔다.) 우리는 화가가 아니다. 그러나 시는 정확히 개개(個個)의 것을 그려야 하며, 아무리 훌륭히 음악적이라 할지라도 흐릿산 일반적인 것을 다루어서는 안된다.
5. 견고하고 확실한 시를 쓸 것.
6. 집중이 시의 정수(精髓)일 것.

이미지즘 시인들은 곧 그들의 방법과 관심의 영역이 너무나 제한되어 있고, 그들의 이론에 딱 맞는 시를 쓰기를 포기했지만, 20세기 영미시에 큰 공헌을 했다.

첫째, 시의 소재(subject matter)선택에 한층 더 큰 자유를 주었다. 보다 새로운 리듬에 대한 그들의 강조는 운율에 해방적 영향을 끼쳤다(동시에 그들은 規칙시의 중요성도 강조했다). 또 그들은 "새로운 운율은 새로운 사상을 의미한다"(A new cadence means a new idea)라 주장하며, 자유시 (free verse)를 존경받도록 만들었다. 이미지즘의 출현은, 계속되어온 영시와 미국시의 괴리를 점차 없어지게 만들었다.

그동안에 중요한 사건이 일어났는데, 그것은 옥스퍼드대학에 철학을 공부하러온 T.S.엘리어트와 에즈러 파운드의 만남이었다. 엘리어트는 이미 1910년경에 의식의 흐름 수법으로『J. 앨프리드 프루프로크의 연가 The Love Song of J. Alfred Prufrock』같은 매우 혁신적 시를 써서 새 시대의 앞장을 섰었다.

그러나 1920년대의 상황은 대부분의 애독자들이 여전히 조오지조적인 상태였다. 그당시 메이스피일드(Masefield)같은 시인들이 가장 현대적인 작가로 생각되었고, 「이니스프리 호수 섬 The Lake Isle of Innisfree」의 예이츠를 찬미하고 있었다.

예이츠는 아일랜드 더블린에서 화가 존 바틀러 예이츠의 장남으로 태어났고, 프랑스에서 죽었다. 더블린 미술학교에 다녔으며 졸업 후에는 아일랜드 문예부흥의 지도자가 되었다. 그는 현대 영시인중 최대시인의 하나이며, 어떤 비평가들은 예이츠를 20세기 최대의 영시인이라고 말하기까지 한다. 그는 상상력이 풍부한 서정시인으로, 1889년 아일랜드 엣전설에서 취재한 이야기시『아시인의 방랑 The Wandering of Oisin』을 출판했다. 상징적이고 신비적인 시집『갈대 사이의 바람 The Wind Among the Reeds』(1899)은 프랑스 상징파시인들과의 관계를 보여주며, 1차대전 중 출판된『쿠울호의 백조 The Wild Swans at Coole』(1917)부터는 낭만적인 꿈과 환영에

매혹되었던 초기의 시풍을 버리고, 구체적 이미지
와 상징으로 현대의 모순과 고난을 적확히 표현하게
되었으며, 『탑 *The Tower*』(1928), 『나선형 계단 *The
Winding Stairs and Other Poems*』(1933)에 의해 탁월
한 현대시인이 되었다.

그는 1923년에 노벨문학상을 받았고, 1921년에는
약 800년 간의 영국통치에서 독립된 새 국가 "Irish
Free State"의 상원의원이 되었다.

파운드와 엘리어트의 새 시파는 조오지조 시파와 대
조를 이루고 있었다. 요컨대 키플링(Kipling), 메이스
피일드, 체스터튼(Chesterton), 데이비스(Davies), 브
리지즈(Bridges), 브루크(Brooke)의 세계 속에 엘리어
트의 초기시와 『황무지 *The Waste Land*』(1922), 그리
고 파운드의 「휴 셀윈 모오벌리 Hugh Selwyn Mauber-
ley」(1920)가 나타난 것이다. 그 차이는 충격적이었다.

엘리어트(1888—1964)의 『황무지』는 워어즈워어쓰와
코울리지의 『서정 민요시집』이래 가장 혁명적인 시였
다. 그는 1888년 9월 26일, 미국 미주리주 세인트 루
이스에서 태어났다. 하아버드 대학시대에는 시와 철
학에 깊은 관심을 가졌고, 졸업 후 프랑스로 가서 소
르본느 대학에서 불문학과 철학을 배웠다. 귀국 후 하
아버드대학에 돌아와 철학과 조교가 되었다. 1914년
에 독일에 유학했었지만, 1차대전 때문에 영국으로
건너와 옥스퍼드 대학에서 철학을 연구했다. 그후 런
던에 정착하여, 이미지즘 시인인 파운드의 인정을 받
고 시단에 등장, 현대시에 큰 영향을 끼쳤다. 1947
년 노벨문학상을 수상했고, 1965년 1월 4일 호흡
기 질환으로 76세로 죽었다.

「4월은 일년 중 가장 잔인한 달(April is the cruellest month)」이란 행으로 시작되는『황무지』는 의식의 흐름 방법을 써서, 생·사·재생의 원형(archetype)을 내포하고 있는 성배전설과 농경의식을 뼈대(framework)로 하여 1차대전후의 황폐한 유럽의 정신적 풍토를 상징적으로 노래했다. 그는 붕괴하는 문명의 불모성을 지적하고 재생에의 길을 제시하고 있다. 「4월은 가장 잔인한 달」이란 말이 우리 나라에서 대부분 오해되고 있는데, 그 뜻은 봄과 희망과 재생의 계절인 봄이 황무지의 주민들에겐 오히려 괴롭고 고통스럽다는 말이다. 즉 겨울의 평화로운 죽음과 망각의 잠이 오히려 낫고, 부활을 위한 꿈틀거림이 귀찮다는 뜻이다. 초오서의『캔터베리 이야기』처음에 나오는 기쁨과 재생의 4월과 충격적인 대조를 이루고 있다.

엘리어트는 1927년 영국으로 귀화하고 영국국교도가 되었다. 그후『성회 수요일 Ash Wednesday』(1930)과『네 4중주곡 Four Quartets』(1943)을 썼는데, 그의 종교적 신앙의 모색을 그린 것이며, 『네 4중주곡』에선 시와 철학이 하나가 된다.

모더니즘의 기운은 1920년말에 가서는 급히 쇠퇴하였고, 1926년 이래 문학은 정치에 휩쓸려 들어갔다. 이러한 위기를 예감한 젊은 시인들의 그룹이 공산주의 사상을 들고 나왔다. 엘리어트를 숭배했던 전후시대 시인들도 1930년대에 이르자 엘리어트에게 반기를 들었다. 시집『신 서명 New Signatures』(1932),『새 나라 New Country』(1933)로, 명확한 주장을 가진, 옥스퍼드를 중심으로 한 오오든(W. H. Auden)그룹의 시인들이 등장한 것이다. 1930년대의

지식인들은 전체적으로 좌경하고 있었고, 경제공황,
스페인 내란등이 겹쳤었다. 이 시인들은 정치의식을
가지고 사회현상을 노래했다. 그들이 정상에 도달했
던 것은 스페인 내란때였다. 엘리어트는 1930 년대
에 이르자 종교쪽으로 기울어져, 오오든 그룹의 정
치성과 양극점을 이루었다. 그러나 이 시인들도 나
중에는 각자 자기 갈 길을 걸어갔다. 오오든은 기독
교로, 스펜더 (Stephen Spender, 1909—)는 잡지 『인카
운터 *Encounter*』 편집과 반공주의로, 루이스 먹니이스
(Louis MacNeice, 1907—63)는 방송계 (B. B. C)로, 데
이루이스 (C. Day Lewis, 1904—72)는 대학으로.

1930 년대 말에는 새로운 낭만주의 운동이 잠시 일
어났다가 사라졌다. 그것은 아포칼립스 운동 (Apocaly-
ptic Movement)인데, 오오든 그룹의 시에 대한 반
동이었다. 이 운동의 주창자는 헨리 트리스 (Henry
Treece, 1912—)였고, 직접 참가하지는 않았지만 낭만
주의 경향을 보인 시인이 많았다. 그러나 1940 년대
의 낭만주의를 대표하는 시인은, 엘리어트, 오오든에
비하면, 반지성적이고 자기도취적인 특이한 시인 딜
런 토머스 (Dylan Thomas, 1914—53)였다.

1950 년대에 이르러서는 "더 무브먼트" (The Move-
ment)라고 (시인들의 의사에 반하여) 비평가들이 부
르는 일군의 시인들이 있다. 그당시 시에 가장 흔히
사용된 말은 "유대강화" (consolidation), "명쾌" (clari-
ty), "지적 정직성" (intellectual honesty) 및 "형식상
의 완벽" (formal perfection)이었다. 소위 더 무브먼트
에 관련된 시인들로는 필리프 라아킨 (Philip Larkin,
1922—), 킹즐리 에이미스 (Kingsley Amis), 존 웨인

(John Wain), 톰 간(Thom Gunn), 도널드 데이비 (Donald Davie), 로버트 콩퀘스트(Robert Conquest), 존 홀로웨이(John Holloway), D. J. 인라이트(Enright), 엘리자베 제닝즈(Elizabeth Jennings)가 있다. 이 시인들은 로버트 콩퀘스트가 편집한 『신 시집 *New Lines*』에 실려있다. 그들이 모색했던 것은 「고요한 목소리, 지적 추상적 개념이 아니라, 지성이 다스리는 감정(a calm voice, not intellectual abstractions but feelings ruled by intellect)」이었다.

1957년에는 더 무브먼트나 혹은 30년대, 40년대에 거의 힘입지 않은 시집 한 권이 나왔다. 그것은 『비속의 매 *Hawk in the Rain*』로, 시인은 테드 휴우즈(Ted Hughes, 1930—)였다. 만일 영향을 입었다고 한다면 딜런 토머스와 호프킨즈이지만, 토머스보다는 더 지적 내용을, 호프킨즈 보다는 덜 종교적이다. 그 영향들은 관념적이기 보다는 언어 및 운율적인 면에서이다. "에너지"는 휴즈의 강박관념이며, 그의 테마일뿐만 아니라 그가 사용하는 단단하고 활기찬 독창적 언어에서도 느껴진다. 이 테드 휴우즈를 중심으로 한 일군의 시인들은, "The Movement"를 흉내내어 "The Group"이라 불린다. 그들은 테드 휴우즈(1930—), 실비어 플라쓰(Sylvia Plath, 1932—63), A. 알바레스(Alvarez, 1929—), 마이클 햄버어거(Michael Hamburgher, 1924—), 차알즈 톰린슨(Charles Tomlinson, 1927) 등이다.

최근에는 영국시인들이 프랑스시에서 보다는 미국시에서 새로운 활력소, 혹은 돌파구를 모색하고 있는듯 하다.

II. 영국의 극문학과 연극

정진수

1. 中　世

　서양의 연극은 고대 희랍에서 본격적으로 태동했
다. Aeschylus, Sophocles, Euripides 의 3 대 비극작가와
Aristophanes, Menander 등의 희극작가를 배출한 희랍
은 인류역사상 가장 찬연한 연극문화를 향유했음에
틀림없다. 이 고대 희랍의 연극은 헬레니즘 시대를 거
쳐 로마로 계승되었으나, 로마의 연극은 희랍의 모방
에 그쳤으며 그나마 조야(粗野)한 대중취미에 영합하
는 희극이 주류를 이루었다. 그중에서 후대에 영향을
미친 뛰어난 작가로는 Plautus 와 Terence 뿐이다. 로마
의 비극 작가로는 유일하게 Seneca 를 뽑을 수 있는
데, 로마시대에 그의 비극 작품이 공연된 적은 없으
며 애당초 공연을 염두에 두고 쓰지도 않은 서가연
극(書架演劇, closet drama)이었다. 그러나 르네상스기
(期)에 고전문예부흥 운동이 일어났을 때 고전연극
은 주로 로마의 연극을 뜻하게 되었다. 기독교의 영
향으로 말미암아 라틴어가 널리 보급된 탓으로 로마
연극에의 접근이 훨씬 용이한 때문이었는데, 고전연
극의 원류(源流)가 희랍연극에 있음은 물론이다.

　그런데 고대 희랍에서부터 발생하여 로마로 이어
진 고전연극의 전통은 로마제국의 멸망과 함께 서양
세계에서 완전히 자취를 감추게 된다. 주로 기독교의
탄압에 의하여 사멸한 서양의 연극은 적어도 A. D. 6
세기로부터 10 세기까지 4 세기 동안 완전한 암흑기

를 가지게 된다. 이 기간 중에는 소위 트루바두르
(troubadour)라고 일컬어지는 1인의 storyteller인 음유
시인(吟遊詩人)을 제외하고는 연극활동은 찾아볼 수
없었다.

서양의 연극은 10세기 무렵에 교회안에서 재탄생
을 보게 되는데 이것이 중세연극의 시작이다. 중세
의 연극은 고전연극과 아무런 상관없이 태어난 독자
적 연극인데, 다만 아이러니칼한 것은 로마의 연극을
몰락케 만든 장본인인 기독교에 의해서 종교적인 필
요성 때문에 다시금 탄생되었다는 것이다.

중세에 태어난 최초의 연극을 「제식극(祭式劇, litur-
gical drama)」이라고 하는데 그 내용은 성서의 사건을
극화한 짤막한 dramatic episode 이다. 기록에 나타난
최초의 예로 925년에 대륙의 한 수도원에서 공연된
Quem Queritis trope 가 있다. trope 는 기독교 미사 의
식의 한부분인데 기독교 의식 자체가 다분히 연극적
이지만 이 trope 는 사제나 신도간에 대화가 이루어지
는 부분으로 가장 극적인 요소를 많이 포함하고 있
다. 이 제식극의 형식이 발전하여 연극이 된 셈인
데 Quem Queritis(라틴어로 "Whom do you seek"의 뜻)
trope 의 대사를 전부 옮기면 다음과 같다.

Angel—Whom seek ye in the tomb, O Christians?
The Three Marys—Jesus of Nazareth, the Crucified, O
   Heavenly Beings.
Angel—He is not here, he is risen as he foretold. Go
   and announce that he is risen from the tomb.

이상이 중세 최초 연극의 전부이다. 이같은 제식
극은 교회내에서 성직자들에 의해 라틴어로 공연되

었으며 라틴어를 모르는 평신도들에게 성서의 내용
과 교리를 이해케 하고 그들의 신앙심을 앙양시킬
목적으로 행해졌다. 짧고 단순한 이 제식극은 아직
연극이라고 이름하기는 어려울만큼 소박한 dramatic
episode에 지나지 않아서, 연기는 극히 양식화된 동
작에다가 대화라기보다는 음송(吟誦, antiphonal)에
가까운 대사법을 사용했지만 10세기 후반까지는 유
럽 전역의 교회에서 행해졌으며 특히 프랑스와 독일
에서 성행했다.

신도의 교화(敎化)라는 종교적인 목적에서 시작된
이 제식극은 최초의 신기한 맛이 사라지자 신도들에
게 계속적인 흥미를 불러일으켜 주기 위해서 차츰
오락적인 요소가 가미되기 시작했다. 이같은 오락화
의 증거로 제식극에 소극적(笑劇的)요소인 buffoonery
가 끼어들기 시작하는데 이같은 경향이 가장 심하게
나타난 연극의 종류가 곧 Feast of Fools와 Feast of
the Boy Bishop이다. 이 두 연극은 교회의 특별한 날
에 하급 성직자들이 교회의 지도층과 교회 의식을 마
음놓고 풍자할 수 있도록 용인된 일종의 놀이인데,
그 도가 심해지자 교회 지도층의 반대에 봉착하여
중세 종교극의 교회이탈의 한 계기가 된다.

제식극(liturgical drama)으로부터 시작된 종교극이
희극적 요소가 가미되면서 오락화의 경향을 띠고, 교
회를 이탈하면서 세속화의 길을 걷게 되면서 중세의
연극은 발달하게 된다. 연극이 교회를 빠져나오게 된
것은 지도층의 반대이외에도 연극자체의 발달로 말
미암아 교회내부에서의 상연에 따른 제약이 크게 느
껴지기 시작하여 필연적으로 일어난 현상이다. 연극

이 교회를 이탈한 최초의 예는 1204년이라고 하나 본격적으로 교회밖에서 연극이 행해지기 시작한 것은 1264년에 처음 시작된 성체거동(聖體擧動, Corpus Christi)행사 때 부터이다. 이 행사는 교회의식이 최초로 야외에서 행해진 것인데 연극은 자연스럽게 이 행사에 덧붙어서 교회를 빠져나올 수 있었다.

이같은 종교극의 교회이탈은 중세연극에 중대한 하나의 전환점을 가져다 주었다. 연극이 교회를 벗어나면서 연극에 세속인이 참여할 수 있는 계기가 되었고, 따라서, 오락화의 경향이 두드러졌고 가장 중요한 변화로는 세속어인 자국어(vernacular)로 연극을 하게 된 것이다. 여전히 연극의 일차적 목적은 신도의 교화라는 종교적인데 있었으나 자국어로 연극을 하게 됨에 따라 비로소 서양연극사상 민족극(national drama)이 수립되기에 이른 것이다. 그전까지 세계의 연극은 단일연극이었으나 이제부터 각민족의 고유한 정서와 사상이 담긴 개성적인 민족극이 다채롭게 발달하게 된다. 따라서 같은 시대의 연극이라도 영국과 프랑스와 독일의 연극은 각기 다른 특질을 가지게 되는 것이다.

제식극으로부터 시작한 중세의 종교극이 교회를 이탈하면서 발달한 연극을 통칭하여 세속어 종교극이라고 하는데, 그 대표적인 형식을 보면 제식극 외에 성서극(聖書劇, scriptural drama, 혹은 mystery 라고도 함)과 성자극(聖者劇, saint's drama, 혹은 miracles라고도함)과 도덕극(道德劇, morality)등이 있다.

중세연극에서 가장 화려하게 발달한 성서극은 창세기에서부터 최후의 심판에 이르기까지 성서의 내

용을 단편적인 에피소드들로 나누어 극화한 것으로
이들을 묶어서 공연하기 때문에 연쇄극(cycle drama)
이라고도 한다. 영국에서 가장 발달한 이 연쇄극은 정
기 또는 부정기적으로 시(市)의 축제 기간에 하루 또
는 수일간 대대적으로 공연을 가지는 데 많을 경우
는 50여개의 에피소드를 한꺼번에 공연한다. 이렇
게 성서의 주요 대목들을 순서대로 망라하기 때문에
cosmic drama라고도 불리우는 연쇄극의 대본이 오늘
날까지 비교적 충실하게 남아있는 영국의 도시들중
York, Chester, Wakefield (또는 Townley), Lincoln등
네곳이 가장 유명하다.

이들 대본을 통해서 살펴보면 다음과 같은 특징들이
공통적으로 나타난다. 우선 극중 사건의 인과가 희
미하고 역사적 관념이 결여되어 있고 시공의 개념도
희박한데, 당시의 중세인들에게 있어서 세상의 만사
는 모두 신의 뜻에 의하여 빚어지는 것인만큼 그들에
겐 이런 점들이 중요하지 않았던 것 같다. 인물의 성
격도 뚜렷하지 않고 대사는 운문(韻文)으로 씌었으며
종교적인 교훈을 목적으로 하면서도 희극적인 장면
을 자주 삽입하고 있다. 오늘날 리얼리즘의 연극과
는 크게 동떨어진 공연을 했음에 틀림없으나 기적 장
면만은 가급적 사실적으로 처리하려 했다. 기적을
신빙성 있게 연출해 냄으로서 신도들의 신앙심을 공
고히 하려는 의도 때문이었다.

한편 이 연쇄극은 주최시(市)의 부와 영광을 내외에
떨치기 위한 목적도 있어 막대한 재정을 들여 대대적
으로 행해졌으며 시의 축제의 일부인만큼 모든 계급
의 시민들이 참여하여 마음껏 즐겼다. 흔히 중세를

어둡고 답답한 시기로 말하는 경우가 있으나 실상 중
세의 평민들은 밝고 명랑하고 소탈했음을 당시 연극을
통해서 실증할 수가 있다. 연쇄극의 공연은 교회가 감
독하고, 시가 주최하며 길드(guild)가 제작을 담당하
는 거시적 행사로서 중세사회의 꽃이라고 할만하다.

성자극은 성서극과 흡사하나 다만 소재를 성서에
서 따오기 보다 로맨틱한 전설에서 취하여 성자의 생
애나 기적을 그린 자국어 극이란 점이 다르다. 중세
종교극 가운데 역대 극문학의 발달에 가장 크고 직
접적인 영향을 미친 것이 곧 도덕극이다. 도덕극은
14세기에 처음 나타났는데 연쇄극과 가장 흡사하며
연쇄극의 성서적 인물과 사건을 현세의 인물과 사건
으로 대치한 것이라고 할 수 있다. 그러나 도덕극은
그 형적식인 특성을 교회의 예화(例話, exemplum)에
서 더 분명히 암시받았다. 예화는 사제가 신도들에
게 行하는 교훈적인 강론인데, 중세인들이 즐겨 사용
하는 우의(寓意, allegory)의 수법을 빌어 만들어 낸 이
야기이다. 우의는 추상적인 개념, 예컨데 부, 명예,
권세, 선행 같은 말들을 의인화(personify)하는 수법
을 가리킨다. 이같은 우의적인 얘기를 극화한 것이
도덕극인 셈이다.

도덕극은 1400~1550년 사이에 주로 영국에서 발
달한 극형식인데 1400년경의 작품인 『The Pride of
Life』가 가장 오래된 예이다. 인간이 사후에 구원을
받을 수 있을 것인가 하는 종교적 교리를 주제로 하
여 신도들의 신앙심을 높이기 위해 상연되는 교훈
적인 종교극인데 여기에는 두가지 종류가 있다. 하
나는 인간의 탄생에서 사망에 이르기까지 삶의 문제

를 종합적으로 다루는 것인데 『*The Castle of Perseve-rance*』(c. 1425)와 『*Mankind*』가 그 예이다. 반면에 중세 도덕극 중에서 가장 뛰어난 작품으로 알려진 『*Everyman*』(c. 1500)같은 경우는 삶의 부분적인 단계나 문제만을 다룬다.

이 도덕극은 처음에 종교극으로 출발했으나 서서히 세속극(secular drama)으로 탈바꿈해 간다. 이 도덕극이 세속화한 형태를 Moral Interlude 라고 하는데 도덕극이 종교적인 문제를 다루는 데 반하여 Moral Interlude 는 인간이 악의 유혹을 물리치고 선에 귀의하기까지의 현세 논리적인 문제를 다룬다. 『*Youth, Wit & Science*』같은 작품이 그 예인데, Moral Interlude 는 르네상스의 영향을 받아 진지한 세속극으로서 English chronicle play 의 선구적인 역할을 한다. 가령 John Bale 의 『*King John*』(1538)은 역사적 인물과 우의적인 인물이 뒤섞인 작품으로 셰익스피어 사극(史劇)에 영향을 미친다. Interlude 는 왕이나 귀족, 부호의 저택에서 향연 사이에 여흥으로 베풀어진 실내극이었던 점에서도 후대 연극발전에 중대한 기여를 했다. 희랍에서부터 중세에 이르기까지 연극은 야외의 노천무대에서 대낮에 태양광선 아래에서 공연되었으나, 르네상스 이후부터 비로소 실내 극장에서 인공 조명 수단에 의하여 야간에 공연되기 시작하는데 연극이 본격적으로 실내에서 공연된 최초의 예가 Interlude 라고 할 수 있다.

이밖에 중세의 세속극 형태 가운데 중요한 것으로 소극(笑劇, farce)이 있는데 소극은 주로 프랑스에서 발달했고 영국에서는 성행하지 않았는데, 존 헤이우드

(John Heywood)의 『*The Four P's*』와 『*The Pardoner and the Friar*』가 대표적인 작품으로 알려져 있다. 종교극이 영적 세계에서 인간의 미덕이 승리하는 과정을 그렸다면, 소극(笑劇)은 인간의 현세에 있어서의 불완전성을 우스꽝스럽게 그려낸 세속극으로서 사기, 언쟁, 위선, 결혼의 부정(不貞)등을 즐겨 소재로 한다.

또다른 세속극의 형태로 Minstrelsy 와 folk drama 가 있다. Minstrelsy 는 로마의 jongleurs 와 trouvères 등에서 유래했다고 하는데, 춤과 노래와 곡예가 뒤섞인 직업 연예인에 의한 여흥의 종류이다. 한편 folk drama에는 Sword Play, Mummer's Play, Sir George Play, Robin Hood Play 등 다양한 종류가 있는데 기독교 이전의 민간 신앙과 관련된 민속 놀이적 성격을 띤 것이다.

중세연극은 이같이 10세기부터 약 600년간에 걸쳐 단순한 trope 형식으로부터 대규모의 cycles 와 court pageant 및 16세기의 다양한 세속극에 이르기까지 다채롭게 전개되었는데, 16세기 종교논쟁을 기점으로 해서 쇠퇴하여 르네상스의 도도한 물결 속으로 흡수되어 간다. 르네상스에 이르러 마침내 영국의 연극은 희랍·로마의 아리스토크래틱한 고전연극의 전통과 중세 연극의 민중적인 전통의 융화를 이루어 보다 풍요로운 연극문화를 가꾸어 나가게 되었다.

중세연극이 쇠퇴한 과정을 보면 1530년에 헨리 8세가 영국교회의 로마의 카톨릭교회로부터의 분리를 선언한데서 시작하여 1558년 엘리자베쓰 여왕의 종교극 금지령에 이르러 중세연극은 사실상 와해되기에 이른다. 그 뒤로도 중세연극의 명맥은 당분간 이어졌

으나 1570년대 이후 연쇄극의 상연은 찾아볼 수 없
게 된다.

중세연극의 쇠퇴는 극작가로 하여금 세속적, 현세
적 소재를 선택하게 해주고 민족극의 경향이 가속화
되며 교회와 시 및 부상들의 재정적 지원의 중단은
연극공연의 영리추구 목적이 두드러져 마침내 직업
연극의 발생을 가져오게 한다. 따라서 연극은 과거
처럼 정치·종교의 예속에서부터 풀려나 자립하게
되지만 르네상스기에 들어서도 한동안은 왕이나 귀
족의 보호를 받는다. 그러나 직접적인 종속관계는
중세 이후에 청산되었다고 할 수 있다.

끝으로 중세연극의 상연 방식을 간단히 살펴보면
크게 실내공연과 옥외공연으로 나눌 수 있다. 초기
의 교회극은 교회의식의 일부로서 교회당내에서 공
연되었으며 본격적인 실내공연은 주로 banquet hall
에서 공연된 도덕극과 Moral Interlude에서 찾아볼 수
있다. 이때의 무대장치는 장소를 나타내는 간단한
mansion을 설치하고 그 주변의 platea라고 부르는 빈
공간을 연기지역으로 설정하여 공연했다. 한편의 연
극에 필요로 하는 장소의 수에 따라 여러개의 mansion
을 설치하고 그 앞과 주위에서 배우들이 연기를 했
던 것이다.

옥외의 공연방식에도 몇가지 형태가 있는데 연쇄
극의 경우는 마을 광장에서 공연을 했는데 각 에피
소드별로 독립된 마차들이 있어서 이 마차를 끌고 시
의 여러곳을 옮겨 다니면서 공연했다. 마차는 무대
장치를 실은 mansion마차와 그 앞에 바짝 붙여서 그
위에서 연기를 하는 빈 platea마차로 이루어 졌는데

한 cycle drama 를 공연하기 위해서는 수십에서 백여 개의 마차가 동원되기도 했다. 이 마차무대는 주로 영국에서 사용된 방식이며 유럽에서는 소위 booth stage 를 이용했다. booth stage 는 마을 광장에 단을 길게 쌓아놓고 그 단 위에 연극에 나오는 모든 장소를 나타내는 장치들을 일열로 배치하며 배우들은 그 앞에서 연기한다. 따라서 장소가 바뀔때마다 관중들이 좌우로 이동하면서 연극을 관람하게 된다. 영국의 마차무대의 경우는 장소가 바뀔 때마다 관중은 그대로 있고 마차가 이동하는 것과 반대이다. 이렇게 booth stage 는 그 연극에 필요한 장치를 한꺼번에 무대 위에 설치해 놓기 때문에 동시무대(simultaneous stage)라고도 한다.

또 하나의 옥외공연의 방식으로 오늘날의 중앙무대(arena stage 혹은 theatre-in-the-round)양식의 원류가 되는 무대양식이 있다. 『The Castle of Perseverance』의 공연에 활용되었던 방식인데 관중석의 한 가운데에 무대를 배치하고 관중은 무대를 싸고 빙 둘러앉도록 되어 있다. 다만 뒷자리의 관중에게 무대를 잘 보이게 하기 위하여 관중석을 계단식으로 위로 갈수록 높이 쌓아 올렸다.

2. 엘리자베쓰朝

영국은 16세기에 이르러 비로서 독자적인 자국의 연극전통을 이룩했다고 볼 수 있다. 영국의 16세기는 튜도 왕조의 시기이고 튜도 왕가의 마지막 왕이자 영국의 국세를 가장 크게 떨치게 한 엘리자베쓰

여왕의 재위기간(1558—1603)이야말로 셰익스피어의
배출과 함께 아마도 세계역사상 가장 찬연한 연극문
화를 향유했던 시기일 것이다.

이제 셰익스피어가 활동하기 이전까지 16세기 영
국 연극의 발달과정을 살펴보기로 하자, 앞에서도
언급했듯이 영국의 연극은 주로 이탈리아를 매개로
한 르네상스의 고전 연극과 자국 고유의 중세연극의
전통을 이상적으로 융합하였다.

고전의 영향은 무엇보다도 엄정한 형식미에서 찾
아진다. 훌륭한 시문학의 바탕 위에 5막으로된 구
성과 soliloquy 와 aside 등의 대사법, 심리묘사에 토대
를 둔 인물의 내적성격 표현, 주로 Seneca 에서 연유
한 복수와 근친상간의 주제, 그밖의 다양한 희극적
인물 유형등에서 찾아질 수 있으며, 중세적인 영향은
단편적인 dramatic convention 들 외에 대중에게 친숙
한 희극적 인물 유형과 우주의 질서에 대한 그 시대
특유의 관념, 그리고 allegory 의 수법들에서 찾아볼
수 있다.

이 시기에 영국 연극의 모태로서 중요한 역할을 한
것은 학교인데 이들 학교에서 라틴어 교재로서 로마
의 극작가들, Plautus, Terence, Seneca 의 희곡들이 읽
히고 연구되기 시작했으며 그다음 단계로서 이들 고
전을 라틴어와 자국어로 모방하게 되고, 마침내는 영
국 소재와 배경으로 자국어로 창작이 이루어지게 되
어 본격적인 극문학이 胎動을 보게 된다. 이같은
school drama 의 선구적인 작품들로 Nicholas Udall 의
『*Ralph Roister Doister*』와 작자가 Mr. S. 로만 알려진
『*Gammer Gurton's Needle*』이 있다. 이들 작품은 고전

의 영향을 받아 형식에 있어서의 'regularity'를 대체로
지키고 있으면서도 현저한 토착적 요소들을 담고 있
다. 최초의 영국 희극으로 일컬어지는 전자는 허풍
장이 Ralph를 골탕먹이는 과정을 소극적 텃치로 그
려낸 경쾌한 드라마이고, 후자는 엘리자베쓰조의 농
촌생활을 명랑하게 그려낸 민속적 텃치의 작품이다.

학교이외에 직업 법률가들의 연수소 같은 Inns of
Court 또한 연극의 모태구실을 하는데 무운시(blank
verse)로 씌어진 최초의 영국 비극으로 알려진『Gorbo-
duc』은 바로 법률가인 Thomas Sackville과 Thomas
Norton의 공저이다. 『Gorboduc』은 Seneca에게서 형식
을 빌려오긴 했으나 영국의 전설을 소재로 하고 있
고 중세적 사상을 담고 있다. 여기서 한가지 덧붙일
것은 영국 연극이 고전의 영향을 받아 들이면서도
대륙과는 달리 삼일치의 법칙(three unities)만은 융통
성 있게 수용했다는 점이다. 셰익스피어에서도 나타
나듯 시간과 장소의 일치는 물론 행위에 있어서도
sub-plot을 즐겨 사용했다.

마지막으로 직업연극 활동 또한 극문학의 발달에
기여한다. 16세기 직업 극단들의 popular drama는 중
세적인 전통과 르네상스의 영향이 무질서하게 뒤섞인
것이었다. 가령 Thomas Preston이 쓴 다음과 같은 긴
제목의 작품을 보면 제목만으로도 다양한 영향의 혼
재를 능히 짐작할 수 있다 :『A Lamentable Tragedie
Mixed Full of Pleasant Mirth, Containing the Life of
Cambises, King of Persia, from the Beginning of the
Kingdom, Unto his Death, His one Good of Execution,
after that Maniy Wicked Deeds and Tyrannous Mur-

ders, Committed by and through Him, and *Last of All, his Odious Death by God's Justice Appointed.*』

이같은 초기의 모색기를 거쳐 영국 희곡문학의 토대가 탄탄히 다져진 것은 주로 대학교육을 받은 일단(一團)의 유능한 작가들이 대거 출현함으로서였다. 거의 비슷한 시기에 나타난 이들을 가리켜 'University Wits'라고 부르는데 John Lily, George Peele, Robert Greene, Thomas Lodge, Thomas Nashe, Thomas Kyd, Christopher Marlowe 가 그들이다.

극작 뿐 아니라 타문학 장르에서도 여러가지 개척자적 역할을 했던 이들의 극문학 발전에 대한 주요 공적을 살펴 보면 Lily 는 환상적, 신화적 인물의 창조와 'euphuistic prose'라고 알려진 미문(美文)을 통해 court comedy 를 만들어 냈으며, Peele 은 'Chronicles'를 더욱 다듬었고, Greene 은 'pastoral romance'의 형식을 만들었으며 특히 플롯을 꾸미는 재간이 뛰어났다. 소설에서 더 재능을 보인 Nash 는 비극과 희극에 모두 손을 대서 다방면의 재능을 과시했으며 Lodge 는 수사학적인 대사의 구사에 재질을 보였으나 극작에서는 별반 성과를 거두지 못했다.

이들 University Wits 중에서 후대의 극문학에 가장 중요한 기여를 한 사람은 키드와 마알로우였다. **Kyd**는 그의 유명한 『*The Spanish Tragedy*』에서 세네카풍의 본격적인 revenge tragedy 를 써서 셰익스피어에게 직접적인 영향을 미쳤다. 당시에도 공연을 통해 큰 성공을 거둔 이 작품은 chorus 의 등장, ghost 의 출현 등 복수극의 정석적인 요소를 담고 있으면서도 절제를 중시하는 고전 비극과는 달리 빠른 템포, 격렬한 사건, 유혈의 결말, 마키아벨리적 악당의 등장등을 통해 엘리자베쓰조의 romantic spirit을 반영해 주고 있다.

셰익스피어만 없었다면 단연 그의 자리를 차지했을 것이라는 중평을 듣고 있는 **Marlowe** 는 『*Tamburlane*』, 『*The Jew of Malta*』, 『*Doctor Faustus*』 등에서 poetic tragedy 의 가능성을 훨씬 확대하였다. 종전의 딱딱하기만 한 iambic pentameter line 을 훨씬 웅장하고 다양하고 탄력있게 구사해 내어 'Marlowe's mighty line' 이라고 일컬어질만큼 blank verse 를 효과적인 비극의 언어로 승화시켰다. 한편 광대나 하인, 여자대신에 거대한 영웅(titanic hero)을 비극의 주인공으로 내세워 권력에 대한 탐욕의 과정에서 처절하게 몰락하기까지의 주인공의 이야기를 서사시적 규모로 펼쳐 보임으로 관객을 압도하는 비극미를 창출했다. 그러면서도 과장된 인물이나 사건이 관객에게 공감을 불러 일으키도록 충실한 통찰을 바탕에 깔았다.

여기서 엘리자베쓰조의 극장의 측면을 잠시 살펴 보자. 15세기에도 유랑 직업극단들은 있었으나 법적인 지위는 없었다. 1572년에 엘리자베쓰 I세에 의하여 극단의 등록을 의무화하는 법령이 제정되면서 극단은 비로소 법률적인 지위를 가지게 된다. 이 법령은 영국의 절대왕권을 강화하기 위해 중세적 잔재를 제거키 위한 조치로서 제정되어 연극활동을 제약하는 효과를 가져오기도 했으나 이 법령은 일단 등록이 허락된 극단의 활동에 대하여는 왕권의 보호를 받을 수 있는 효력을 가지게 되었다. 따라서 극단들은 등록을 얻으려면 patron 을 정하여 궁정관리인 Master of

Revels로부터 면허를 받아야 했다. 당시의 중류계급은 연극을 부도덕한 것으로 생각하여 배척하는 경향이 있었음으로 면허를 획득하는 일은 크게 도움이 되었다. 그러나 연극이 런던에 집중해 있던 그 당시에 런던시 관리들이 시내에서의 연극활동을 끈질기게 봉쇄하려 들었기 때문에 최초의 극장들은 부득이 템즈강 남쪽 런던 시계(市界) 밖에 건립될 수 밖에 없었다.

최초의 극장인 'The Theatre'가 1576년에 건립된 이래 셰익스피어가 활동한 'The Globe'를 위시하여 'The Curtain', 'The Swan', 'The Fortune' 등 여러 극장들이 다투어 건립되었다. 이들 극장은 모든 계급이 입장할 수 있는 public theatre인데 객석이 2,3천을 수용할만큼 크고 노천 극장인 반면에, 보다 규모가 작고 선택된 관객을 대상으로 하는 실내의 private theatre도 있었다. 1580년대까지는 영국의 직업연극은 중앙정부의 보호아래 영국 사회에서 확고한 지반을 가지고 활발한 극장문화를 이룩해 나갈 수 있게 된다.

여기서 당시 극장의 전형적인 구조를 살펴 본다면 위에도 언급했듯이 노천극장이나 객석부분은 지붕을 씌웠고 평지보다 약간 높힌 무대가 객석으로 돌출해 들어가서 관객은 무대의 3면을 에워싸고 관람했다. 무대의 뒷면은 벽으로 되어 있는데 양쪽에 두개의 문이 있어서 배우의 등퇴장구로 사용했고 문사이 중앙에 소위 'discovery space'가 있었으나 그 형태에 대해서는 정설이 없다. 하여튼 이 부분은 tableaux(정지된 장면)를 보여 주거나 내실 장면 등으로 활용되었

을 것으로 추측된다. 무대에는 2층 난간과 3층 난
간이 있는데 2층은 발코니, 성벽같은 높은 장소를
나타낼 때 활용되고, 3층은 악사석이었다. 무대에는
특별한 장치를 사용하지 않은 bare stage 가 원칙인데
시간과 장소의 설명은 극작가가 대사 중에 암시하는
spoken décor에 의존하여 관객의 상상력이 요구된다.
다만 특수효과의 안출(案出)을 위한 trap과 fly가 사용
되었는데 trap은 무대밑의 공간으로 유령의 등장 같은
때 사용되었고, fly는 천정에서 내려뜨리는 도르레
장치로 천사의 하강 같은 장면에서 사용된다. 의상은
로마인이라거나 유령 혹은 동물 같은 특수한 등장인물
이외에는 당대 복장을 그대로 착용했으며 조명은 노
천극장인 만큼 인공조명 수단의 이용없이 태양광선
아래에서 주간에 행해졌다.

공연은 거의 매일 상연 작품을 바꾸는 repertory
system 이었기 때문에 한 극단은 아무때나 공연할 수
있는 다수의 레퍼터리를 확보하고 있어야 한다. 그
리고 상연 작품의 인기가 하락하면 곧 새 작품으로
교체해야 하기 때문에 대개는 전속 극작가를 두고 단
기간에 새 작품을 준비한다. 요즘처럼 연출가가 있
었던 것이 아닌만큼 요즘의 무대감독에 해당하는
bookholder 가 연습을 지휘했는데, 전체가 모이는 연습
은 몇번 없다. 배우들은 자기가 맡은 배역의 대사만
적혀있는 필사본 'sides'를 나눠 받아서 각자 자기 역
을 준비한다. 공연의 방식은 대개 일정한 틀에 맞추
는 것인만큼 요즘처럼 정교한 연습의 과정은 불필요
하다. 배우들도 각자의 전문기(技)가 정해 있어서 항
상 비슷한 역을 해내기 때문에 각자 재능의 차이는 있

을지언정 장기간의 연습 과정을 요하지는 않는다. 한
극단의 단원은 10~20명 정도인데 반수가량은 주주
(share holder)이고 나머지는 일정기간 급료제에 의해
고용된 사람(hired man)들이다. 도제(徒弟)제도(ap-
prenticeship)가 있어서 21세 미만의 소년들이 극단에
소속되어 있었는데, 이들이 여자역을 맡았다. 극단이
극장을 건축하거나 공연비를 염출할 때 자력으로 해결
이 되지 않으면 투자자를 모집하게 되고 그를 house
holder 라고 부른다. 셰익스피어는 극단에 소속한 배
우이자 동시에 share holder 였으며 후에 치부했을 때
『The Globe』 극장의 house holder 가 되었었다.

공연은 입장료만 지불하면 어느 계급에게나 개방
되는데 일정액을 지불하면 아래층 객석인 pit에 입장
하게 되고, 2층의 더 편한 객석인 gallery를 원하면
다시 계단입구에서 얼마를 더 낸다. 엘리자베쓰조의
public theatre 가 귀족에서 천민에 이르기까지 누구에
게나 개방되었기 때문에 극작가는 모든 계층에 호소
할 수 있는 작품을 써야할 필요를 느끼고 이것이 어
느면에서 당시의 연극에 보편성과 생명력을 불어 넣
는데 작용했을 것으로 보인다.

이같은 분위기 속에서 위대한 극작가 **William Shake-
speare**(1564—1616)는 극작활동을 시작한 것이다. 런
던 근교의 Stratford-upon-Avon 의 중류 가정에서 태어
났으며 18세에 이웃마을의 Anne Hathaway 와 결혼하
여 첫딸과 이어 쌍동이 남매를 슬하에 두었다는 것
외에 극작가로 대성하기까지 그의 경력에 대해서 확
실하게 알려진 것은 없다. 고향에서 소학교를 다녔
을 뿐 대학을 포함한 정규 교육을 충실히 받지는 않

았다. 동시대 극작가인 Ben Jonson이 그를 가리켜 「small Latin, less Greek」라고 평했던 것도 이런 점을 암시해 준다고 보인다. 그러나 셰익스피어는 천성적 인 뛰어난 감수성으로 학교이외에서 극작가의 소양 을 충분히 쌓을 수 있었을 것으로 보인다. 후일 University Wits의 한 사람인 Robert Greene이 그의 인 기를 은근히 시기하여 조롱조로 그를 가리켜 「an upstart crow, beautified with our feathers」라고 한 말 은 실상 셰익스피어의 폭넓은 수용 능력을 반증한 셈이다.

한두편을 제외한 그의 작품들은 모두 출전을 분명 히 지적할 수 있을만큼 그는 소재와 아이디어를 외 부에서 다양하게 빌려왔다. 옛 희곡은 물론이거니와 고대의 전설과 역사, 영국과 스코틀랜드의 년대기, 이탈리아, 프랑스의 설화 및 당대의 소설등에서 자유 롭게 차용했다. 어느면 모방의 천재라고 볼 수 있는 그는 그의 희곡에서 여러개의 플롯을 복잡하게 혼합 하기를 즐겼는데 dénoument에 가서는 이것들이 유기 적인 연관을 맺으며 교묘하게 결말지어진다. 곧 남 의 것을 빌리되 이것들을 독창적으로 소화해 내는 데서 그의 천재성이 들어난다.

셰익스피어는 극작에 본격적으로 손대기 전에 먼저 시인으로 출발했는데 『Venus and Adonis』와 『The Rape of Lucrece』 두편의 narrative poem을 써서 당대의 문 인 대열에 당당한 위치를 점했고 구준히 소네트를 지 어 154편을 남기고 있는데 이같은 시작(詩作)의 능력은 그로 하여금 dramaturgy에만 능한 단순한 예인(藝人) 에 그치게 하지 않고 그의 이름을 문학사에 길이 남게하는 저력이 되었음은 물론이다.

셰익스피어는 1590 년대부터 극작에 손대기 시작했으며 1594 년에는 이미 그의 소속 극단인 Lord Chamberlain's Men 의 중견 배우이자 동시에 share holder 로서 극장가에서 확고한 지반을 구축하게 된다. 그는 적어도 36 편에 달하는 방대한 극작품을 남기고 있는데 작품당 편균 20 개의 많은 장면을 사용하고 평균 2,700 line 으로 이루어지는데 그가 천성적인 이야기꾼임을 알 수 있게 한다. 등장인물도 적으면 14 명에서 많을 때에는 47 명까지 등장함으로 그의 작품은 파노라믹한 만화경처럼 다채롭게 펼쳐진다. 그의 작품이 지식층은 물론 서민층에게까지 어필할 수 있었던 것도 바로 이같은 그의 theatrical 한 감수성에 기인한다고 보겠는데, 종전의 작품들처럼 naration 이나 장광설에 의존하지 않고 신속한 사건의 진전과 활기있는 대화의 교환에 주로 의존한다.

그러면서도 그의 만화경 같이 펼쳐지는 사건들이 단지 에피소드의 나열처럼 보여지지 않고 하나의 전체로서 서로 긴밀한 내적 연관성을 가지도록 만든 것은 셰익스피어의 뛰어난 극작 감각이라고 할만 하다. 셰익스피어를 가장 탁월한 극작가로 만들어 주는 점은 무엇보다도 그의 심원한 인간에 대한 통찰 능력이라 하겠다. 가령 『The Merchant of Venice』에서 Shylock 은 꼭 다섯 장면 밖에 등장하지 않지만 그는 셰익스피어가 창조해 낸 불후의 인간상 중의 하나로 기억된다. 이같이 단역에 이르기까지 허수아비가 아닌 생동하는 인간으로 그려낼 줄 아는 그의 역량이야 말로 그를 'child of nature' 라고 일컬을만하게 해

준다. 인간의 복잡다기한 내면 세계를 꿰뚫어 보면서
도 동시에 어느 한쪽으로 치우치지 않은 well-rounded
character 로 그려낼 줄 아는 능력, 곧 개개의 사상(事
象)에서 보편적 인간체험을 이끌어내는 능력은 그를
모난 천재가 아닌 가장 포괄적인 한 인간정신을 가
진 천재로 만들어 주었다.

셰익스피어는 언어에 대한 감각에서도 탁월한 재
능을 보인다. 이미 시작을 통하여 그의 재능을 발휘
했으나 이것이 극작과 만났을 때 한층 생명력있는 언
어로 빛을 발한다. 시어가 지니는 운율과 템포와 정조
(情調)를 십분 효율적으로 구사해 낼 뿐 아니라 그의
풍부한 어휘는 영어를 풍요하게 살찌웠고 그의 재치
있는 조어(造語)의 능력과 비유적인 대사법(pun 같은)
및 오페라의 아리아를 연상케 하는 긴 독백과 경귀적
인 언어들은 그 자체만으로도 보석처럼 진귀하고 작품
전체를 관류하는 적절한 imagery 의 사용은 극적 체험
을 한층 앙양시키고 주제를 강조하는 힘을 가진다.

평균 1년에 2편의 작품을 쓴 셈인 셰익스피어는
가장 다산적인 작가이기도 한데 그는 또한 당시에 알
려진 거의 모든 장르의 희곡에 손댔고 각 장르에서
각기 탁월한 경지에 도달했다. 저작 년대는 불확실
하나 최근까지의 연구에 토대를 두자면 그는 먼저
사극에서부터 시작했는데 『Henry VI』1부 및 2부와
『Richard III』를 거쳐 희극으로 접어든다. 이때부터
그는 전 극작 경력을 통하여 꾸준히 희극에 손대고 있
는데 그가 써낸 희극 또한 다양하다. 『Love's Labour's
Lost』같은 경쾌한 풍자가 있는가 하면, Plautus 풍의
farce 인 『Comedy of Errors』, 이탈리아의 거장 Ariosto를

연상케 하는 farce 인 『*A Taming of the Shrew*』가 있고 1595 년부터 99 년 사이에는 풍요롭고 서정적인 희극의 걸작들이 쏟아져 나온다. 『*Two Gentlemen of Verona*』를 위시하여 『*A Midsummer Night's Dream*』, 『*Much Ado About Nothing*』, 『*As You Like It*』, 『*Twelfth Night*』등이 그것들이다. 그러나 위에 언급한 『*The Merchant of Venice*』에서부터 그의 희극에는 어두운 그림자가 끼어들기 시작하며 그의 위대한 비극시대에 씌어진 희극들에는 serious tone 이 강하여 이들은 dark comedy 라거나 혹은 tragi-comedy 내지는 problem play 라고도 일컫게 되는데, 『*All's Well That Ends Well*』, 『*Measure for Measure*』등이 그들이고, 『*Torilus and Cressida*』나 『*Cymbeline*』, 『*Winter's Tale*』에 이르러는 거의 cynical 한 bitter comedy 로 발전하여 제임즈 시대의 색조를 띠게 되지만 마지막 희극인 『*The Tempest*』에 이르러서는 마침내 화해와 평화에 도달하는 느낌을 준다.

만일 셰익스피어가 희극 작품만을 남겼다 해도 그는 연극사상 희랍의 Aristophanes 나 프랑스의 Molière 에 필적할 만한 위대한 희극 작가로 기억되겠으나 셰익스피어의 불후의 천재성이 완숙한 표현을 얻은 것은 그의 비극작품들에서였다. 이미 가장 초기의 『*Titus Andronicus*』에서부터 가능성을 엿보이기 시작했는데 이 초기의 피비린내 나는 살륙극은 당시 대중들에게 인기를 얻었으나 셰익스피어비극의 본령은 험난한 운명의 파도를 헤쳐 나가는 위대한 인간의 영혼을 창조해 보여주며 그 배후의 힘인 우주의 질서를 들어내 보여준 후기의 원숙한 비극작품들에서

찾아야 할 것이다. 1599년의 『Julius Caesar』에서부터
시작하여 4대비극으로 알려져 있는 『Hamlet』, 『Othello』
『King Lear』, 『Macbeth』를 위시하여 『Julius Caesar』와
함께 Roman play로 불리우는 『Antony and Cleopatra』
에 이른다. 이밖에 『Timon of Athens』, 『Coriolanus』등
의 작품도 그의 비극군(悲劇群)에 포함되며 『Edward
III』와 『Two Noble Kinsmen』도 그의 작품으로 거론하
는 경우가 있다.

이같이 다양한 소재, 다양한 장르를 두루 섭렵하고
모든 분야에서 천재성을 유감없이 발휘하였기 때문
에 Ben Jonson은 이미 당대에 그를 지칭하여 「He was
not of an age, but for all time!」이라고 격찬했었다.
그러나 셰익스피어는 당시에는 Jonson이나 Beaumont
와 Fletcher보다 낮은 평가를 받았고 극문학 자체가
시에 비하여 문학의 장르로서 낮은 대접을 받았기
때문에 셰익스피어 자신도 자신의 희곡 작품을 출판
하여 후대에 남기는 일에 열의를 보이지 않았다. 그
의 생시에 동료 배우들이 기억을 더듬어 16편을
quarto판으로 출간하였으나 상당수가 신빙성이 희박
한 bad quarto로 알려져 있고 오늘날까지 그의 작품
이 비교적 충실하게 전해지는 것은 1623년에 John
Heminge과 Henry Condell이 그의 전작을 Folio판으로
출간한 덕분이다. Comedies, Tragedies, Histories로 나
뉘어 36편이 수록된 이 First Folio는 세계 문학사상
가장 중요한 단일 출판물이라 할만하다.

영국의 극장가에서 셰익스피어에 관한 관심이 멀
어진 적은 한번도 없으나, 그에 대한 정당한 평가는
17세기부터 서서히 고개를 들기 시작하고 19세기

낭만주의 시대에 이르러 절정에 달하는데 오늘날 그
에 대한 연구는 그 자체만으로도 문학사를 이룬다.

엘리자베쓰 1세 사후 튜도 왕조가 막을 내리고 스
튜어트 왕조가 열리면서 첫 왕이된 제임즈 I세 치하
(1603—1625)를 Jocobean age 라고 일컫는데 이 시기는
스페인의 무적함대를 격파하고 국력이 해외에 크게 떨
치던 엘리자베쓰 조의 영광이 사라지면서 절대 왕권
에 대한 도전이 고개를 쳐들 무렵으로 전반적인 시대
분위기는 비관주의로 채색되었다. 이같은 기류는 영
국뿐 아니라 대륙에서도 마키아벨리와 몽테뉴의 현
실주의적이고 회의주의적인 인간관이 풍미하여 중세
의 질서관이 무너지고 있었다.

이같은 새 사조와의 갈등은 연극에도 첨예하게 영향
을 끼쳐 이 시기 연극의 주조는 풍자로 흐르고 반항
적이고 위악적이며 회의주의적인 극작가군(群)이 나타
나기 시작한다. John Marston, Thomas Middleton, John
Webster, Ben Jonson 등이 대표적 인물인데 Marston 은
『The Malcontent』같은 작품에서 인간의 우매와 악덕
을 거의 광적으로 해부하는 악취미를 보여주었고 Ben
Jonson 이 "고약한 친구"(a base fellow)라고 평하기까
지 한 Middleton 은 가혹한 풍자로 인해 투옥된 경험
조차 있을 만큼 죄악을 솔직하게 공공연히 무대 위
에 그려 보였다. 그의 대표작인 『The Changeling』에
서는 주인공 Beatrice 를 "Fair murderess"로 그의 악덕
을 거의 예찬할 지경에 이른다.

Webster 는 때로 셰익스피어와 비견할만한 비극의
솜씨를 보인 이 시기의 대표적 극작가인데 그는 전
체적인 구성에 있어서는 허약하나 격렬한 감정을 그

려내 공포를 일으키는 재간을 지녔다. 『*The Duchess of Malfi*』의 주인공은 열정적이고 자의식이 강한 악인인데 선과 악이 무분별하게 성쇄하는 혼돈된 세계를 보여준다. Webster 는 세계를 「deep pit darkness」라고 본 철저한 회의주자 였다.

이 시기의 대표적인 작가는 Ben Jonson 이었다. 그 자신 철창 신세를 지기도하고 결투에서 배우를 죽이기도 하는 등 종잡을 수 없는 괴팍한 성격과 잡다한 경력을 가진 존슨은 특이한 성격의 인물을 그려내는데 가장 뛰어났다. 『*Volpone*』, 『*The Alchemist*』, 『*Every Man in His Humour*』, 『*Every Man out of His Humour*』, 『*The Silent Woman*』등 신랄한 풍자 희극으로 주로 기억되는 그는 제목이 암시하듯이 인간의 성격을 결정하는 지배적인 욕구나 충동을 당시의 기질(氣質, humour)에 대한 이론을 토대로 해부해냈다. 따라서 플롯은 빈약한 편인데 그의 대표작 『*Volpone*』에서도 주인공 Volpone 와 영악한 하인 Mosca 를 비롯하여 짐승의 이름을 연상시키는 독특한 인물들이 대거 등장한다. 작품이 풍기는 우의성만으로도 중세의 도덕극을 연상시키는데 다만 부도덕한 도덕극이라는 느낌을 준다.

이렇게 이 시기의 희곡들은 한결같이 인간의 고통과 사악함을 추적하며 그 가운데 삶의 정신적 무정부 상태를 들어내 보인다. 그밖에도 거칠은 언어와 불규칙적인 운문, 블랙 유우머의 난무, 광기와 질병의 imagery 등으로 해서 Jacobean drama 는 영국에 있어서 가장 퇴폐한 시기로 현대에 와서 새삼 관심을 불러 일으키는 것도 이런 까닭이다.

그러나 1610년부터 이같은 기류는 정국의 안정, 영국의 해외진출 등의 여러가지 요인에 의해 어느 정도 씻기고 또다시 약간은 밝은 분위기가 되살아난다. 특히 경쾌한 희극들에서 이같은 분위기의 변화를 느낄 수 있는데 가장 대표적인 작가로 동반작가인 Francis Beaumont 와 John Fletcher 를 꼽을 수 있다. 그들의 대표작은 멜로드라마적인 『The Maid's Tragedy』로 알려져 있으나 이밖에도 수많은 희극을 합작했는데 유쾌하고 솔직하며 때로 외설적이고 천박하기까지한 그들의 희극은 당대에 가장 인기가 있었다.

『Shoemaker's Holiday』로 가장 유명한 Thomas Dekker 는 런던의 도시 생활을 소재로 한 유쾌한 풍자 희극을 썼는데 이 작품에서도 구두직공들의 생활을 통해 엘리자베쓰조의 생활 풍경을 단편적으로 펼쳐보였다. Thomas Heywood 는 배우 출신으로 200여편의 희곡을 쓴 다산적인 작가로 멜로드라마적인 가정극에 능했지만 수많은 장르를 섭렵하여 Charles Lamb 으로부터 「A sort of prose Shakespeare」란 평을 들었다. Philip Massinger 는 이 시기 극작가들 중에서 기독교적으로는 가장 뛰어나 인물의 묘사와 플롯의 짜임새도 원만하며 특히 그의 대표적인 희극인 『A New Way to Pay Old Debts』는 왕정복고기의 comedy of manners 을 예상케 했다.

이밖에도 Walter Montagu, William d'Avenant, James Shirley 등의 군소 작가들이 활동했으나 청교도 혁명 이전에 가장 특이한 작가로 주목받을만한 사람은 John Ford 이다. 그의 대표적인 세편의 비극, 『Love's Sacrifice』, 『'Tis Pity She's a Whore』, 『The Broken

Heart』에서 모두 형제간의 근친상간을 소재로 하고
있다. 그는 일체의 도덕적 여운을 배제하고 철저하
게 육체의 세계를 탐구하여 인간의 강박적 충동을
변태심리적인 각도로 들여다 봄으로서 관객들에게
고통스러운 공포를 불러일으켜 준다. 이점이 현대에
와서 그에게 다시 관심을 돌리게 해 주지만, 당시로
서는 영국연극의 타락과 쇠퇴의 징후로 나타난 것으
로 여겨진다. 1642년에 청교도혁명이 일어나 공화
정이 선포되면서 극장폐쇄령이 발효되어 셰익스피어
로 절정에 달했던 영국 연극의 한 시대는 막을 내리
고 왕정복고까지 이후 18년간 연극공연 활동은 공
식적으로 중단된다.

　이제 이 시기를 마감하면서 한가지 특이한 연극의
형식에 대한 설명을 붙이고자 한다. 제임즈 Ⅰ세는
public theatre troupe 외에 왕가의 결혼이나 탄신 혹은 국
빈을 환영하는 자리에서 private court entertainment 를
베풀었는데, 이것을 가리켜 'court masque'라고 부른
다. 이 형식은 이탈리아에서 5막의 정규 연극사이의
막간에 여흥으로 베풀어지던 'intermezzo'와 흡사한
데, 가벼운 연극 가운데 노래와 춤이 끼어드는 형식
이다. 이 masque 는 가벼운 여흥이기 때문에 극의 줄
거리보다는 화려하고 신기한 무대술이 관객을 매료했
다. 여기에 사용된 무대술은 곧 이탈리아 르네상스식
의 무대술로 이 masque 의 성행으로 인하여 영국의 극
장들은 대륙의 새로운 무대술을 도입하여 엘리자베쓰
조 이후 영국 극장과 무대의 변화를 가져오게 한다.
물론 이같은 극장의 변화는 연극 내용에도 영향을
미치게 되어 왕정복고 이후의 영국의 연극은 도도한

르네상스의 물결속에 흡수되어 갔다.

3. 王政復古期와 18세기

1660년 차알즈 2세가 복위하면서 연극 또한 부활되었다. 이때부터 영국 연극의 전통은 때때로 질병의 유행이나 국상같은 특별한 경우를 제외하곤 한번도 그 맥이 끊김이 없이 오늘까지 영국인의 삶의 중요한 일부로서 이어지고 있다.

그러나 왕정복고기 (Restoration age)에 들어섰을 때 연극은 그전의 엘리자베쓰조와는 다른 모습으로 나타났고 유럽 대륙의 주류와도 멀어져 있었다. 대륙의 연극은 프랑스가 중심세력을 이루고 희극에 있어서는 Molière, 비극에 있어서는 Racine 등의 거장들의 주요 작품들을 내놓을 무렵이었다. 그러나 이같은 프랑스의 황금기에 비해 영국의 연극은 Allardyce Nicoll 이 지적했듯이 「엘리자베쓰조를 가능케 했던 크나큰 힘은 사라졌다」고 보아야 할 것이다. 뒤에 다시 논의되겠으나 비극에 있어서는 셰익스피어의 모방에 그친 생명력이 거세된 'heroic tragedy' 가 고작이었고 희극에 있어서도 Molière 에서와 같이 귀족계급은 물론 신흥계급인 bourgeoisie 의 생활과 의식을 폭넓게 반영한 활달한 희극보다는 왕을 중심으로한 궁정인 (courtier) 들의 manner와 moral 을 반영한 'artificial comedy' 가 성행했을 뿐이다. 소위 'comedy of manners' 라고 이름지어진 이 계열의 희극은 영국의 특산물이라 할만한데 'wit'에 의존한 대화 중심의 드라마로서 20세기까지도 그 명맥이 이어지고 있다.

왕정복고기의 극문학이 이같이 협소한 성향을 띤
반면에 이 시기의 극장문화는 오히려 대륙의 절대적
인 영향을 받는다. 1660년에 왕은 복위 즉시 그의
면허(patent)없이 공연하는 행위를 불법화했고 오직
두 사람에게만 면허를 주었다. Patron 의 칭호를 따
서 Duke's Men 이라 불리우게 된 극단의 단주인 William
d'Avenant 과 King's Men 의 단주인 Thomas Killigrew
가 그들인데 이들의 면허는 1843년까지 지속된다.

18세기에 왕의 면허권에 대한 반발과 도전이 있
었으나 1737년에 왕은 오히려 Licencing Act 를 발하
여 면허권을 재확인했고 설상가상으로 Lord Chamber-
lain 에 의한 사전 극본 검열까지 실시됐다. 그래서 런
던에는 Drury Lane 과 Covent Garden 두 극장만이 정
통 연극(곧 비극, 희극)공연을 할 수 있었는데 궁극
적으로 1843년에 가서야 이같은 면허제는 완전히
철폐된다. 그러나 극본 검열제도는 이보다 더 늦은
1968년에야 비로소 해제되었다.

왕정복고 초기에는 기존해 있던 극장건물에서 공
연이 행해졌으나 머지않아 이탈리아풍의 극장건물이
도입되어 영국의 극장양식은 비로소 대륙의 르네상
스 양식과 일치하게 된다. 엘리자베쓰조의 돌출무대
(thrust stage)를 연상시키는 apron stage 의 활용만이
다를 뿐 나머지는 직사각형의 극장 건물이 무대와 객
석으로 나뉘고 객석은 다시 맨 하층의 pit 와 삼면의
가장자리를 둘러친 box, 그리고 맨 윗층의 하층민 전
용인 gallery 로 구분되는 대륙의 양식을 그대로 따랐
다.

무대 역시 엘리자베쓰조의 기본적인 bare stage 를

청산하고 대륙의 방식대로 원근화법에 의한 회화적 사
실주의의 무대장치술을 원용했다. 그래서 무대는 배
우들이 연기하는 전면의 apron과 후면의 장치가 서
는 부분으로 구분되는데 이 부분의 바닥에 홈을 파
서 여러겹의 무대장치를 동시에 세우고 장소의 변화
에 따라 미닫이 문짝처럼 장치를 한겹씩 벗겨내는
소위 'groove system'을 고안해 냈다. 이같은 무대장
치의 원용으로 말미암아 호화로운 무대장치와 다양
한 시각적 효과를 안출할 수 있어 이것이 연극의 내
용에도 큰 영향을 주게 된다.

왕정복고기의 관객은 궁정인을 중심으로한 상류계
급의 전유물이었고 연극은 그들의 취향에 호소하도
록 만들어졌기 때문에 중류계급이 자연 소외되었을 뿐
아니라 그들은 아직도 청교도주의에 젖어서 극장은
부도덕한 장소라는 관념때문에 스스로 외면하기도
했다. 대표적인 예로 1698년에 출간된 Jeremy Collier
의 『*A Short View of the Immorality and Profaneness
of the English Stage*』라는 책자는 영국 연극의 부도덕
함과 저속함을 신랄히 공격함으로서 많은 공감을 일
으켰었다. 시민권의 확장과 함께 18세기에 들어서
면서 특수층(coterie)에 호소하던 연극은 쇠퇴하고 중
류계층이 마침내 다시 극장을 찾게된다. 따라서 극
장의 규모도 커지고 영국의 연극은 어느때 보다도
활기를 되찾게 된다.

이 시기에 있어서 가장 대중의 사랑을 받은 연극
예술인은 극작가가 아니라 배우였다. 배우의 시기라
고 이름붙여 마땅할 이 시기에 가장 훌륭한 배우로
손꼽히는 인물을 들면, 셰익스피어의 인기를 회복시

키는데 크게 기여한 David Garrick 을 위시하여 Thomas
Betterton, Colley Cibber, Charles Macklin 을 들 수 있
다. 이 시기에는 특히 영국 역사상 최초로 여배우가
등장한 시기인데 뒤의 왕의 연인이된 Nell Gwynn 을
위시하여 Elizabeth Barry, Anne Bracegirdle 이 유명하
다.

왕정복고기 (期)의 연극활동에 있어서 가장 곤란한
문제는 적절한 레퍼터리를 확보하는 것이었다. 부득
이 공화정 이전의 작품들의 재상연에 의존하는 도리
밖에 없었는데 보몬트와 플레처의 작품이 가장 인기
있었고 셰익스피어의 작품도 인기있었으나 당시의
취향, 곧 neo-classical ideal 에 맞추어 함부로 개작 상
연했다.

왕정복고 초기의 극작은 스페인과 프랑스, 주로
Corneille 의 직접적인 영향을 받았는데 이들 외국 희
곡들이 사랑과 명예의 갈등을 주로 다루었기 때문에
이를 모방한 영국의 작품들을 heroic tragedy 라고 부
른다. heroic couplet (iambic pentameter couplet 로 쓰
여진 시형)로 쓰여진 이 계열의 대표적인 작품으로
는 Nathaniel Lee 의 『The Rival Queens』와 John Dryden의
『The Indian Queen』, 『The Conquest of Granada』를 들
수가 있다.

이상적인 영웅적 남주인공과 아름다운 여주인공의
고뇌를 과장된 장중한 대사로 읊어 나가는 이 드라
마는 곧 호소력을 잃게 되고 보다 가라앉은 단순한
플롯의 신고전주의 드라마가 생겨난다. 셰익스피어
의 『Antony and Cleopatra』를 각색한 Dryden 의 『All
for Love』와 Thomas Otway 의 『Venice Presrved』가 대

표작으로 알려진 이 드라마는 무운시로 씌어졌으며
그 형식은 19세기까지도 지속된다.

이들 작품은 신고전주의의 규범에 따라 삼일치의
법칙을 준수하고 있는데, 영국에 있어서는 삼일치의
법칙이 완고하게 받아들여지지 않아서 sub-plot 이나
장소의 이동을 어느정도 용납하는 경향이 있다. 자
신이 비평가이기도 한 드라이든은 그의 평론인 『*An
Essay on Dramatic Poesy*』에서 영·불의 극문학을 비
교하면서 신고전주의 입장을 신축성 있게 해석하고
있다. 그럼에도 불구하고 왕정복고를 기점으로 하
여 영국은 대륙의 르네상스 운동의 산물인 신고전주
의의 기류에 휩쓸려 들어갔으며 드라이든 자신은 매
슈 아아늘드가 평했듯 「the inaugurator of an age of
prose and reason」으로서 당대의 시대적 분위기를 대
표하는 지성이었다.

왕정복고기의 극문학은 그러나 serious drama 보다는
다양한 comic drama 의 발달에서 진가를 발한다.
Jonson 의 영향을 받아 Thomas Shadwell 의 『*The Sullen
Lover*』같은 'comedy of humours' 계열의 희극이 씌었
는가 하면 Corneille 의 영향을 입은 'comedy of intrigue'
도 성행했는데 복잡한 플롯의 재미를 바탕으로 하는
이 계열의 희극은 Mrs. Aphra Behn 의 『*The Rover*』같
은 작품에서 잘 보여지고 있으며 역시 프랑스의 영
향을 받은 소극(笑劇) 계열로서 Edward Ravenscroft 의
『*London Cuckolds*』같은 작품도 인기 있었다.

그러나 역시 왕정복고기 희극의 본령은 앞에도 언
급한 'comedy of manners' 계통일 것이다, realistic,
witty, sophisticated, cynical 이란 형용사들로 묘사될

수 있는 이 희극의 대표적인 작가로는 『*The Man of Mode*』로 가장 잘 알려진 George Etherage, 『*The Country Wife*』의 William Wycherley, 『*The Provoked Wife*』의 John Vanbrugh, 『*The Way of the World*』의 William Congreve 를 들 수 있으며 다재다능한 드라이든 역시 『*Marriage à la Mode*』등의 작품에서 이 방면의 재간을 보였다.

세련되고 섬세한 상류계층의 생활을 소재로 하여 그들의 유행과 행동과 사고를 어느면 amoral 하게 그려낸 이 종류의 희극은 바로 그 애매한 도덕적 입장 때문에 당대에 물의를 빚기도 했다. 영리한 인물이 보상받고 어리석은 인물은 조롱당하며 감상을 배제한 냉철한 자기 인식만이 미덕이고 자신을 착각하고 있는 인물들에겐 징벌이 주어져도 정당하다는 입장은 때마침 부상하기 시작한 소박한 중류계급의 도덕관으로는 용납되기 힘들었다.

이러한 영향과 시대조류의 변천에 따라 18세기에 접어들면서 'comedy of manners'의 양상은 변모한다. 이 전환기에 두명의 희극작가를 만나게 되는데 배우로도 명성을 날린 Colley Cibber 는 그의 『*Love's Last Shift*』같은 작품에서 전환기의 특성을 잘 보여준다. 제목이 암시하듯이 종전의 희극에 나오는 것과 같은 방탕한 인물이 등장하여 극의 종반 무렵까지 온갖 상류사회의 악덕을 탐닉하다가 막이 내리기 직전에 심기일전하여 도덕적인 결말을 맺는다. 『*The Beaux' Stratagem*』으로 가장 유명한 George Farquhar 는 의도적으로 무대를 시골로 설정하고 Cibber 처럼 결말을 도덕적으로 끝내고 있다.

이같은 새로운 방향이 확고히 자리잡힌 것은 Richard Steele에 이르러서인데 그의 대표작인 『The Conscious Lovers』에서 여주인공 Indiana는 오랜 시련을 잘 견딘 끝에 그녀의 신분이 부상(富商)의 딸로 밝혀지면서 해피 엔딩에 이른다. 이 희극의 주인공은 관객의 동정을 사는 인물(sympathetic character)로서 그가 고된 시련을 극복하는 용기를 보고 관객은 고상한 감정을 느끼게 되고 주인공은 마침내 보상을 받게 되는 것으로 끝난다.

이같이 주인공이 시련을 견디는 과정을 주로 그리다 보니 희극은 자연 "too exquisite for laughter"라는 평을 들을만큼 심각성을 띄게 되어 결말의 해피 엔딩과 minor character들의 코믹한 요소 외에는 희극이라고 부르기 힘들 정도가 된다. 그래서 18세기의 희극을 가리켜 흔히 'sentimental comedy'라고 부르기도 하는데, 주인공은 항상 지나치게 선량한 인물로 그려지고 그들의 문제는 너무도 쉽게 해결되는 경향이 있어 오늘날의 관점으로 보아서는 억지라는 느낌을 주나 센티멘탈리즘은 18세기의 시대적 분위기였다.

센티멘탈리즘은 희극뿐 아니라 serious play에서도 중요한 기조를 이루어 18세기에 소위 'domestic tragedy'라는 장르를 낳게 하는데, George Lillo가 대표적인 작가로 알려져 있다. 그의 『The London Merchant』는 상점 고용원이 사악한 여자의 꾐에 빠져 점포를 털고 아저씨를 살해하게 되는 과정을 그리고 있다. 여기서 작가는 그가 악의 유혹에 빠지지 않았다면 상점 주인의 딸과 결혼하여 행복한 결말에 도달할 수 있었으리라는 점을 강력히 암시하고 있다. 곧 18세기의 희극은 주인공이 인간의 근본적으로 선량한 본성에 따를 때 행복한 결말에 도달함을 보여주고 있고 비극은 그 반대의 경우를 보여 준 셈이다. 특히 Lillo 는 그의 domestic tragedy 에서 왕후장상이 아닌 평범한 시민을 비극의 주인공으로 내세움으로서 근대극으로의 이행에 중요한 기여를 했고 독일과 프랑스의 시민비극의 대두에도 영향을 끼쳤다.

18세기 후반에 접어들면서 센티멘탈리즘에 대한 반발이 나타나기 시작했다. 희극에 웃음을 되찾아 주어 왕정복고기의 명랑하고 활력에 넘치는 희극을 부활하려는 노력은 Oliver Goldsmith가 주장한 "laughing comedy"에서 결실을 보게 되는데 그의 대표작인 『She Stoops to Conquer』는 여러개의 플롯을 교묘하게 연결하고 빠른 템포로 폭소를 자아내게 했다. 고울드스미쓰와 함께 이 계열의 작가로서 18세기 영국 희극을 빛나게 한 Richard Brinsley Sheridan 역시 그의 대표작인 『The Rivals』와 『The School for Scandal』에서 왕정복고기의 보석같은 위트를 되살리고 날카로운 풍자로 당시의 상류사회를 생동감있게 그려냈다. 그러나 고울드스미쓰와 셰리든은 18세기의 작가이기 때문에 전통적인 도덕관의 틀안에 안주함으로서 당대의 sentimental comedy 의 범주를 완전히 이탈하지는 않았다. 이 두 작가는 영국희극의 영광을 되살려 주었으나 그들 뒤를 계승해 주는 작가가 없어 1780년 이후 영국의 연극은 낭만주의의 영향을 받아 멜로드라마를 서서히 추구해 나간다.

18세기의 극문학을 얘기하면서 빼놓을 수 없는 것

은 비극, 희극 이외의 비정통 연극(illegitimate drama)
의 다채로운 전개이다. 이들 중에서 가장 중요한 형
식들로 ballad opera, burlesque, pantomime 등을 꼽을
수 있는데 이같은 비정통 연극이 성행한 것은 센티멘
달리즘이 싹튼 것과 이와 관련한 신고전주의의 퇴
조라는 시대 기류의 탓도 있지만 왕의 면허제에 의
한 연극활동의 제약을 빠져나가기 위한 편법적 수단
으로 이용되면서 부터였다.

ballard opera 는 왕정복고기에 이탈리아의 영향을 받
아 영국에 정착하기 시작한 오페라가 18세기에 들어
서면서부터 폭발적인 인기를 모으게된 분위기 속에
서 생겨난 장르이다. 기존의 대중가요곡에 가사를
붙인 노래와 희극적 대사가 교대되며 진행되는 ballad
opera 는 당시의 유행하는 이탈리아 오페라의 형식을
풍자한 것으로 John Gay 의 『The Beggar's Opera』는 대
단한 인기를 끌어 60회 연속 상연이라는 최초의 장
기공연 기록을 수립했다. 그런데 『Beggar's Opera』는
단지 정통 오페라 형식을 풍자한데 그치지 않고 당시
의 정치를 신랄히 풍자한 현실비판극으로 중류계급
관객들에게 폭발적인 인기를 모았다. 이 작품의 성
공은 comic opera 를 유행케 하는데 크게 기여했는데,
이 형식은 original music 을 사용한다는 점이 크게 다
를 뿐이다.

burlesque 는 음악이 없다는 것 말고는 ballad opera
와 거의 다른 점이 없다. 기존의 극형식, 주로 과장
된 당대의 비극 형식을 조롱하는 동시에 비극을 즐
기는 상류계층의 위선을 풍자하고 당대의 정치, 사
회의 현실을 비판함으로서 일반의 큰 인기를 모았는

데 대표적인 작가로는 Henry Fielding 을 꼽을수 있으며 셰리든의 『*The Critic*』도 이 계열의 대표적인 작품으로 알려지고 있다.

18세기에서 가장 인기있던 비정통 연극의 형식은 pantomime 인데 John Rich 에 의해서 완성되었다. 이탈리아의 즉흥적인 folk comedy 형식인 commedia dell'arte 의 영향을 받아 생겨난 이 짤막한 극은 주로 본극의 afterpiece 로서 상연되었지만 본극보다도 더 인기를 누린 경우가 많았다. 음악의 반주에 따라 춤과 몸짓 그리고 간간이 대사가 끼어드는 이 극에는 어릿광대인 Harlequin 이 등장하여 마술사처럼 이끌어 가는데 관객이 잘 아는 신화나 역사를 소재로한 심각한 장면과 우스꽝스런 희극장면이 교대되며 진행된다.

pantomime 은 무엇보다도 화려하고 신기한 시각적 효과에 의존한만큼 오페라와 함께 18세기 영국의 무대술을 크게 발달케 하는데 공헌했다.

4. 19세기와 에드워드朝

19세기의 영국 연극은 18세기의 전통을 거의 그대로 이어받았으나 1세기 동안에 서서히 변모를 보여 현대연극으로 이행해 간다. 영국의 경우 변화의 방향은 대체로 대륙의 경우와 일치하나 다만 대륙에서처럼 혁명적이고 급진적인 변화가 일어나지 않으며 그 변화의 양상도 뚜렷하지 않다. 대륙의 경우는 19세기야말로 낭만주의와 사실주의라는 거대한 세력이 노도처럼 일어나서 예술계뿐 아니라 사회전체가 격동의 소용돌이에 휘말리지만, 영국의 경우는 그 어느것도 의식적으로 격렬하게 추구된 바 없다. 유럽에 낭만주의의 격랑이 일어나 신고전주의가 일시에 침몰하는 변화가 일어날 때에도 영국의 연극은 민감한 반응을 보이지 않았다. 실상 영국에는 이탈리아 르네상스의 여파로 신고전주의의 영향을 입었다 해도 그것이 그다지 강하게 자리잡힌 일도 없으며 그나마도 셰익스피어적인 전통과 다른 minor dramatic forms의 작용으로 해서 지난 18세기 동안 그 세력은 이미 서서히 약화되었었다. 따라서 반동세력으로서의 낭만주의가 큰 위력을 발휘할 이유가 없었던 셈이다. 그리고 18세기 후반기 사실주의가 고개를 쳐들 때만 해도 영국의 연극은 그 대세에 순응하면서도 유럽의 경우처럼 사실주의 내지 자연주의를 고지식하고 집요하게 추구하지 않았다. 이같은 온건한 변화의 양상이 영국 연극의 한 특질을 이루어 왔다고 할만 하다.

그럼에도 불구하고 19세기에 들어서면서 영국의 연극 또한 변화의 조짐을 보이기 시작했는데 소위 star system의 정착과 장기 공연의 유행으로부터 시작된다. repertory system에 의하여 짧은 기간동안에 여러편의 작품을 번갈아가며 공연하던 종래의 패턴이 무너지고 있기있는 한 배우를 주축으로한 단일 작품을 오래동안 공연하게 되면서 현대연극을 향한 내적인 개혁이 서서히 단행되어 나간 것이다. 여기에 산업혁명의 영향으로 중산층은 물론 주로 노동자계급인 하층민까지 극장을 찾게 됨으로 극장의 규모도 키지고(때로 3천석 이상의 극장도 생겨남) 따라서 연극의 기업적인 가능성이 커지며 다양한 관객층의 기

호를 충족시켜 주기 위한 필요와 함께 공연의 질향
상에 대한 관심이 증대되어 간다.

스타급 배우가 점차 극장 경영의 책임자로 나서면
서 소위 actor-manager system이 생겨나게 되고 극장
주이자 동시에 배우인 이들의 노력에 의해 영국의
연극은 한발짝씩 현대를 향하여 닥아간다. 19세기
초 최대의 배우인 John Philip Kemble은 위엄있고 우
아하고 절제된 연기로 소위 고전적 스타일을 확립했
고, Edmund Kean과 William Charles Macready는 절제
보다는 감정의 표현에 충실하여 낭만적인 스타일을
개척했으며, Mme Vestris와 Charles Kean은 오랜 연습
과 치밀한 계산을 밑바탕으로 하여 보다 자연스럽고
사실적인 연기 양식을 만들어 냈다. 이들은 종래의
회화적 장치 대신 실제의 장소를 보다 신빙성 있게
연상시키는 box set를 고안해 냈고 의상과 소품 또
한 보다 정교하고 사실적으로 가져갔으며 셰익스피어
의 공연에도 소위 'historical accuracy'의 관념을 도입
시켜 사적으로 충실한 고증을 시도하여 사실적인 효
과를 창출하는데 기여했다. 그러나 이같은 개혁의
방향을 주도한 사람은 19세기 최대의 배우이자 최
초의 작위를 받은 Henry Irving이었다. 그는 무대장
치에서 groove system을 철폐하고 입체적인 장치를
만들어 사실적인 효과를 크게 높였는데 그밖에도 장
면전환시에 막을 떨어뜨려 전환의 과정을 은폐하고
새로 개발된 gas light를 응용하여 공연중에 객석을
어둡게 하는등 보다 사실적인 조명효과를 만들어 냈
다. 무엇보다도 어어빙은 공연의 효과에 통일성을 이
룩하려고 애써 최초의 연출가로서의 역할을 수행해

낸 셈이다. 그 자신 배우로서 연기에 있어서도 보다
자연스럽고 일상적인 동작과 화술을 구사하여 연극
의 사실화에 박차를 가했다.

이와같은 당시 연극의 변천하는 과정은 극문학에
도 그대로 나타나는데 혹자가 지적했듯이 19세기의
영국의 극문학은 개개의 작가와 작품을 놓고 보았을
때에는 "barren, trivial, unproductive"할지 모르나 전
반적인 흐름은 Bernard Shaw에서 절정을 이루게 된
현대연극에로의 이행의 과정에서 중요한 기여를 했
다고 보아야 할 것이다. 19세기의 극문학이 18세기
의 전통을 계승한 낡고 생명력 없는 소위 legitimate
verse drama로부터 시작하여 modern problem plays로
이르기까지의 과정을 이제부터 살펴보기로 하자.

우선 19세기 초반까지의 주조인 낭만주의의 경향
을 대변해 준 두 사람의 극작가 James Sheridan Know-
les와 Bulwer-Lytton을 꼽을 수 있다. 18세기 heroic
tragedy를 19세기의 가정적 배경으로 옮겨 놓은 것
에 불과한 비극 『Virginius』로 주로 기억되는 Knowles
는 극의 사건보다는 등장 인물의 감정세계에 더 관
심을 가진만큼 romantic melodrama의 한 선구적인
유형으로 기억될만 하나 인물의 성격이 지나치게 단
순하게 처리되었으며 Bulwer-Lytton의 『The Lady of
Lyons』는 당시에는 인기를 얻은 romantic comedy였으
나 역시 철학적 깊이를 결한 18세기 운문극의 답습
에 지나지 않았다. 그러나 19세기에 들어와서 verse
drama가 운문 자체의 질적 수준 때문에 빛을 잃었다
고는 볼 수 없다. 왜냐하면 19세기의 천재적인 낭만
파 시인군(群), 곧 Byron, Coleridge, Shelley, Browning

등도 모두 극작에 손을 댔으나 셀리의 『Cenci』정도
를 제외하고는 한결같이 실패작으로 낙착을 보았기
때문이다. 이들 시인들이 쓴 희곡 작품들의 문제는
극작술(dramaturgy)과 극장에 대한 감각의 결여에 있
었다. 그래서 이들의 작품은 오늘날 대부분 closet
drama 로 기억될 뿐이다.

18세기말부터 예측되었던 일이나 19세기에 들어
서서 드라마에 진정한 돌파구를 만든 것은 비극·희
극 같은 정통 연극형태가 아니라 illegitimate form 인
멜로드라마와 farce 쪽에서였다. 낭만주의가 변질 내
지는 타락한 형태라고 볼 수 있는 멜로드라마는 이
미 독일의 Kothzebue 와 프랑스의 Pixerécourt 같은 작
가들의 폭발적 인기와 함께 대륙을 풍미하던 연극
형식인데, 영국에서는 Dion Boucicault 가 대표적인
작가로 알려져 있다. 150편 가까운 작품을 써서 당
시에 큰 인기를 얻은 그의 작품들은 주로 프랑스 작
품의 번역이거나 소설의 각색이었지만 romantic melo-
drama 를 확립시킨 공적이 있다. 『The Colleen Bawn』
이 대표작으로 알려져 있는데 그는 무엇보다도 'the
trick of the theatre'에 능하고 당시의 관객 취향과 유
행에 민감했다. 줄거리는 단순하기 짝이 없으며 심
각한 문제를 다루고 있지도 않으나 음악의 반주와
함께 선악의 구별이 뚜렷한 인물들이 등장하여 순전
히 우연에 의해서 빚어지는 교묘하고 복잡한 사건에
휘말리고 마침내 선이 궁극적 승리를 거둔다는 천편
일률적인 멜로드라마의 패턴을 Boucicault 는 이룩해
놓았고, 멜로드라마는 자연 대중들의 가장 인기있는
극형식으로 자리 잡혔다.

멜로드라마는 물론 하루저녁의 오락을 제공키 위한
통속극에 지나지 않지만 후대의 연극 발전을 위한
가교의 역할을 한다. 이 멜로드라마의 형식에 심각한
사상성이 끼어들고 사건전개에 보다 충실한 논리가
부여되면서 현대의 사실극이 성립하게 되는 것이다.

이 과정에서 최초의 의미있는 기여를 한 작가가 곧
Thomas William Robertson 이다. 『Society』, 『Caste』,
『War』『School』,등 제명에서도 알 수 있듯이 그는
'some of the broader issues'를 작품에서 다루고 있으
며 실제의 방과 흡사한 장소를 무대로, 대화로서 납
득할만 하고 당시 현실에 어느만큼 있을법한 사건
을 그려나가는 등의 사실적인 노력이 보여 그의 작
품을 'the cup and saucer drama'라고 흔히 일컬었다.
이같은 Robertson 의 노력은 그를 소위 'new drama of
serious artistic and social concern'의 선구자로 만들어
주었다.

그의 뒤를 이어 등장한 일련의 작가들, 곧 Gilbert,
Wilde, Jones, Pinero 등에 의해 영국의 연극은 비로소
현대연극의 시기로 접어들게 되고 에드워드조에 이
르러 쇼오와 같은 현대연극의 거장을 배출하게 되며
Galsworthy 와 Barrie, Barker, Hankin 같은 주목할 만
한 극작가를 낳게 된다.

William S. Gilbert 는 작곡가인 Arthur Sullivan 과 합
작하여 light opera 를 쓴 것으로 오늘날은 주로 기억
되나, 그의 진지한 희곡인 『Engaged』같은 작품은 Ro-
bertson 보다 한층 더 빅토리아조 사회의 문제를 신랄
하게 풍자했다. 그러나 위트와 풍자의 구사로서 진정
한 comic spirit 를 대변한 작가는 Oscar **Wilde** 이다,

『*Lady Windermere's Fan*』과 『*The Importance of Being Ernest*』등의 작품을 통하여 소위 'problem comedy'를 만들어 냈는데 극의 소재나 상황, 인물은 당시 유행하던 멜로드라마에서 한치도 벗어난 것이라곤 할 수 없으나 그의 철저하게 unsentimental 하고 위트에 넘치고 과장적인 스타일은 종래의 희곡에서 볼 수 없는 신선미를 풍겨준다.

Wilde 가 희극을 통하여 빅토리아조의 위선과 자기기만과 속물근성을 공격했다면 Jones 와 Pinero 는 진지한 희곡을 써서 정공법으로 접근했다. 소위 'thesis play'의 작가라고 알려지고, 있는데, 'problem plays'와 마찬가지로 'drama of social significance'라는 점에서는 일치하나 작품에 다루고 있는 사회문제를 논증적으로 파헤쳐 간다는 뜻에서 'thesis drama'라는 용어가 사용되었다. 조운즈 자신이 극작가는 「all aspects of human life, all passions, all opinions」를 그릴 자유가 있다고 주장했던 점에서도 그의 연극관을 짐작할 수 있다. 『*Saints & Sinners*』같은 작품에서 이같은 초기 입센적인 경향은 잘 들어난다. 그러나 같은 thesis play 의 작가이면서도 Henry Arthur Jones 보다 Arthur Wing Pinero 의 작품들이 더 지속적인 가치를 가지는 것은 Pinero 쪽이 극작술에 있어서 뛰어나다는 것 때문이다. 오늘날에도 간혹 공연되는 그의 『*The Second Mrs. Tanquery*』는 오히려 이혼이라는 사회문제를 파헤치는 면에서는 조운즈보다 약한 감이 있으나 멜로드라마 뺨치는 복선과 교묘한 플롯의 짜임새로 인하여 훨씬 연극적으로 성공을 거두었다.

그러나 영국의 new drama 가 본격적으로 개화한 것은 George Bernard **Shaw**의 작품에서였다. 그는 극작에 손대기 전에 이미 유럽의 새로운 사실주의 극문학의 조류에 눈떠 1891년에는 『The Quintessence of Ibsensim』이라는 논문을 통해 입센에 대한 깊은 관심과 이해를 나타냈다. 그러나 나이 40세에 비로소 극작을 시작한 쇼오가 영국의 극계에 등장하기까지에는 새로운 연극운동에 크게 힘입었다.

프랑스의 「Theâtre Libre」와 독일의 「Freie Bühne」같은 새로운 연극을 주창하는 극단들의 영향을 받아 J. T. Grein이 1891년에 「The Independent Theatre」를 창설하고 입센의 『Ghosts』를 공연하면서 영국에도 현대연극의 발판이 다져진 것이다. Grein은 런던 West End의 상업극장들의 전근대적인 연극에 반발하여 문학적이고 예술적으로 가치있는 새로운 작품을 발굴하는 것을 목표로 동인제 형식의 소극장 운동을 시작했는데, 쇼오의 발굴로 해서 그의 목표는 실현을 본 셈이다.

1892년에 완성된 『Widower's Houses』로 극작에 나선 쇼오는 빅토리아조의 기성관념을 철저히 부정하고 삶의 진실에 입각한 새로운 가치체계의 수립을 지향했다. 그러나 쇼오의 관심은 인간의 내부보다는 사회적인 데 있었다. 그 자신 사회개혁 단체인 Fabian Society의 열성 회원으로 「to save himself, he must save the race」라는 신념아래 사회의 모순과 비리를 신랄히 비판하는 계열의 작품들을 발표하기 시작했다. 그러나 쇼오는 그의 공리주의적인 주장을 희극의 형식에 담아 그의 독특한 위트와 풍자는 그를 다른 현대의 사실주의 극작가들과는 현저히 구별케

한다. 50편 이상의 작품을 발표한 다산적인 극작가
인 쇼오의 전작품들을 보면 하나의 공통된 패턴이
나타난다. 기본적으로 조운즈나 피네로와 같은 well-
made play 식의 극작술을 바탕으로 하되, 그는 제기된
문제에 대한 인위적인 해결을 시도하기보다 주로 긴
토론의 과정을 통하여 문제를 들어내고 모순점을 지
적하고 분석하는 것으로 만족한다. 그의 작품들의
초반까지는 관객들이 이미 종래의 연극에서 익숙하
게 보아왔던 식으로 전개되나 후반에 가서 이같은
관객의 기대를 뒤엎는 것이 그의 극작술의 묘미이
다. 곧 앞에서는 관객일반이 믿고있는 기성 관념의
입장을 제시해 놓고 이같은 기성관념의 단점이나 모
순을 들어내서 반론을 펴는 것이 그의 작품 전개방
식인 것이다. 가령 『Mrs. Warren's Profession』에서는
도덕적인 타락에 의하여 창녀가 생겨나는 것이 아니
라 사회적 불평등에 의하여 불가피하게 생존의 수단
으로 창녀가 생길 수 밖에 없음을 이야기하며, 『Arms
and the Man』과 『The Devil's Disciple』에서는 전쟁에
대한 로맨틱한 환상을 깨트려주고 전쟁 영웅이란 한
갓 허구임을 말한다. 『Candida』와 『Pygmalion』같은
작품에서는 쇼오다운 여성관의 제시를 통해 인습과
기성도덕으로부터 해방된 여성상을 표출해 보인다.
그의 작품들 가운데 가장 사변적인 『Man and Super-
man』과 『Back to Methuselah』에서는 니이체로부터 영
향받은 그의 초인 사상을 철학적으로 설파하여 그가
단순히 사회 현실의 비판자로 끝나는 것이 아니라
기성관념에 대체할만한 새로운 철학적 비젼을 제시
할 수 있는 사상가로서의 가능성까지 보여주었다. 그

러나 후기에 갈수록 그의 작품은 구성이 허술해지고
그 특유의 설변이 과잉되게 나타나는 경향을 보여줌
으로서 연극적으로는 가치가 떨어진다.

그러나 중기까지의 그의 작품들만 놓고 보아도
쇼오는 비록 사회개혁이라는 뚜렷한 극작의 목표를
밝혔으나 단순한 propagandist 가 아니라 위대한 극작
가로서의 지위를 인정받고 있다. 그것은 그가 다룬
사회문제가 호소력을 상실한 후대에도 그의 작품들
이 생명력을 견지하고 있는 점에서 들어나는데 무엇
보다도 유려한 대사와 탁월한 위트, 그리고 생동감있
는 인물의 창조 때문일 것이다.

쇼오를 배출해 내었던 「Independent Theatre」가 1897
년에 문을 닫은 뒤에도 상업극장에 대항하여 새로운
연극운동을 옹호한 극단들이 속속 뒤를 이었다. 그
대표적인 예가 1899 년에 창설된 「the Incorporated
Stage Society」인데 은행가인 Frederick Whelen 에 의하
여 만들어져 『Candida』를 위시한 쇼오의 주요 작품
을 비롯해서 Barker, Hankin, Maugham, Bennet 를 포
함한 새로운 국내 극작가군과 Tolstoi, Gorky, Checkov,
Hauptmann, Ibsen 등의 현대연극의 선구적인 외국 작
가들의 작품을 소개했다. 1933 년까지 계속된 이 극
단외에도 「the Pioneers」, 「the New Century Theatre」,
「the Play Actor's Society」등 명칭에서부터 새로운 연
극에 대한 지향성이 강하게 나타나는 극단들이 생겨
나서 영국의 연극을 현대화하는데 기여했다.

쇼오의 뒤를 이은 새로운 극작가군으로 주목받은
작가로 Harley Granville-Barker 와 John Galsworthy 및
James M. Barrie 를 꼽을 수 있다. 이중에서 바아커는

배우로 출발하여 뒤에는 John Vedrenne 와 함께 「Royal Court Theatre」의 연출가로 기용되어 영국 연극의 개혁에 다대한 공적을 남겼다.

극작가로서는 『The Marrying of Ann Leete』로 데뷔한 바아커는 섬세하고 잔잔한 필치로 인물과 사상과 분위기를 조화있게 그려낸다. 그의 대표작인 『The Madras House』는 구성은 허약하나 당시 영국의 실업계를 배경으로 하여 다양한 인간 군상을 풍자적인 텃치로 그려내는 가운데 쇼오를 연상케 하는 긴 토론을 통하여 당시 사회를 비판한다. 그러나 바아커는 어느 평자의 말대로 'aloof and cynical' 해서 극적 긴장감이 약하다. 바아커의 공적은 위에 지적했듯 극작보다는 Royal Court 에서의 연출활동을 통해서 주로 나타났다고 봐야 할 것이다. 무엇보다도 쇼오의 작품을 성공적으로 공연하여 그의 극작가로서의 지위를 다져주었고 유럽의 새로운 극작가들을 꾸준히 소개하여 해외의 최신 조류에 눈뜨게 했으며 앙상블 공연에 주력하여 무대장치나 스타급 배우에 대한 관심보다는 총체적인 효과를 창출하는데 목표를 둠으로서 Irving 에 의해서 시도되었던 현대적 공연의 양식을 확립한 최초의 연출가가 되었다. 그는 특히 셰익스피어의 연출에 있어서 원작의 흐름을 방해하지 않도록 무대를 꾸며내서 비로소 셰익스피어의 왜곡되지 않은 공연이 가능해졌다. 그리고 바아커는 상업연극의 등장으로 말미암아 폐기되었던 repertory system 을 부활하여 타지방에도 예술적인 신조와 수준을 표방하는 상설극단이 생겨나는데 큰 자극을 주었다.

글라스고우, 리버풀, 버어밍검 등의 지방에 1910
년을 전후하여 생겨난 상설극단들이 바로 이것들이며
그중에서도 1908년 A. E. F. Horniman이 맨체스터
에 세운 「Gaiety Theatre」가 대표적인 예가 된다. 이
극장은 유능한 신인극작가의 발굴에 지대한 공헌을
하여 Allan Monkhouse, Stanley Houghton, Harold Brig-
house, St. John Ervine 등은 소위 'Manchester School'
이란 명칭이 붙을만큼 영국 극계에서 주요한 몫을
차지했다. 이들 신인 작가중에서 가장 대표적인 인
물이 존 골즈워어디이다.

소설가로 시작해서 사회문제극을 주로 쓴 그는 자
연스러운 사실적 대사와 면밀한 인물의 성격묘사 및
치밀한 구성으로 사회제도에 희생되어가는 개인을
성공적으로 부각시켜 주었다. 『The Silver Box』에서는
부·유층에 대한 법의 불공평한 적용을, 『Justice』에서는
영국 수형 (受刑)제도의 맹점을, 『Strife』에서는 노사
분규의 문제를 파헤치고 있는데, 후자의 작품에 잘나
타나 있듯이 그는 어느 한쪽을 편들거나 문제의 해
결을 제시하지 않고 끝까지 객관성과 냉정성을 지킨
다. 『Strife』에서 노동자를 대변하는 데이비드와 회사
를 대변하는 존은 각기 자기의 입장을 끝까지 고수하
며 마침내는 두 사람 모두 자기편으로부터 소외 당
하여 다같이 패배자로 귀착된다. 이같이 결론을 관
객에게 내맡기는 식의 지적인 냉정성은 결국 관객의
정서적인 몰입을 차단하여 극적 위화감을 빚는 것이
그의 단점으로 지적된다.

골즈워어디의 이지적이고 건조하고 논리적인 기질
과는 달리 제임즈 M. 배리는 환상과 정조와 낙관주

의로 해서 영국 극계에 밝고 이색적인 분위기를 심
어준 작가이다. 오늘날은 환상적인 어린이의 모험을
그린 『Peter Pan』으로 가장 잘 기억되나, 성인을 위한
그의 작품들도 온건한 사실주의와 심각한 비관주의
로 물들은 영국 극계에 신선한 기운을 감돌게 했다.
환상적 도덕극이랄 수 있는 『Dear Brutus』는 Mr. Lob
이라는 요정에 의해 현실세계에서 불가능한 신기한
체험을 맛보게 해 주고 『The Admirable Crichton』에서
는 영국의 젊잖은 집안의 가족들이 조난을 당하여
겪는 갖가지 체험을 그려 보인다. 그러나 배리의 이
같은 정상을 일탈한 모험은 끝에 가서는 결국 처음
과 같은 정상으로 되돌아 옴으로서 그의 작품은 정
상인의 객기를 보여주는 외에 철학적인 깊이를 들어
내 보이지 못한다.

5. 一次大戰부터 현재까지

1차대전과 더불어 영국의 극계는 중요한 변화의
국면을 맞이한다. 20세기초까지도 명맥을 유지하던
actor-manager system이 완전히 자취를 감추고 상업적
제작자들에 의해 대체된다. West End를 무대로 한
상업연극은 대중들의 취향에 맞는 연극을 인기가 멸
어질 때까지 장기 공연하여 흥행 수익을 올리는 것
을 목적으로 한다. 위에 언급한 「the Independent
Theatre」나 「Incorporated Stage Society」 및 지방의 몇
상설극단에 의하여 유럽의 새로운 조류가 소개되고
쇼오를 위시한 자국의 새로운 극작가들이 배출되어
영국의 연극은 서서히 현대화의 길을 걸었으나 여전

히 상업연극이 주류를 이루어갔다.

1915년 이후에 영국연극의 예술적 수준을 꾸준히 높혀간 것은 역시 몇몇 개인들에 의한 상설극장들이었다.

1918년에 Nigel Playfair에 의해 개설된 「Lyric Theatre」는 Lovat Fraser가 장치 디자인을 한 『The Beggar's Opera』로 최대의 성공을 거두었는데 기본적으로 사실주의의 테두리를 지키면서도 극도로 절제되고 단순한 장치만으로 18세기의 분위기를 효과적으로 재현해 내어 종래의 복잡하고 자연주의적인 장치와 큰 대조를 이루었다. 1925년 Peter Godfrey가 설립한 「Gate Theatre」는 독일의 표현주의 극작가 Georg Kaiser의 『From Morn to Midnight』를 비롯하여 유럽의 반사실주의 계열의 극작가를 주로 소개하는 가운데 비사실적인 창의적 무대를 보여주어 런던 극계에 새로운 자극을 심었다.

그러나 이같은 상설극장 가운데 현대영국 연극에 가장 큰 공헌을 끼친 것은 Lilian Baylis가 새로 일으킨 「Old Vic」극장이다. 특히 1937년에 Tyron Guthrie가 새로 연출가로서 운영을 맡으면서 「Old Vic」은 셰익스피어 공연의 보금자리로서 온 기여를 다했다. Guthrie는 연출가로서 대담하고 새로운 작품 해석을 도입하여 일부 보수적인 평자들의 비판을 듣기도 했으나 「Old Vic」을 셰익스피어의 박물관이 아니라 살아 있는 작가로 관객앞에 호소되도록 했으며 뒤에 연출가로 가세(加勢)한 John Gielgud, Michel Saint-Denis와 함께 「Old Vic」을 최고 수준의 극단으로 키워 나갔다. 거기에는 그가 끌어들인 탁월한 배우들의 연기력

이 크게 작용했는데 대표적인 배우들만 열거해도
John Gielgud 자신을 포함하여 Charles Laughton, Alec
Guinness, Ralph Richardson, Maurice Evans, Anthony
Quayle, Laurence Olivier, Michael Redgrave, Edith Evans,
Flora Robsen, Peggy Ashcroft 등 가위 영국 연극계의 기
라성 같은 배우들이 총 집결되었음을 알 수가 있다.
　이들 배우들의 연기는 기교에 있어서 약간의 차이
는 있을지언정 납득할 수 있는 인간상을 그 인물의
내적 심리의 파악에 토대를 두고 그려낸다는 목적에
있어서는 차이가 없다. 곧 그들의 연기 스타일은 온
건한 사실주의라고 표현할 수 있다. 이것은 비단 연
기 뿐 아니라 연출과 극작에 있어서도 마찬가지인데
영국의 연극은 19세기에 있어서 낭만주의와 사실주
의에 대하여 과격한 반응과 추종을 보이지 않았듯이,
20세기에 들어서도 유럽에서 치열하게 전개된 반사
실주의 연극 운동들, 이를테면 상징주의, 표현주의,
극장주의, 서사연극, 부조리의 연극등의 극단적인
예술운동에 전면적으로 휘말려 든 적이없다. 연출가
로서 Guthrie의 대담한 실험적 노력만도 기본적으로
는 사실주의의 바탕을 크게 벗어난 일이 없으며, 극
문학에 있어서도 배리의 fantastic한 경향의 몇작품
이 쓰여졌고 와일드는 주로 소설에서 'art for art's
sake'의 미학을 실험했으나 그의 희곡들은 온건하기
짝이 없다.
　그리고 1915년부터 2차대전 종료까지의 극작가들
가운데 각별히 주목을 받을만한 중요한 극작가는 거
의 배출되지 않았다. 새로 등장한 작가들의 경향은
영국 사회를 온건하게 풍자한 희극이었다. 그중에서

가장 재간을 보인 작가로 Noel **Coward**를 꼽을 수 있
다. 그의 대표작으로 알려진 『*Private Lives*』는 신혼
여행에서 서로 옛 애인을 만난 남녀가 아직도 사랑
하고 있음을 깨닫고 도피한다는 얘기를 그리고 있는데
플롯의 기상천외함만큼 두 사람의 문제가 깊이있게
다루어져 있지 않다. 카우어드는 세련된 대사와 위트
가 장점이어서 comedy of manners의 전통을 이어 받고
있는 작가로, 그의 재간은『*Blithe Spirit*』같이 깊은 내
용은 없이 관객을 즐겁게 하는 소극(笑劇)에서 돋보
인다. 재혼한 남편의 전처 유령이 등장하여 신혼살
림에 갖가지 훼방을 놓는 과정에서 폭소를 자아내게
하는『*Blithe Spirit*』는 흥행에서 큰 성공을 거두고 오
늘날에도 자주 공연된다.

카우어드의 뒤를 잇는 극작가로 Somerset **Maugham**
은 대표작으로『*The Circle*』을 남겼다. 남편을 버리고
달아났던 부인이 30년 뒤에 새 남편과 함께 전 남
편의 아들 집을 방문한다. 그런데 며느리는 역시 이
집을 방문중인 어떤 청년과 사랑에 빠져 도피할 계
획을 가지고 있다. 그러나 며느리는 시어머니의 오
늘의 추한 모습을 보고 주저하게 되나 「I don't offer
you happiness; I offer you love」라는 청년의 말을 듣고
마침내 도피를 결심한다. 모옴은 카우어드에 비하
여 위트는 부족하나 문제에 대한 진지성은 엿보인다.

한편 진지한 희곡 작가로서는 **Priestley**와 **Bridie**,
Eliot를 꼽을 수 있다. J. B. Priestley는 오늘날『*Dan-
gerous Corner*』라는 추리극의 작가로 주로 알려져 있
으나, 그가 "four dimentional dramas"라고 명명한 작품
들에서는 표현주의적인 기법과 함께 진지한 문제를

다루었다. 『*Johnson over Jordan*』은 현대의 Every man 으로서 사후에 그의 영혼이 생전의 기억 속에 방황하 는 모습을 통해 카프카를 연상케 하는 온갖 관료주의 적 절차가 빚는 악몽을 그려 보인다. 그러나 시공(時空)을 초월한 그의 신기한 기법이 불러 일으킨 호기심 만큼 깊이 있는 사상을 담지는 못했다. 30여편의 희 곡을 써낸 다산적인 극작가 제임즈 브라이디는 신기하 고 충격적인 상황의 설정으로 극의 초반에 흥미를 일 으켜 주나, 이같은 흥미를 지속시켜 줄만큼의 사상적 깊이나 극작술을 가지지 못했다. 세 세대에 걸친 유 전 질환의 영향을 추적해 간 『*A Sleeping Clergyman*』 역시 악성 유전질환이 손자 세대에 가서는 건강한 증세로 나타날 수도 있다는 상식적인 해결을 짓고 있다.

이 시기에 가장 흥미로운 것은 낭만주의의 종언과 함께 사라졌던 poetic drama에 대한 관심이 다시 나 타난 것이다. 1932년에 창설된 「Group Theatre」가 저 명한 시인들을 극작으로 유도했는데 Louis MacNeice, Stephen Spender, W. H. Auden, Christopher Isherwood 등이 그들이다. 그러나 이들의 작품은 흥미있는 실험 에도 불구하고 극장에서 상연되어 대중들의 환영을 받 는데는 이르지 못했다. 이들 가운데 비교적 일반관 객의 지지를 얻었고 희곡으로서도 성공을 거둔 경우 가 T. S. Eliot이다. 1920년에 이미 주요 시인으로부 상한 엘리어트가 희곡에 손댄것은 1934년에 이르러서 였다. 그의 시극 (詩劇)가운데 최대의 성공을 거둔 작 품은 『*Murder in the Cathedral*』로서 Beckett 대승정이 교회와 국가중에서 선택을 해야 할 최종적인 순간에서의 그의 영적인 투쟁을 그린 것이다. 네명의 유혹자들에 둘러싸인 베키트의 최대의 유혹은 순교자가 되는 것이다. 성탄절 강론에서 「martyrs are made by God for the good of the people」이라고 말하며 마침내 그는 최종적인 선택을 하고 죽어간다. 베키트의 영적인 시련을 통하여 드물게 감동적인 현대의 비극을 써낸 엘리어트의 후기작들은 시어의 산문화-(散文化)라는 실험에 몰두하며 오히려 별반 성공을 거두지 못한다.

그러나 한동안의 침묵 끝에 1949년에 발표한 『The Cocktail Party』는 그의 산문화한 대사와 극의 comedy of manners를 연상케 하는 drawing room의 설정이 걸맞아 상당한 성공을 거둔다. 현대의 세련된 지식인들이 어울린 칵테일 파티에서 현대의 성직자의 역할을 수행하는 정신분석의사를 중심으로한 대화를 통해 영적 완성을 향한 각자의 탐구가 한꺼풀씩 벗겨진다. 그 뒤에 쓴 작품들에서도 마찬가지이지만 엘리어트는 현대의 사실적 배경에 희랍 고전의 상황을 이입(移入)하여 작품의 두께를 입히려 했으나 위에 든 두 작품만큼 성공을 거두지는 못한다. 엘리어트에는 육박하지 못하나 시극으로서 상당한 성공을 거둔 작가로 Christopher Fry를 꼽을 수 있다. 많은 작품을 남겼으나 『The Lady's Not for Burning』으로 가장 큰 성공을 거둔 프라이는 엘리어트와는 달리 시극에서 희극을 시도했다. 위의 작품은 중세를 배경으로 했는데 마법(魔法)을 행한 죄목으로 사형판결을 받은 처녀와 그 대신에 죽음을 자청한 청년 사이의 로맨스와 그들의 행복한 결말을 리드믹한 운문으로 재치있게 그려 냈으나, 극적 사건의 전개를 소홀히 한 느낌을 준다. 공

통적으로 시인에 의한 시극은 연극성이 시어의 위력
을 따르지 못하여 1955년 이후에 시극은 쇠퇴하고
말았다.

2차대전에 나타난 극작가 역시 그전의 온건한 사
실주의의 전통을 이어받은 작가들로 영국 연극에 새
로운 활력을 불어넣지는 못했다. 그들 중에서 가
장 대중적 성공을 거둔 작가가 Terence **Rattigan**이다.
수많은 작품을 남겼으나 오늘날까지 관심을 갖게 하
는 작품은 불과 몇편에 지나지 않는다. 그중에서
『*The Browning Version*』은 부정한 아내에게 시달림을
받은 끝에 파멸해 가는 한 교사의 갈등을 그렸고
『*Separate Tables*』는 한 호텔에 우연히 모인 사람들의
일상적인 대화를 통해 그들의 내면의 불안과 갈등을
그려냈는데, 무엇보다도 그의 재간은 뛰어난 극장의
감각으로 인물과 극적 상황을 흥미있게 그려냈다는
데 있다. 그밖에도 배우 출신의 Peter Ustinov와 소설
가로 더 잘 알려진 Graham Greene 등이 활약했으나
영국 연극의 전반적인 수준을 끌어올리는데 기여하
지는 못했다.

이같이 전후 영국의 극문학이 전반적인 침체를 면
치 못한 데에는 한가지 요인이 없지 않다. 극계의
주류를 점하는 상업극장은 저급한 대중 취향의 연극
에 몰두하여 새로운 극작가를 돌볼 겨를이 없고 한편
「Old Vic」이나 새로 탄생한 「the Stratford Festival」같
은 수준 높은 우수한 극단들은 셰익스피어를 포함한
고전의 상연에 주력하여 신인 극작가가 발붙일 터전
이 거의 없다시피했다. 미국의 극작가인 Arthur Miller
가 「English theatre was 'hermetically, sealed off from

life」라고 개탄할 정도로 절박한 삶의 문제나 사회 현실을 외면하고 안락한 drawing room에서 칵테일 잔을 주고 받으며 세련된 사교적 대화에만 몰두하고 있는 듯이 보이는 영국 연극에 새 바람을 일으킨 것은 역시 세기말의 「Independent Theatre」같은 새로운 연극 단체의 태동이었다.

1956에 George Devine에 의해 창설된 「the English Stage Company」는 신인 작가의 발굴을 주목적으로 하고 신작의 현상모집 광고를 냈다. 이에 응모한 John **Osborne**의 『Look Back in Anger』는 그해 5월 8일에 「Royal Court Theatre」에서 공연되었고, 이 날이 영국 연극사의 한 전환점이 되었다. 그의 뒤를 이어 나타난 수많은 젊은 극작가들에 의해 영국의 연극은 르네상스를 맞이했고 오늘날까지 세계 연극의 메카로 군림해 오고 있다.

때마침 일어난 헝가리 폭동과 스에즈 운하 사건등 격변하는 세계 정세 속에서 사회적, 정치적 현실에 새롭게 눈뜬 영국 관객들에게 있어서 오즈번의 작품은 그들의 긴 잠을 깨워준 시의적절한 작품이기도 했다. 불만에 가득찬 Jimmy Porter를 주인공으로 한 이 작품은 당시 사회의 모든 기성관념과 가치를 철저히 공박한다. 「There aren't any good, brave causes left. If the big bang comes, and we all get killed off, it wont't be in aid of the old-fashioned, grand design. It'll just be for the Brave New Nothing-very-much-thank-you. About as pointless and inglorious as stepping in front of a bus.」

전쟁에 나가 싸우는 것도 예전 같은 낭만적이고 영

웅적인 투쟁이 아니라 길가다가 우연히 버스에 치어 죽는 것과 같다고 말하는 지미의 생각은 인생이란 근본적으로 무의미하다고 믿는 유럽의 "부조리의 연극"의 극작가들과 바탕을 같이 하고 있으나 오즈번은 현대사회의 계급차별과 제도적인 모순이 고쳐진 다면 현실이 훨씬 나아질 것이라는 믿음을 가지고 있는 것으로 보인다. 그러나 그는 구체적인 해결책을 제시하는 대신 상류사회 출신인 아내 Allison 을 괴롭히기만 함으로서 현실에 대한 한없는 불만과 분노만을 터뜨린다.

'angry young man' 이라는 새로운 세대의 명칭을 유래케 한 오즈번은 그의 『Look Back in Anger』를 능가할만큼의 강한 호소력을 지닌 작품을 계속 써내지는 못했다. 『Luther』에서는 성직자 세계의 부패한 위계질서를 혹독히 비판하여 또다른 유형의 angry young man 을 그렸으나, 후기에 비교적 성공을 거둔 작품들은 대체로 분노와 항거보다는 인생에서 패배한 인간들을 그려내고 있다. 대표적인 예로 『Inadmissable Evidence』에서는 자신을 실패자라고 믿는 한 중년의 변호사가 어떤 성범죄로 재판받는 과정을 보여준다. 그는 재판에서의 증언을 통해서 그가 삶에 좌절하기까지 겪어온 체험들을 진술해 나간다. 그것이 그의 무죄를 입증하는 증거로는 채택되지 않으나 그의 인생이 쓸모없는 투쟁의 연속이었음이 드러난다.

「Royal Court Theatre」는 오즈번에 이어서 또 한 사람의 중요한 극작가를 배출해 내는데 John **Arden** 이 그이다. 1958년 『Live Like Pigs』로 본격 데뷔한 아아든에 대한 평가는 극단적인 상반을 보였다. 가령

『*Live Like Pigs*』에서 집시같은 무리들이 정부에서 지
은 주택으로 강제 이주해 들어오는데 인근의 청결하
고 정상적인 이웃들과 끊임없이 충돌한다. 그러나
아아든은 끝끝내 어느쪽도 편들지 않는다. 작품의 소
재와 배경으로 보아 사회복지에 대한 작가의 의도
적인 메시지가 담겨 있을 것으로 기대한 관객과 비
평가들은 아아든이 끝까지 중립을 지키자 이 작품이
불투명하고 실패작이라고 규정지어버릴 밖에 없었
다.

　이같은 아아든의 객관성은 그의 대표작으로 알려진
『*Sergent Musgrave's Dance*』에도 잘 나타나 있는데 일
단의 군인들이 어느 마을에 침입하여 전쟁의 비참함
을 일깨워 주려 한다. 그러나 얼핏 반전 사상을 고
취하려는듯한 이 작품에서 아아든은 전쟁에 못지 않
게 평화를 강요하는 행위도 폭력이라는 점을 동시에
강조하고 있는듯이 보인다. 이점은 『*Armstrong's Last
Goodnight*』에서도 나타난다. 자유를 희구하는 스코틀
랜드의 족장 암스트롱과 강력한 정부를 수립하려는
킹 제임즈의 갈등을 기본 상황으로 놓고 거의 무정
부적 자유를 추구하는 암스트롱과 질서를 강요하는
킹 제임즈를 똑같이 잔혹하고 부당하게 묘사해 줌
으로서 둘 사이의 첨예한 갈등만 들어내 보일 뿐 어
느쪽도 편들지 않는다. 어쩌면 아아든은 여기에 어떤
해결책도 있다고 보지 않으며 자유와 질서 두가지가
모두 근원적인 인간의 충동으로서 영원히 화합할 수
없는 것이라고 보는지 모른다.

　아아든의 작품은 그의 특이한 소재를 대하는 시각
뿐 아니라 극형식에 있어서도 새로운 면이 있다. 가

면을 사용하기도 하고 민요와 춤등을 즐겨 사용하여
Brecht 의 epic drama 를 연상케 하기도 한다.

「Royal Court」는 또 한 사람의 재능있는 극작가를
배출했는데 『A Resounding Tinkle』로 잘 알려진 For-
man Frederick Simpson 은 Ionesco 풍의 부조리의 희곡
을 연상케 한다. 「Royal Court」를 무대로 한「the Eng-
lish Stage Company」 못지 않게 중요한 신인 극작가
발굴에 공헌한 또 하나의 극단이 있는데 실험적인
여류 연출가 Joan Littlewood 가 이끌어 온 「Theatre
Workshop」이 그것이다. 애당초 맨체스터에서 시작한
「Theatre Workshop」은 1953 년에 런던에 정착하여 이
색적인 작업을 편다. Bercht 의 epic theatre 에 경도한
리틀우드는 사회적인 의식을 앞세우고 특이한 집단
창작의 방식에 의거하여 주목할만한 공연을 만들어
내나, 이 극단의 주요 업적은 Behan 과 Delaney 의 두
작가를 발굴한데서 찾아진다.

Brendan Behan 은 아일랜드 태생으로 IRA 활동과 관
련하여 투옥된 경험조차 있는데 그의 체험에 토대를
둔 두편의 희곡, 『The Quare Fellow』와 『The Hostage』
로 주목 받았다. 전자는 처형 전날 감방 안의 사형
수들의 생활의 단면을 그리는 가운데 수인들의 인간
성을 확인하며 합법적인 살인의 공포를 보여준다.
『Look Back in Anger』에 버금할만한 반응을 불러 일
으킨 이 작품에서 이렇다할 줄거리는 없으나 처형의
순간이 닥아오며 점증하는 긴장감은 상당한 극적 호
소력을 지닌다.

후자는 한 IRA 요원의 처형을 둘러싼 얘기로 무대는
창가(娼家)이다. 한 젊은 영국 군인을 이 창가에 인질

로 납치하여 IRA 요원이 처형되면 동시에 살해하겠다고 협박한다. 여기서 비이언은 아일랜드인이면서 IRA 에 대하여 비판적이다. 그들의 투쟁이 한때는 영웅적이었으나 지금은 의미있는 미래를 향한 시야를 잃어버렸음을 암시한다. 그들의 거점을 창가로 설정한 것도 다분히 암시적이다. 게다가 영국 군인은 우연한 실수로 살해된다. 결국 이 작품은 IRA 의 활동이 공허하고 무가치했음을 들어내 보이는데 비이언은 춤과 노래와 소극적(笑劇的) 에피소드를 가미하여 극 전체가 뮤직홀 여흥처럼 보이게 하여 그의 주제를 강조해 주었다.

「Theatre Workshop」이 발굴한 또 한 사람의 극작가 Shelagh Delaney 는 그가 『A Taste of Honey』를 썼을 때 고작 17세의 미성년 소녀에 불과했다. 리틀우드는 모든 작품에서처럼 연습과정을 통해 이 작품을 가다듬기는 했으나 작품의 본질적인 가치를 다치게 하지는 않았다. Josephine 이란 소녀를 주인공으로 한 이 작품은 빈민가에서 함께 살아가는 모녀의 무궤도한 삶을 객관적으로 그려나가고 있는데 등장인물들은 『Look Back in Anger』의 지미와는 달리 삶에 대한 아무런 분노도 터뜨리지 않고 모든 것을 체념하고 있는 그대로를 받아들인다.

「Theatre Workshop」이 가장 정치적인 색채가 강한 집단이었다면, 극작가 개인으로서 가장 정치적 의식이 강한 새 작가로 주목할만한 사람이 Arnold Wesker 이다. 1958년에 『Chicken Soup with Barley』로 극계에 등단했는데, 3부작의 첫편인 이 작품은 20년에 걸친 Kahn family 의 역사를 통해 사회주의 이상의 실현에

대한 좌절을 그리고 있다. 어머니는 철저한 사회주
의 신봉자이나 아버지는 점차 정치로부터 관심이 멀
어진다. 그들의 자식들도 처음에는 어머니 편이었으
나 점차 환멸과 회의에 빠진다. 웨스커는 간접적으
로 사회복지정책이 사회주의자들의 투쟁목표를 대부
분 뺏아간데다가 1956년의 헝가리 폭동이 공산주의
에 대한 의혹을 심어주었다고 암시하고 있는데 그보
다 근본적인 메시지는 민중들이 진정 구제받기를 원
하지도 않으며 이 세계는 구제받을 가치조차 없다는
뿌리깊은 회의인 것처럼 보인다.

웨스커의 대표작인 『Chips with Everything』의 무대
는 영국 공군의 훈련소인데 주인공 Pip Thompson을
내세워 영국의 계급 사회를 비판하고 있다. 그 자신
상류 사회 출신인 핍은 계급차별에 의해 모든 특권
을 박탈당하고 있다고 믿는 사병들에게 동조하여 그
들과 한 막사에서 기거할 것을 자청한다. 그러나 핍
의 그같은 사상은 동료들에 의하여 오해된다. 핍이
같은 상류계급의 동료들과의 경쟁에서 이길 자신이
없기 때문에 그것을 은폐하기 위한 제스쳐로 사병들
과 어울린다고 몰아세워지면서 그의 기도는 좌절되
고 만다.

위에 든 작가들 외에 1956년 이후 영국 무대에 등
장한 신인 작가군(群)은 그야말로 르네상스를 구가할
만큼 헤일 수 없이 많다. 비교적 성공을 거든 작가들
만 들어도 John Whiting, Ann Jellicoe, Bernard Kops,
Alan Owen, John Mortimer 등을 꼽을 수 있으나 이들
중에서 현대 영국 연극의 대표적인 극작가로 부상한
한 사람의 작가가 있다. 현역 작가로서 아직도 왕성

한 창작활동을 하고 있어 그에 대한 최종적인 평가
는 시기상조인 Harold Pinter 는 처음 배우로서 출발하
여 1957년에 『Room』으로 극작을 시작했다.

펀터의 작품들에는 몇가지 공통된 특징들이 발견
된다. 지극히 일상적인 상황에서부터 시작하여 점차
불가해의 위협이 느껴진다. 그래서 그의 작품을 가
리켜 'comedy of menace' 라고도 부르는데, 이 알수없
는 불안과 위협은 극의 상황에 대한 설명과 인물의
동기에 대한 해명이 없거나 불충분한데서 기인한다.
인물이 주고 받는 대화나 그들의 행동은 지극히 사
실적이지만 그들의 배경과 동기와 심지어 신분마저
도 알려지지 않을 경우가 허다하다.

펀터에 의하면 오히려 종래의 연극이 비사실적이
다. 왜냐하면 작가가 모든 것을 알 수 없는 것이 현
실인데도 그는 자신이 신이라기도 한듯 등장인물의 심
리의 세부까지도 그려낸다는 것이다. 그러나 인간은
실상 자기 자신에 대해서도 충분할만큼 알고 있지
못하다는 것이다. 따라서 그는 어떤 상황에 대한 최
초의 인상에서부터 출발하여 그것이 변모하는 과정
을 그가 아는 범위 내에서 기록해갈 수 밖에 없다는
것이다.

따라서 그가 쓴 대사도 지극히 일상적이지만 표면
의 말보다 그 뒤에 감추어진 'subtext' 가 더 중요하
다. 그래서 펀터의 작품에서는 말해진 것 못지 않게
침묵이 중요한 역할을 차지한다.

그의 최초의 문제작인 『The Birthday Party』에서 주
인공 Stanley 는 어느 해변가 여인숙에서 기식하고 있
는데 어느날 두 사내의 내방을 받는다. 그들은 그날

저녁 스탠리의 생일파티를 벌이지만 스탠리 자신은
그날이 자기의 생일이 아니라고 주장한다. 관객은
종래의 연극에서와는 달리 어느 인물의 말도 진실이
라고 믿을 수 없다. 심지어 스탠리의 본명이 과연
스탠리인지 조차 확신할 길이 없다. 악몽같은 생일
파티가 끝난 이튿날 스탠리는 두 사내에 의해 어디
론가 이끌려 가는 것으로 연극은 끝나지만 관객은
스탠리가 과거에 무엇을 했는지, 두 사내와의 관계
는 무엇인지, 그들은 스탠리를 어디로 무엇때문에
데려가는지 조차 알 수 없다. 관객은 다만 지극히 일
상적인 상황에서부터 미스테리와 위협이 점증해 가
는 체험을 느꼈을 뿐이다.

이같이 일상의 논리로 접근이 어려운 이유 때문
에 간혹 핀터를 'theatre of the absurd' 계열의 작가로
말하는 경우가 있으나 핀터 자신은 어떤 유파에도
분류되기를 원치 않았다. 핀터의 가장 주목받은 작
품인 『The Homecoming』은 표면상으로는 종래의 홈드
라마를 연상할이만큼 사실적이면서도 가장 핀터적
인 난해성이 복잡하게 얽혀 있다. 영국인으로서 미
국 대학의 철학교수로 있는 Teddy 가 아내 Ruth 와 함
께 고향 집을 방문한다. 집에는 아버지와 두 아들 그
리고 택시 운전사인 Sam 이 살고 있다. 창녀 소개를
직업으로 하는 막내 아들 Lenny 의 권유에 따라 루쓰
는 창녀로 이 집에 남게되고 테디는 기꺼이 혼자 미
국으로 떠난다.

이 끔찍한 이야기가 천연덕스러운 일상사처럼 전
개되는데 관객은 등장인물들의 과거사나 현재의 동
기를 알 수 없기 때문에 불가해한 느낌만을 받게 된

다. 전문가들의 작품에 대한 해석도 다양하여 혹자는
오이디푸스 콤플렉스의 소원 실현으로 보기도 하고
또는 정신적인 욕구와 신체적 본능 사이의 갈등으로
보기도 하며 돌아온 탕아의 설화에 대한 현대적 해석
내지는 성서의 루쓰얘기를 새롭게 극화한 것이라는
등 여러 의견이 있다. 그러나 이같이 다양한 견해는
그것들 중 어느 하나가 정답일 가능성이 있다고 보기
보다는 그만큼 핀터의 작품이 갖는 풍부한 다의성
(多意性)의 반증으로 보아야 할 것 같다. 그리고 핀터
는 아직 현역 극작가로서 그에 대한 만족할만한 평
가를 내릴 단계에 놓여있지 않고 핀터의 작품경향
도 그 뒤 변모를 보이고 있으며 앞으로도 변모의 여
지가 있다. 다만 관객들로부터 충분한 이해를 얻고
있지 못한 극작가인 핀터가 오늘날 중요한 극작가
로서의 비중을 차지하고 있는 것은 그의 작품이 현
대 세계의 정신적 혼돈을 어느면에서 반영해 주고 있
기 때문일 것이다.

1956년 『Look Back in Anger』로 시작된 영국 극문
학의 르네상스는 수많은 신진 극작가를 배출해 냈는
데 이같은 추세는 6, 70년대에도 이어져 젊고 유능한
극작가군이 세계에서 가장 우수한 극장 환경 속에서
왕성하게 극작활동을 계속하고 있어서 오늘날 영국
의 연극은 셰익스피어와 같은 발군의 천재는 없다
해도 가장 다양하고 풍요로운 연극문화를 향유하고
있다. 아직 현역으로 활동 중이며 60년대 이후에 배
출된 주목할만한 극작가를 꼽자면 Peter Shaffer, Ro-
bert Bolt, David Storey, Edward Bond, Tom Stoppard,
Peter Nichols, Joe Orton 등, 그 명단은 한참 계속될 수

있다.

끝으로 오늘날 영국 극계의 현황을 잠간 살펴 보기로 하자, 2차대전 후 영국 극계에는 중요한 변화가 일어난다. 여전히 상업극장이 런던 웨스트 엔드의 중심세력을 이루고 있으나, 50년대 이후에 생겨난 소위 정부지원극단(subsidized company)들에 의해 그 세력은 현저히 약화되고 이 정부지원극단들의 높은 전문적 수준과 그들이 천명한 예술적 신조는 영국 연극의 수준을 끌어 올렸다. 위에 언급한 「The English Stage Company」는 1965년에 William Gaskill이 운영을 이어 받으면서 계속적으로 극계에 기여하는데 Bond, Orton, Storey 같은 재능있는 신인 극작가들이 모두 이 극단을 통해 배출되었고 Lindsay Anderson 같은 재능있는 연출가도 배출되었다. 이 극단 외에도 「Mermaid Theatre」, 「National Youth Theatre」 같은 중요한 정부지원 극단이 등장했으며 Bristol, Birmingham, Manchester, Nottingham, Coventry, Glasgow 같은 지방 도시에도 우수한 상설 정부지원단체들이 설립되어 런던에만 편중되어 있던 연극문화가 전국 곳곳에 확산되어 갔다.

그러나 획기적인 변화를 가져온 것은 무엇보다도 「Royal Shakespeare Company」와 「National Theatre」의 설립이라 할 것이다. RSC는 「Stratford Memorial Theatre」를 전신으로 하여 1961년에 정부로부터 인정받고 상설 공연 단체로 개편되었다. 세익스피어의 탄생지인 Stratford를 본거지로 하여 런던의 Aldwych 극장을 동시에 활동무대로 사용하면서 Peter Brook을 단장으로 눈부신 공연활동을 가져 왔다. 비단 세익스피어의 작품 뿐 아니라 신인의 주목할만한 신작과 실험적인 작품의 공연까지 폭을 넓힌 이 극단은 1964년에 독일 극작가 Peter Weiss 의 『Marat/Sade』를 공연하여 새롭고 대담한 실험적 노력이 세계적인 명성을 얻게 해 주었다. 1969년에 Travor Nunn 이 극단장을 이어받아 오늘까지 오면서 수많은 야심적인 고전과 현대작품의 공연을 거듭해온 RSC 는 일급 배우들 뿐 아니라 Peter Hall, John Barton, Terry Hands와 Trevor Nunn 자신을 포함한 탁월한 연출가들을 길러내 오늘날 영국 연극을 연출가의 시대로 만들어 놓았다.

한편 위에 언급한 「Old Vic」을 전신으로 하여 1963년에 Laurence Olivier 를 단장으로 창설된 「National Theatre」는 템즈강 남안에 상설극장을 가지고 오늘날까지 최고의 공연 수준을 지켜오고 있다. 「National Theatre」는 주로 고전에 있어서 큰 업적을 남겼으며 George Devine, Peter Wood, John Dexter, Clifford Williams 등의 국내 연출가와 Franco Zeffirelli, Ingmar Bergman 등의 초빙 외국 연출가들이 거쳐갔으나, 무엇보다도 배우의 연극에 주력했다고 할 수 있다. Michael Redgrave, Maggie Smith, Albert Finnie, Joan Plowright, Paul Scofield 등 기라성 같은 배우들이 전속단원으로 활약해 왔다. 웨스트 엔드의 상업 제작자들이 「RSC」와 「National Theatre」가 이름 높은 스타를 모두 앗아가서 기용할 배우가 없다고 불평하는데도 일리가 있을 정도이다. 이 두 극단은 세계 정상급의 수준을 지키는 영국이 자랑할만한 공연예술 단체이다.

따라서 오늘날 영국의 연극은 다음의 몇개 층으로
나누어 볼 수 있다. 첫째 「National Theatre」와 「RSC」
를 정점으로 하는 예술적 수준을 목표로 하는 정부지
원단체에 의한 연극 활동이 있고, 둘째 웨스트 엔드를
중심으로 한 대중의 취향을 의식하는 상업극장들에
의한 연극활동이 오랜 역사를 통해 단단하게 자리잡
혀 있으며, 셋째 각 지방에 산재한 역시 예술적 수준
을 목표로 한 비교적 우수한 지방 상설극단들에 의
한 연극활동이 계속 확산되어 나가고 있다. 그리고
끝으로 소위 런던의 변두리에 흩어져 있는 젊은 연
극인들에 의한 실험적인 성격이 강한 소위 「Fringe」
라고 알려진 연극지대가 있다. 이같이 영국의 연극
은 적어도 네개의 층을 가지고 오랜 전통을 의식하
며 오늘날 영국 문화의 중심부를 차지하고 있다.

Ⅲ. 영국소설

정병조

1. 18세기 英小說

영어에서 'novel'이 장편소설을 가리키는 말로 쓰이게 된 것은 그리 오랜 일이 아니다. *New English Dictionary*에 의하면 이말이 'a ficticious prose narrative' (산문으로 된 허구적 이야기)라는 뜻으로 쓰인 최초의 용례는 1643년이지만 그러한 작품 일반, 즉 문학상의 어떤 유형을 나타내는 뜻으로는 1757년에 최초의 용례가 있었다고 밝히고 있다. 영국소설은 **새뮤얼 리처드슨**(Samuel Richardson, 1689—1761)의 『패밀러 *Pamela*』를 그 비조(鼻祖)로 삼는 것이 통설로 되어 있는 데, 이 작품의 출판 년대가 1740년임을 감안하면 리처드슨을 뒤따른 일련의 문학적 작업이 한 문학 유형으로 정착화되는 과정이 대개 이 시대를 전후해서 이루어졌음을 알 수가 있다.

그러나 소설의 모체인 이야기가 유사(有史) 이전부터 있었음은 말할 것도 없고, 그것이 문자로 표현되어서 소설의 전신이라고 할만한 형태로 남아있는 것도 있다. 가령 제프리 초오서(Geoffrey Chaucer, 1340?—1400)가 『트로일러스와 크리세이드 *Troilus and Criseyde*』를 산문으로 썼더라면, 이미 1380년에 영국 소설의 시조로서의 위치를 주장할 수 있었을 것이다. 그것이 작중인물의 성격을 선명하게 부각시켰을 뿐만 아니라 인간의 내면 세계에 대한 심리적 통찰이 정확하며, 미묘한 남녀관계를 얽어 복잡한 줄거리를 형성하고 있기 때문이다. 토머스 맬로리 경(卿)(Sir Thomas Malory, 1471)이 번역하고 윌리엄 캑스턴(William Caxton, 1422?—91)이 1485년에 간행한 『아아써 왕의 죽음 *Morte d'Arthur*』은 여러 갈래로 전해져 내려온 아아써왕 전설을 집대성해서 편집한데 지나지 않지만, 종래의 장식적인 운문체(韻文體)를 벗어나서 간결하고 평명한 용어를 사용했으며 후세의 많은 작가들에게 문학적 영감을 주는 고전인 것이다.

엘리자베쓰 시대(1558—1603)에는 외국문학의 번역이 활발하게 이루어졌다. 그리이스, 로마의 고전 뿐만 아니라 이탈리아, 스페인의 문학도 많이 번역되었는데, 존 릴리(John Lyly, 1554?—1606)나 필립 시드니 경(卿)(Sir Philip Sidney, 1554—86)의 작품은 이런 번역물의 영향을 받았음이 분명하다. 릴리의 『유퓨이즈 *Euphues*』(1578)는 스페인 문학에서 소재를 따오기는 했으나 이 시대에 창작된 로만스(romance)* 임에 틀림이 없으며, 그 장식적인 문체를 따르는 유행이 한때 성행해서 유퓨이즘(Euphuism)이라는 말까지 생겼다. 시드니의 『아케이디아 *Arcadia*』(1590) 역시 스페인과 이탈리아 문학의 영향을 받았으며 기사정신을 고취하기 위한 것이 동기였기 때문에 선이 악을 누르고 이기는 로만스의 정통적 모랄에 입각하고 있으나 유퓨이즘을 탈피해서 작중인물에 적합한 문체를 사용한 것이 특색이다. 그러나 이러한 소위 로만스 류의 작품은 번역물이거나 그 영향을 받은 창작작품이거나를 막론하고 봉건주의 사회에서 귀족계급의 지배

---

* 모험이나 놀라운 무용행위, 극히 청순한 연애사건, 그 밖에 각종의 공상적인 사건으로 엮은 이야기.

를 합리화하고 옹호하는 것이 그 모랄이었기 때문에
교훈적일 수 밖에 없었고 기독교적 윤리관이 바탕을
이루기는 했으나 선악을 지나치게 단순화하고 규격
화한 탓으로 과장과 기형을 면치 못했으며 따라서
현실의 인생과는 거리가 먼 세계였던 것이다. 그렇
기 때문에 로만스는 궁정과 귀족계급 사이에서만
많이 읽혔던 것이 사실이고 일반 대중에게는 그것이
현실도피의 위안이 되었을 뿐 그들의 생활감정이 공
감을 느낄 수는 없었다.

근대소설의 성립은 위와 같은 비현실적인 로만스의
세계를 벗어나서 일반인의 일상 생활을 대상으로 삼
는 리얼리즘의 세계로 옮겨오는 과정으로 설명된다.
이런 움직임이 이 시대에 벌써 시동하였는데 로버트
그리인(Robert Greene, 1560?—92), 토머스 내쉬(Tho-
mas Nash, 1567—1601), 토머스 딜로니(Thomas Delo-
ney, 1543—1600?)등 일련의 작가가 소설을 리얼리즘
의 영역에로 한 걸음 다가서게 하는 구실을 하였다.

그리인은 파란 많은 생애를 보내고 사회의 이면과
하층을 몸소 경험했는데, 그 경험을 토대로 말하자면
범죄소설 비슷한 것을 발표하였다. 당시는 사회의
변혁기여서 각종 범죄가 횡행했는데, 그리인은 절도,
소매치기, 갈취, 사기, 강도, 미인계 등등의 수법을
자세하게 그렸으며 물론 선량한 시민을 그런 범죄로
부터 보호하는 것이 목적이라고 밝히고 있으나 그들이
쓰는 은어(隱語)까지 등장시켜 실감을 내고 있다. 이
른바 connycatching story 인데 이것을 novel 이라고 하
기에는 너무나 구성이 없고 잡다한 나열에 불과하지
만 하여간 종래 로만스가 다루던 이상화된 세계가

아니라 하층사회의 암흑상을 있는 그대로 그려도 독
자가 흥미를 느낀다는 새로운 실험을 해보임으로써
리얼리즘의 가능성을 제시했던 것이다.

내쉬는 이야기와 이야기 사이에 맥락을 유지하면
서 주인공이 여러 곳을 떠돌아다니며 겪는 경험을
엮어 작품화하였다. 『불우한 나그네 *The Unfortunate
Traveller, or the Life of Jacke Wilton*』(1594)는 제목
이 말하듯 주인공이 유럽 각지를 편력하면서 가지각
색 모험을 하는 이야기로 전염병, 병사, 강간, 살인,
고문, 복수등 처참한 장면이 잇달아 등장한다. 이것
은 스페인의 악한소설(picaresque novel)을 본받은 것
으로 편력과 모험이 그 특색을 이루고 있으며 오늘
날의 작가에 이르기까지 그 전통이 이어져 내려오
는 소설의 한 원형이기도 하다. 이렇듯 처참하고
추악한 사회상을 그리는 것은 로만스의 세계는 아
니며 내쉬는 그리인처럼 범죄 사회의 악에 국한되지
않고 일반 사회를 그렸다는 점에서 또 한 걸음 앞섰
음을 알 수 있다.

그러나 리얼리즘에로의 진전에 가장 뚜렷한 기여를
한 것은 딜로니였다. 그는 시드니와 같은 이상주의
나 그리인에서 보는 것과 같은 과장된 악의 세계가
아니라 한 자리에서 생업에 종사하고 근면과 성실로
성공하는 미덕을 내놓았다. 『뉴베리의 재크 *Jack of
Newbury*』(1597)는 이런 모랄을 충실히 반영해서 수련
공으로 출발한 재크가 주인이 죽자 미망인과 결혼해
서 영국에서도 이름난 방직업자가 되어 국왕의 시찰
을 맞는다는 이야기다. 당시 조용한 가운데 부를 쌓
아가는 신흥 중산계급의 면목이 뚜렷하거니와 그가

그리는 세계가 과장과 왜곡이 아니라 정상이고 특수
가 아니라 보편이며 암흑과 비참이 아니라 건전이며
일반대중과 작품세계와의 거리가 현격하게 가까와졌
음을 알 수 있다.

토머스 모어 경(卿)(Sir Thomas More, 1478—1535)의
『유토피어 *Utopia*』(1516)는 처음에는 라틴어로 씌어
졌기 때문에 실제로 그 영향이 나타난 것은 그것이 영
어로 번역된(1561) 이후이며 17세기에 이르러 『유토
피어』와 비슷한 가공국(架空國)을 그린 작품이 많이
나왔다. 물론 모어는 소설을 쓰려는 것이 아니라 간
접선거를 통한 군주의 선출, 사유재산 제도의 폐지,
화폐제도의 철폐, 신앙의 자유등 정치, 경제, 사회,
종교 각분야에 걸친 자신의 이상론을 펼쳐보이는 것
이 목적이었다. 그러나 이런 추상적 사상을 구상화
한 점과 사상을 진술하지 않고 그 사상이 실현된 상
황을 묘사했다는 것이 소설의 방법과 일치했던 것이
다. 더구나 현실과 이상이 합치될 수 없기 때문에
현실사회와는 무관한 가공의 나라를 설정해 놓고 이
곳에 이상을 실현해 보인다는 방법은 인류의 미래에
대한 꿈이 스러지지 않는 한 되풀이 시도될 것이다.
그것이 유토피어의 형식을 따르든 반(反)유토피어로
표현되든 간에 사회의 당위(當爲)를 그려보이려는 목
적은 마찬가지인 것이다.

스페인 작가 세르반테스(Cervantes, 1547—1616)의
『돈 키호테(*Don Quixote*)』가 처음 영역된 것은 1612년
이고 1700년에 완전 개역되었다. 근본적으로는 악당
소설에 속하지만 주종(主從)이 여러 곳을 편력한다는
하나의 편력 유형을 제시했고, 풍자와 유모어를 통해

서 인간의 기본적 성격의 한 유형을 창조한 것은 18세
기의 영국 작가들에게 지대한 영향을 미쳤던 것이다.

모어가 정치적 신념을 『유토피어』라는 가공국으로
피력했다면 **존 번연**(John Bunyan, 1628—88)은 『순례
행 *The Pilgrim's Progress*』(1678)을 써서 종교적 신앙
을 우화(寓話)의 형식을 빌어 표현했다고 할 것이다.
영혼이 구원을 얻도록까지의 그리스도교적 고난을 그
리고 유혹과 함정을 극복하면서 하나님의 교리에 충실
함으로써 비로소 선택된 자가 되는 경위를 추상적
개념을 의인화(擬人化)해서 이야기 형식으로 나타내
고 있다. 여기서 특기할만한 점은 성서의 문체에 영
향받은 것이 분명하지만 이 작품의 문장이 평명(平明)
하고 박력이 있어 생동감에 넘치며 사실적이어서 일
반대중이 한결 친밀감을 느낄 수 있다는 것이다.

근대소설은 오랜 준비 기간을 거쳐서 18세기에
이르러서야 완전한 성립을 보았는데, 위에서 대강 훑
어본 것처럼 이야기 자체가 그 내용에서나 형식면
에서 로만스에서 리얼리즘에로의 길을 끊임없이 걸어
온 것이 사실이지만 18세기의 여러가지 사회적 조건
이 또한 소설 문학이 성장하기에 적합한 분위기를
조성해 주었음을 간과할 수가 없다. 그것은 인쇄술의
발달과 이에 힘입어 비교적 저렴한 책값과 순회문
고의 유행, 점차적인 교육의 보급에 의한 문맹율의
저하등에 따라 독서층이 급격히 늘어난 사실과 밀접
한 관계가 있다. 그리고 소설이 근본적으로 서민 문
학임을 생각할 때 이들 소시민 계급의 생활이 안정
되고 그 계층이 두꺼워지면서 점차 사회의 중심 세

력으로 커가는 18세기의 사회상과 소설의 형성 과정
이 또한 무관할 수 없는 것이다.

마침내 영국 근대소설의 개막은 눈앞에 다가왔다.
조너썬 스위프트(Jonathan Swift, 1667—1745)는, 생
애의 목표가 정치에 있었고 실제로는 평생 성직에
종사하였다. 그는 『서적 전쟁 *The Battle of the Books*』
이니 『통 이야기 *A Tale of a Tub*』니 하는 풍자적인
우화를 발표했으나 너무나 다듬어지지 않은 소박한
풍자에 그쳤고 문학 외적인 목적이 노골적이어서 그
에게 『걸리버 여행기 *Gulliver's Travels*』(1726)가 없
었다면 아마도 문학상에 그 이름이 남지 않았을 것
이다. 그 작품은 당시 영국의 종교와 정치, 즉 정당
과 종파 간의 갈등, 부패, 사회상, 문물, 제도에 이
르는 모든 분야에 걸친 풍자로 일관했으며 나아가서는
인간의 모든 영위(營爲)와 인간성 자체의 약점까지도
사정 없이 헤집어서 풍자의 대상으로 삼고 있다. 예
를 들어 말(馬)이 이성을 갖춘 동물로서 지배하는 나
라의 마구간에 매어있는 가축이 바로 인간으로 판명
될 정도로 그 풍자는 신랄하기 비길 데 없다. 이야
기의 줄거리는 소인국, 대인국, 비행국, 마인국등
황당무계하기 짝이 없고 비현실적인 가상 세계의 설정
이지만 그 우의(寓意)가 지니는 뼈아픈 진리에 대한
승복 때문에 독자는 스스로 불신을 누르고 그 이야
기에 말려들어가지 않을 수 없는 것이다. 그리고 그
냉철한 문체가 이야기에 객관성을 부여하는데 크게
도움이 되고 있다. 일인칭 소설이면서도 조금도 작
가의 의견을 피력해서 독자에게 강요하는 일없이 어
디까지나 사실을 있는 그대로 보고하는데 그친다는

태도를 취하고 있고 이를 뒷받침하기 위해서 문장이
평명간결하고 정확하고 냉철한 것이다. 그가 독자를
사로잡고 이야기를 이끌어나가는 힘은 어느 소설가
에도 못지 않을 것이다.

그러나 근대소설의 선구자로서의 비중을 따지자면
스위프트는 **대니얼 디포우**(Daniel Defoe, 1661—1731)
에게 미치지 못한다. 그의 대표작 『로빈슨 크루소
Robinson Crusoe』(1719)는 본인이 「암시적 우의담」(an
allusive allegoric history)으로 알아달라고 할만큼 그
구조는 반항→천벌→회개→구원의 원형을 충실히 따
르고 있다. 아버지의 충고에 반항해서 하나님을 뒤
로 하고 재물을 탐해서 배를 탄 주인공 크루소가 무
인도에 도착해서 가진 고생과 고독을 겪는 천벌을
받으면서 점차 자기가 지은 죄를 깨닫고 회개한 끝
에 모든 것을 하나님의 뜻에 따르기로 마음먹음으로
써 구원을 얻어 무인도에서 구출되는 것으로 되어
있다. 그러나 그가 섬에서 보내는 나날은 고독에 젖
고 하나님의 뜻을 헤아리는 정신생활보다는 생존의
기본조건을 해결하려는 물질생활에 집중되어 있다.
먹고 자고 입는 것을 가장 앞세울 수밖에 없는 절박
한 처지에서 차차 환경을 개선하면서 장기 정착을
위한 농사와 목축에로 발전하고 적을 방비하고 피하는
입장에서 토인을 길들이고 지배하는 통치(統治)의 모
형까지를 보여주는데 그 과정이 근면과 성실로 결핍을
인내하고 실질적, 진취적으로 문제에 부딪치고 이를
하나씩 착실하게 그리고 집요하게 해결해나가는 것
이다. 이것은 바로 당시의 사회에 점차 세력을 구축
해가던 신흥 중산계급의 생활 철학이기도 했기 때문

에 그들의 구미에 꼭 맞았고 더 근본적으로는 영국의 국민성과도 합치하는 점이 많기 때문에 아직도 가장 많이 읽히는 책의 하나로 남아있는 것이다.

『몰 플랜더스 *Moll Flanders*』(1721)는 감옥에서 태어나 절도와 사기, 매춘으로 생계를 유지하면서 형과 정을 통하다가 그 아우와 결혼하는가 하면 몇번째론가 결혼한 남편의 어머니가 바로 자기의 친어머니라는 사실이 밝혀지는등 파란만장한 생애를 보내고 역시 노년에 이르러 지은 죄를 참회하면서 여생을 보낸다는 이야기다. 근친상간(近親相姦)의 주제는 로만스의 줄거리라고 하겠고 형형색색의 범죄 수법을 밝히는 대목은 connycatching story 의 유물이며 한 사람의 생애로서는 감당하기 어려운 편력과 모험과 파란은 악당소설의 영향이라고 하겠다.

그러나 디포우는 자기 작품의 신빙도를 높이기 위해서 사용한 여러가지 분식(粉飾)과 기교——즉 거짓을 사실처럼 꾸며보이기 (verisimilitude)에 능했으며 이것이 리얼리즘에도 공헌했음을 부인할 수 없는 것이다.

새뮤얼 리처드슨과 헨리 피일딩(Henry Fielding, 1707—64)은 같은 시대에 작품 활동을 하였고 함께 영국소설의 틀을 완성한 작가이지만 두 사람의 출신 성분이나 성품, 받은 교육, 보낸 생애가 거의 반대이다. 따라서 그들의 소설 또한 서로 상반하는 성질의 것이고 그것이 소설이 갖는 본질적인 양면을 대표하는 것이었기 때문에 영소설의 양대조류의 수원(水源)을 이루고 있음은 소설사에서 중대한 의미를 갖는다.

『패밀러』는「보상받은 부덕(婦德)」(Virtue Rewarded)

이라는 부제가 말처듯이 리처드슨적 도덕관에 바탕
을 둔 작품이다. 계급과 신분의 차별이 엄격한 사회
의 질서와 그것을 유지하기 위한 불합리를 내포한
도덕률을 받아들이고 이에 순종하고 이것을 존중하
며 행동과 사고에도 항상 신중과 분별을 잊지 않는
한편 인정과 인도주의를 앞세우는 작품 세계는 입헌
군주제가 확립된 새로운 시대의 퓨리타니즘(puritan-
ism)을 대표하는 작가라고 할 수 있다. 여주인공
패밀러라는 하녀라는 신분으로 젊은 주인의 유혹을
받는다. 그러나 그것은 계급의 차이를 앞세운 불성실
한 욕정이었기 때문에 패밀러는 인내와 호소와 재치
로 그의 유혹을 매번 물리치는데 성공하며 그러는
과정에서 패밀러의 정숙과 성심을 알게 되고 그 인
간적 매력에 감동된 주인이 당시 사회의 인습을 극
복하고 패밀러와 정식으로 결혼한다는 줄거리다. 어
떻게 보면 값싸고 진부한 모랄이 그 주제이다. 그러
나 패밀러가 자기를 농락하려는 남자의 마음을 진정
한 애정으로 돌려놓는 미묘한 변화와 그들 사이를
오가는 감정의 세심한 심리적 분석은 이 작품의 특
색이라고 하겠으며 지금까지의 모든 이야기가 행동
의 사실성만을 분주하게 따라다니던 것과는 달리 인
간의 내면세계를 깊이 파고드는 심리소설(心理小說)
의 가능성을 개척했던 것이다.

피일딩은 이와는 대립되는 입장에서 출발했다. 그의
작품은 이른바 'Merry Old England'를 구가(謳歌)한다.
관용하며 호방하고 지조를 지키되 협량하지 않으며 웃
음을 알고 인생을 향락하며 행동을 존중하는 인생태도
는 어디까지나 구시대적이고 전통적인 영국형이라고

할 수 있다. 그러기에 그의 작품에 나오는 남주인공은 딱딱한 도덕률에 얽매인 위선을 배격하고 신의와 양심만을 지키는 직선적 성격이며 곧잘 실수도 하고 탈선도 하는 것이다. 일찌기 코울리지(S. T. Coleridge, 1772—1834)는 리처드슨으로부터 피일딩으로 옮아오면 마치 난로를 피운 병실로부터 오월의 훈풍이 부는 넓은 들판으로 나가는 것 같다고 했거니와 내면적 심리세계가 아닌 외형적 행동세계요, 이상화된 모랄이 아니라 있는 그대로 불완전을 인정하는 모랄이며 국한된 좁은 사회가 아니라 영국 전체라는 넓은 공간을 다뤘으며 한 마디로 여성적 작가인 리처드슨에 반해서 피일딩은 남성적 작가였다고 할 수가 있다.

대표작『톰 조운즈 *Tom Jones*』(1749)는 주인공 톰이 기아(棄兒)로 커가면서 많은 설음을 받고 오해를 받아 주인 집에서 추방까지 당하지만 종말에는 주인의 누이가 숨겨 낳은 아들이었다는 사실이 밝혀져서 이야기는 급전직하 원만한 해결로 끝난다는 하나의 소설 원형과 주인의 누이가 정식으로 낳은 아들 블라이필(Blifil)이 이웃에 사는 정숙한 여주인공 소피아(Sophia)를 두고 톰과 사랑을 겨루는 전형적 삼각관계가 얽혀나가는 구성이며 톰의 사나이다움과 블라이필의 위선적 교활성이 어머니가 같으면서도 대조적 성격형으로 부각되어 있다. 이 작품은 극히 예외적인 탈선을 제외하고는 구성이 극히 복잡하면서도 혼란에 빠지지 않고 서로 유기적 연관성을 유지하면서 이야기의 중심을 떠나지 않고 대단원(大團員)을 위해서 기여하고 있다. 규모도 웅대해서 영국의 전원과 지주 계급의 생활, 하층민의 생태에서부터 런던의 상류계급

과 사교계까지에 이르고 톰이 집을 떠나자 소피아가
따라서 집을 나가고 그 뒤를 소피아의 아버지가 쫓
는 대목은 파노라마와 같이 변화하고 전개되는 자
연과 환경이 등장하는 것이다. 밤이고 낮이고 방안
에서 가슴을 쥐어짜며 한없이 긴 편지만을 수 없이
써나가는 『패밀러』의 지루하고 평면적인 진행과는
정반대임을 알 수 있다.

그러나 리처드슨이 편지를 소설의 형식으로 택한
것은 소설 기법상 중대한 의미가 있다. 소설에는 1
인층 소설과 3인층 소설이 있는데 전자의 경우에도
이야기를 진행하는 '내'가 바로 그 소설의 주인공인
경우와 그렇지 않고 관찰자에 불과한 경우로 구별된
다. 『패밀러』에서는 이야기하는 내가 바로 주인공인
경우이다. 3인층일 때는 작가가 전지(全知)의 입장에
서 작중인물의 마음 속까지도 그려보이되 작자 자신은
뒤에 숨어버리기 때문에 작품의 객관성이 두드러지게
마련이다. 이렇게 이야기하는 자와 이야기와의 관계
를 소설의 시점(point of view)이라고 하는데 이 시점
은 소설의 본질과 밀접한 관계를 가지고 있다. 『패
밀러』는 1인층 소설이며 그것도 편지라는 형식 때문
에 이야기를 진행시키는데는 제한을 받을 수 밖에
없다. 사실 남의 집 하녀의 신분으로 그렇게 허구헌
날 편지만 쓰고 있다는 것도 이상하거니와 편지 길
이가 하루에는 다 못쓸 정도로 늘어나기도 하고 편
지 속에 대화가 나온다든지 하는 극적 전개 대목도
있어 이런 모든 점이 부자연하다고 할 수 있다. 그
러나 1인층 소설의 장점은 자기 마음 속을 얼마든지
상세하게 털어놓을 수 있고 그것이 경험자 자신의

고백이기 때문에 객관적 묘사보다는 독자에게 호소하는 힘이 강한 것이다. 먼저 말한 것처럼 『패밀러』가 내면 심리의 묘사에 중점을 둔 작품이기 때문에 그 시점을 1인칭으로 한 것은 타당하다고 보아야 할 것이다.

그러나 1인칭 소설의 시점은 그 시계(視界)가 제한될 수 밖에 없는 것이 결점이다. '나'라는 안경을 거쳐서만 대상을 보고, 판단하고, 전달하기 때문에 하나의 사실을 여러가지 다른 각도에서 볼 수 없는 것이다. 『패밀러』에서는 '나'의 편지 뿐만 아니라 그것에 대한 고향 부모의 답장 형식을 취한 편지라든지 다른 작품인물간의 편지 왕래 같은 편법으로 복수의 시점을 설정하는 효과를 거두고 있기 때문에 그것이 극히 적은 부분에 불과하지만 엄격하게는 1인칭 소설만이라고 할 수도 없는 것이다.

『톰 조운즈』는 시점의 문제에 있어서도 『패밀러』와는 정반대의 입장이다. 그것은 작중인물인 '나'가 아니라 작품 밖에 있는 작가가 작품을 이끌어가는 것이다. 이 작품은 등장 인물이 많고 사건이 복잡하게 뒤엉키는 구성인데다가 사건 현장이 다양하게 바뀌기 때문에 작가가 전지의 입장에 서는 3인칭 소설이 훨씬 편리한 것은 두 말할 나위도 없다. 그러나 필딩 역시 단순한 3인칭 수법에는 만족할 수 없었다. 그래서 각권 마다 제1장만은 작자가 자신을 노출시키는 형식으로 되어있고 다른 장에서도 필요에 따라 얼마든지 작가로서 전면(前面)에 나선다. 소설자체의 등장 인물로 끼어드는 것은 아니지만 형식상으로는 작품에서 작가가 차지하는 공간이 엄연히 존재하는 것이다. 여기서 작가는 소설가란 식단을 꾸며서 자선 급식 (慈善給食)을 하는 것이 아니라 손님이 돈을 내고 구미에 맞는 음식을 사먹는 식당의 주인이라는 소설론 을 펴는가 하면, 비평가를 공격하기도 하고, 작중인물 을 소개하거나 옹호하는 변론을 느러놓는다. 말하자 면 유쾌한 탈선이라고 할까, 그때 마다 독자는 일단 작품에서 벗어나서 한숨 돌리던서 여러모로 작품에 대해서 생각하고 작가의 견해를 듣는 여유를 가지는 것이다. 피일딩 처럼 자아가 강한 작가는 당당히 자기 주장을 펴고 직접 독자를 상대로 토론을 벌려야만 직성이 풀렸을 것이다.

피일딩은 『조지프 앤드루즈 *Joseph Andrews*』(1742)의 서문에서 소설을 「산문으로 된 희극적 서사시」(comic epic in prose)라고 주장하고 있다. 비극이 원칙적으로 감동의 전일성 (全一性)을 유지하기 위하여진실을 왜곡 할 수 밖에 없는데 반해서 희극은 근본적으로 현실의 불완전성을 소재로 하기 때문에 현실 그대로를 제시 할 수 있고 이른바 전면적 진실 (whole truth)의 세계를 그려서 리얼리즘에 더욱 가까와질 수 있는 것이다.

로오런스 스터언(Laurence Sterne, 1713—68)은 리처 드슨과 피일딩에 의해서 겨우 근대소설의 모습을 갖추 고 전통을 형성해나가려는 소설의 형식을 철저하게 파괴해버렸다는 점에서 영국 소설사 뿐만 아니라 일 반 소설사의 관점에서 볼 때도 독특한 존재라고 할 만하다. 그의 대표작 『트리스트램 샌디 *Tristram Shandy*』(1759—66)는 미완결된 작품인지 혹은 이 작품 의 본질상 형식은 안중에 없으니까 일단 그나름대로 의 완결은 본 작품인지 조차도 확실하지 않다. 스터

언은 독자가 다음 장면을 예상할 수 있다면 그 부분
은 찢어내겠다고 장담했다지만, 그는 이야기를 진행
시키려는 생각은 조금도 없고 주인공은 작품 중간에
가서야 겨우 탄생하며 별로 사건다운 일이 일어나는
것도 아니다. 이야기에는 초점이 없고 탈선과 비약
을 되풀이하면서 제자리를 맴돌고 있다. 그가 그리
는 것은 외부에 나타나는 행동이 아니라 내면적인
개념의 세계다. 이 점에서 스터언은 피일딩보다 리처
드슨에 더 가까운 작가인 것이다. 그의 환상적 감각
에 비친 인상이란 혼잡이지 질서가 아니기 때문에
작품에서는 시간의 질서를 위시해서 모든 질서가 무
시되는 것이다. 그는 소설은 문자로서 된다는 질서나
형식조차도 받아들이지 않았다. 그래서 시각(視覺)이
주는 효과를 실험해서 완전한 공백의 장이 있는가
하면 대리석 무늬 같은 것도 있고 작중인물의 행동
을 표시한다는 괴상한 곡선도 그려놓았고 악보도 등
장하고 문장이 중도에 끊어지고 마는 경우도 있다.

작가의 목적은 되도록이면 독자의 기대를 뒤엎고
함께 유우머를 즐기며 일종의 지적인 놀이를 즐기는
데 있는 것이지 무슨 이야기를 전달하려는 것은 아
닌 것만 같다. 그러나 그의 작품을 좀더 깊이 분석
해보면 역시 18세기 소설다운 특성을 갖추고 있음을
알 수 있다. 그 첫째는 너그러운 웃음을 들 수 있는데
이 작품은 항상 웃음을 중심으로 모든것이 성립된다고
보아야 하고, 세르반테스로부터 피일딩으로 이어지는
줄기에 서 있다고 하겠으며, 도처에 쏟아져나오는 수
상적(隨想的) 기술에는 베이콘(Francis Bacon, 1561—
1626)으로부터 애디슨(Joseph Addison, 1672—1719), 스

티일(Sir Richard Steele, 1672—1729)로 이어지는 에세이(essay)의 영향을 발견할 수 있으며 특정한 작중인물을 골라서 재치 있는 풍자를 구사하는 것도 그 시대의 문학적 특색이라고 할 것이다.

앞서 말한 것처럼 스터언은 겨우 틀이 잡혀가는 소설의 형식을 파괴해 보였지만, 한편으로 생각하면 새로운 여러가지 실험을 일찌감치 해보임으로써 소설의 가능성에 대한 의미 있는 시도를 했다는 면을 간과할 수 없다. 사실 그가 빈번히 이용하는 관념의 연합작용은 존 로크(John Locke, 1632—1704)의 학설을 소설에서 실험한 것이고 20세기 소설의 중요한 기교라고 하는 '의식의 흐름'(stream of consciousness)과도 일맥상통하는 바가 있는 것이다. 회화에 있어서의 추상화처럼 19세기적 소설 개념을 파괴해 버리고 새로운 실험을 시도한 1950년대 프랑스의 앙띠 로망(anti-roman) 또는 누보 로망(nouveau roman)이 목적하는 바를 일찌감치 18세기에 이미 앞질러 실험해보인 작가라고 해도 과언이 아닐 것이다.

스터언을 리처드슨 계열의 작가라고 한다면 **터바이어스 스몰리트**(Tobias George Smollett, 1721—1771)는 피일딩 계열에 속한다. 그의 작품에는 중세 로만스의 흔적이 엿보이고 picaresque풍은 더욱 뚜렷하다. 그는 『로더리크 랜덤 Roderick Random』(1748)을 발표한 것과 같은 해에 프랑스의 대표적 악한소설인 『질 블라스 Gil Blas』를 번역했고, 1755년에는 『돈 키호테』를 번역하였으므로 이들 작품의 영향을 많이 받았을 것으로 짐작된다. 주인공의 파란을 거듭하는 기구한 운명과, 모험을 수반하는 방랑, 위기에 처한 미녀를

구출하는 기사적 행위등이 모두 그 영향이라고 하겠
다. 그리고 『로더리크 랜덤』에는 해군 생활과 해전의
묘사가 나오는데 이것은 스몰리트 자신이 군의관 신분
으로 해전에 참가한 일이 있어서 박진감 있는 문장이
며 가난한 문인의 생활의 묘사같은 것도 직접 경험에
서 나왔을 것이다. 즉 자아 중심적인 대목도 여러군
데서 발견 되지만 여기에는 사회사적 의미도 내포되어
있는데 당시는 자본주의적 경제발전에 따라 대자본에
게 전래의 토지를 박탈 당한 지주계급의 신사들이 해
군군인으로 들어가는 일이 많았으며 영국이 해군력을
통해서 세계로 뻗어나가던 시대였던 것이다.

그의 마지막 작품 『험프리 클링커 *Humphry Clinker*』
(1771)는 리처드슨의 본을 따서 서간체로 썼지만 내
면 심리의 묘사를 목적한 것이 아니라 여러 사람의
눈을 통한 관찰과 풍자에 촛점이 있는 것이다. 즉
여행을 다니는 한 가족 다섯 사람의 관찰 보고라는
형식이기 때문에 그런 관찰의 관점차이를 이용해서
그 사람의 성격까지도 간접적으로 나타낼 수 있으며
이 점에서 성공을 거둔 작품이다.

그는 『로더리크 랜덤』의 서문에서 자기의 의도가 풍
자에 있음을 밝히고 있다. 형식은 다만 이 목적을
위해서 빌려왔을 뿐 인것이다. 이 점 18세기 문학의
냄새가 강하게 풍기는 것을 느낀다. 그가 풍자를 위
해서 약간 과장된 희극적 인물을 그려내는 솜씨는
19세기의 차알즈 디킨즈(Charles Dickens, 1812— 70)
같은 작가의 인물묘사가 그에게서 영향을 받았다고
할 수 있는 것이다.

이성의 시대인 18세기도 후반이 진행됨에 따라 문

학 사조에 변동이 나타나기 시작하였다. 시에 있어서의 낭만주의 운동이 이 변동의 큰 흐름이지만 소설에서도 이성 편중에 대한 반동 현상이 나타났다. 경험이라든지 이성적 판단이 용납하는 진실성의 범위를 이탈해서 상상력과 초현실에 대한 호기심, 그리고 신비스럽고 옛스런 것에 대한 외경(畏敬), 이런것을 바탕으로 하는 소설이 나타났다. 그렇기 때문에 소설의 배경은 중세의 성곽, 궁전, 폐허로 되돌아갔고 마법과 망령 같은 초자연적 현상에 흥미가 집중되었다.

대표적인 작품 **호러스 월포울**(Horace Walpole, 1717—97)의 『오트란토 성 *The Castle of Otranto*』(1764)은 작자가 독자층의 반응에 자신이 없어 초판 때는 고문서를 번역한 것 처럼 위장해서 발표했는데, 뜻밖에도 호평을 받게 되자 18세기 말엽부터 19세기 초두까지 소설 표제에 성(castle)이라는 말이 들어간 이른바 고딕 소설(Gothic Novel)이 40여편이나 된다고 한다. 이런 부류는 괴기소설, 공포소설이라고 해서 현대에도 존재하며 나아가서는 추리소설, 과학소설등의 뿌리가 여기에 있다고 할것이다.

2. 19세기 英小說

제인 오오스틴(Jane Austen, 1775—1817)은 18세기를 마무리지어 19세기 소설의 발전적 전개의 선도적 역할을 한 가교적(架橋的) 작가라고 할 수 있다. 오오스틴은 목사의 딸로 태어나서 결혼도 하지 않고 평생을 별다른 파란을 겪는 일 없이 한정된 좁은 사회에서 살면서 시골 중류계급의 생활을 그렸다. 그것은 너무 부

유하거나 너무 빈곤하지 않은 신사 숙녀들이 서로
이웃하여 살아가는 사회이며 예절이 생활화되고 인
습에 묵종하며 품위를 존중하는 남녀가 서로 방문하
고 교제하며 자연히 사랑하고 결혼하면서 빚어내는
얽히고 설킨 미묘한 감정의 무늬를 여성다운 섬세한
관찰을 통해서 그려내는 것이 그녀의 작품세계인 것
이다. 그러니까 인간과 자연 또는 인간과 사회의 관
계에는 관심이 없어서 프랑스 대혁명도 나폴레옹 전
쟁도 그녀의 작품세계를 변동시키지 못하였고 오로
지 인간대 인간의 관계에만 몰두하였던 것이다.

초기의 습작시대에는 볼만한 것이 없고 리처드슨
의 모방을 벗어나지 못했으나 서간체를 버리고 피일딩
의 완벽한 구성을 본따면서부터 불과 7, 8년 동안에
장편소설 6편을 발표하였다. 그러나 출판년대보다
집필년대는 훨씬 이르고 오랜 동안 추고(推敲)를 거듭
했으며 죽은 뒤에 발표된 『노오쌘거 사원 Northanger
Abbey』(1818)은 1779년에 집필되었다고 한다. 이 작
품이 고딕 소설을 풍자하는 반 로만스의 입장을 취한
것도 집필연대로 미루어 보아야 수긍이 가는 것이다.

대표작 『교만과 편견 Pride and Prejudice』(1813)
역시 1797년에 집필했으나 지금은 원고가 남아있지
않은 『첫 인상 First Impressions』이라는 습작시대 작
품을 개작한 것이라고 생각되고 있다. 첫 인상만으
로 사람을 판단하는데서 유래되는 사랑의 갈등과 이
에 대한 작가의 비판이 주제임을 알 수 있으며, 이런
주제는 이 작품 뿐이 아니라 거의 모든 그녀의 작품
에 공통되는 것이다. 이야기 줄거리는 많은 딸들에
게 짝을 맺어주는데만 관심이 집중되어 있으면서도

정확하고 현명한 판단을 하기는 커녕 감정을 과장하
고 줏대없이 수선을 피우는 어머니와 냉철하고 신중
하면서 가끔 재치있는 풍자적 대화로 작품에 감칠
맛을 곁들이는 아버지 밑에서 하나같이 결혼 적령
기에 도달한 딸들이 각기 개성을 풍기면서 하나씩
짝을 찾는 경위를 그리고 있다. 주인공 다아시 (Mr.
Darcy)의 귀족적 「교만」이라는 탈 뒤에 착한 마음씨
가 숨어있는 것을 알아차리지 못한 여주인공 엘리자
베쓰(Elizabeth)의 그릇된 「첫인상」에 의한 「편견」을
중심으로 이야기는 전개된다. 성품이 발랄하고 영리
한 엘리자베쓰가 그런 오해를 가질 수 있게끔 이중,
삼중으로 상황 설정을 해놓고 그것이 겉보기와는 다
른 진상이 따로 있었음을 차례로 벗겨보이면서 오해
가 이해로 옮아가고 자기 판단에 대한 수치심과 진
상 뒤에 숨은 다아시의 선의에 대한 감동이 증오심
을 사랑으로 바꾸어 놓는 심리적 과정이 섬세하고도
역력하게 그려져 있는 것이다.

　오오스틴에 대한 평가는 반드시 일치하지는 않다.
마아크 트웨인(Mark Twain, 1835—1910)이나 샤알러
트 브론티(Charlotte Brontë, 1816—55) 같은 작가는 불
만을 표시한 바 있고, 헨리 제임즈(Henry James,
1843—1916)는 그녀를 극찬하고 있다. 사실 그녀는
마아크 트웨인 처럼 광활한 자연을 상대로 하는 것
이 아니라 객실을 나오는 일이 거의 없고 브론티와
같은 열정을 다룰 줄 모른다. 그러나 평범 속에도
진실은 있는 것이다. 아무리 조그만 인생의 단편일
지라도 그것은 충분히 소설이 될 수 있는 것이다.

　월터 스코트 경(Sir Walter Scott, 1771—1832)이 작

품활동을 한 것은 오오스틴과 거의 같은 시대이다. 스코트는 『웨이벌리 *Waverley*』(1814) 출판 이후 영국에서 문명(文名)을 날렸을 뿐 아니라 남미 대륙의 작가들에게까지 영향을 줄 정도였다. 오오스틴같은 여류작가는 그의 명성에 가려서 거의 빛을 보지 못한 것이 사실이다. 그러나 현대에 와서는 오히려 반대로 오오스틴이 재평가를 받아 그 문학적 위치가 향상된 반면 스코트는 거의 망각되어가고 있다.

『웨이벌리』에서 다룬 것은 1745년의 재코바이트 (Jacobite)의 반란이다. 스튜어트(Stuart) 왕조의 후예와 그 지지자들이 스코틀랜드에 상륙해서 반란을 일으키지만 결국 평정되는데 열광적인 재코바이트 정신과 영웅적 행동을 그리면서 공감을 나타내면서도 한편으로는 그런 광신을 비판하고 있다. 전쟁 중에도 로마스적인 사랑이 점철(點綴)되어 있음은 물론이다. 『미들로디언의 심장 *The Heart of Midlothian*』(1818) 은 1737년에 에딘버러(Edinburgh)에서 일어난 포오티어스 폭동(Porteous Riot)을 주제로 한 작품이다. 스코틀랜드 민중의 잉글랜드에 대한 반항의식의 뿌리 깊음이 나타나 있는데 위 두 작품의 소재는 스코트가 스코틀랜드 출신이기 때문에 과거에 묻혀버린 사건이 아니라 현재와도 긴밀하게 연결된 의미가 있었던 것이다. 『아이반호 *Ivanhoe*』(1819) 이후는 스코틀랜드 문제를 떠나서 넓게 중세 또는 엘리자베쓰 시대를 배경으로 한 소설을 썼는데, 문제는 스코트가 인간의 과거에 대한 향수(鄕愁)라는 일종의 본능을 소설에 이용했다는 점이다. 순전한 허구가 아니라 누구나가 어슴프레 알고있는 역사적 사실을 소설화했을 때 독

자는 그 과거를 되돌아보고 싶은 유혹에서 작품에
애착을 느끼는 것이다. 그 과거에 현실적 의미가 있
다면 독자가 받는 감명은 더 클 수 있다. 이것이 이
른바 역사소설이 설 땅이라고 하겠는데, 스코트는 역
사소설의 길을 연 작가인 것이다.

빅토리아 시대는 영국의 국력이 급격하게 성장함
에 따라 국민생활이 번영을 누리게 되었고 특히 중
산계급이 비대해졌으며 소설도 이 계층에 두터운 독
자층을 확보할 수 있어서 바야흐로 본궤도에 오른 소
설은 순조로운 전개를 하였고 많은 훌륭한 작가를 탄
생시켰다. 세인츠버리(G. E. Saintsbury, 184ㅣ—1933)는
빅토리아조(朝)를 '소설의 시대(the age of the novel)'
라고까지 부르고 있다. 그러나 한편으로는 산업혁명
의 여파로 빈부의 격차가 심해지고 조용하고 목가적
이며 전원적이던 사회가 거칠고 어수선한 도시화의
양상을 띠게 되어 구제를 필요로 하는 빈민층, 모순과
갈등을 내포한 사회문제가 노출되기도 한 시대였다.
차알즈 디킨즈는 이런 시대에 살았고 따라서 이
런 배경을 그대로 반영한 작가라고 하겠다. 자신
이 가난 속에서 자라면서 쓰라린 고생을 체험하고
굴욕을 참아야 했으며 소설가로 대성하기까지 여러 직
업을 전전하면서 사회의 이면(裏面)을 깊숙히 관찰할
수 있었다. 그러기에 그의 소설은 빈민층을 그렸고
그들을 얽어매고 괴롭히는 제도와 장치를 고발하는데
중점을 두었다. 그의 고발로 당시의 감옥제도가 개
선되었다고도 한다. 가난하고 박해 받는 자에 대한
그의 동정은 이른바 인정소설(humanitarian novel)을

낳았고 『크리스마스 캐롤 *A Christmas Carol*』(1843)을 위시한 일련의 크리스마스 중편들이 그 본보기라고 하겠다. 그것은 본질적으로 센티멘탈리즘(sentimentalism)의 세계이며 디킨즈 문학을 특징지우는 요소의 하나인 것이다. 그의 소설의 또 하나의 특징은 낙천주의라고 하겠다. 이것은 물질적 번영을 누리던 당시 영국 사회의 일반적 풍조였고 디킨즈의 소설은 이 시대풍조와 완전히 합치했기 때문에 위로는 빅토리아 여왕으로부터 밑은 가난뱅이에 이르는 모든 계층의 인기를 독차지해서 이른바 국민적 작가가 되었던 것이다. 그리고 영국민에게 사랑을 받은 또 하나의 중대한 요소로 그의 작품에 넘치는 유우머를 지적해야 할 것이다. 첫 장편인 『피크위크 페이퍼즈 *The Pickwick Papers*』(1837)가 월간 형식으로 발표되어 면을 거듭할수록 폭발적인 인기를 얻은 것은 회원들이 이곳저곳을 여행하는 도중에서 겪는 실수나 재미있는 경험을 유우머러스하게 옮기는 그의 화술에 있다. 실제로 그는 자기 작품을 유럽과 미국까지 가서 낭독하고 다녔으며 몸짓을 섞어가며 하는 그의 낭독은 일품이었고 부녀 청중 중에는 감동이 북바쳐서 기절하는 사태도 있었다고 한다. 『데이비드 코퍼피일드 *David Copperfield*』(1850)는 자서전적인 작품이고 그밖에도 많은 걸작을 남겨 일일이 거론할 수는 없으나 소설의 기법상의 공헌이라는 면에서는 정경묘사(情景描寫)를 들어야 할 것이다. 자상하고 생생해서 그 장면을 눈 앞에 보는 듯 하는 묘사는 디킨즈를 덮을 자가 없으며 자연보다는 구체적 사물에 묘사의 촛점이 있었으나 그의 뒤를 잇는 많은 작가들에게 지대한 영향을 미쳤던 것이다.

윌리엄 쌔커리(William Makepeace Thackeray, 1811 —63)는 디킨즈와는 다른 사회 계층——자신이 출생하고 교육 받은 상층 중류계급에 속하는 사람들의 정신과 생활을 그렸다. 그들의 화려한 생활 뒤에 감춰진 위선과 허영과 추악상을 폭로하고 상업주의에 중독된 정신적 타락상을 통렬하게 비판하였다. 그리고 그 비판의 무기는 풍자와 사실주의 이었다. 그러나 그의 사회비판, 인간비판은 시대사조라는 커다란 물결 앞에서 제한을 받을 수 밖에 없었다. 빅토리아니즘(Victorianism)의 물결에 휩쓸려 그의 소설도 초기의 통렬한 풍자가 점차 빛을 잃고 오히려 중류층의 미점(美點)을 찬미하는 경향을 띄게 되었던 것이다.

『허영의 시장 *Vanity Fair*』(1848)은 「A Novel Without a Hero」라는 부제가 붙어있다. 소설의 주인공이라고 내세울 만한 인물이 뚜렷하지 않을 뿐만 아니라 구성에 있어서도 어밀리어(Amelia)가 나폴레옹 전쟁이라는 환경의 압력에 무력하게 허물어지는 과정과, 이와는 대조적으로 베키(Becky)의 재치있고 발랄한 성격과 여장부다운 모험이 두 갈래를 이루고 진행되며 이 동급생 사이에 인과에 얽힌 필연적 관계는 없는 것이다. 다만 그것은 크게 볼 때 사회의 한 파노라마이고 인생의 부침(浮沈)을 한 눈에 보는 감이 있다. 거기서 독자가 느끼는 것은 이 소설의 마지막 부분에 나오는 말처럼 「아, 헛되고 헛되도다! 우리들 중 누가 과연 행복한가? 누가 소망을 가졌으며 가졌다면 그것을 이뤘는가?」라는 허무감인 것이다. 그는 자기 소설을 「작가와 독자 사이의 일종의 비밀 이야기 (a sort of confidential talk between writer and reader)」
라고 소개했는데, 과연 그의 문체는 독자에게 친근감
을 주는 부드럽고 너그러운 맛이 있고 그러면서도
18세기의 수필가들에게서 느끼는 높은 품격을 갖추
고 있어서 영(英)산문의 대가로 손꼽히고 있다.

브론티(Brontë)의 세 자매는 모두 소설을 남겼으나
샤알러트(Charlotte Brontë, 1816—55)와 **에밀리**(Emily
Brontë, 1818—48)가 중요하다. 샤알러트의 『제인 에
어 *Jane Eyre*』(1847)는 고아인 제인이 백모 밑에서
커가며 겪는 학대와 자선학교의 비참한 생활, 가정
교사로 들어간 집에서의 여러가지 경험과 주인 로체
스터(Rochester)와의 기구한 사랑——이런 줄거리가
주위의 황량한 자연과 교류하면서 진행되는데 작품
전체에서 18세기의 고딕 로만스와 같은 분위기를 느
낄 수 있고 작가의 불타는 듯한 정열이 읽은 다음의
감명으로 오래도록 남는다.

이 작품은 새로운 형의 여주인공을 등장시켰다는
점에서 주목할만 하다. 지금까지의 소설이 여주인공
은 반드시 용모가 수려하고 정숙한 부덕을 갖추기
마련이었는데, 제인은 못생긴 편이고 몸집도 빈약해
서 말하자면 매력이라고는 없는 여성이지만 신분의
차이를 무시하고 로체스터에게 당당히 대등한 주장
을 하고, 양심이 명하는대로 솔직하게 사랑을 고백
하고, 사랑이 없는 결혼을 단호하게 거부하며 영혼을
팔아 행복을 사려고 하지 않는 여성인 것이다. 빅토
리아조(朝) 여성의 형(型)을 깨뜨리고 부인의 사회적
지위를 올바르게 주장하는 근대형 여성을 처음으로 소
설에 내세웠다고 할 수 있다. 그러나 이 작품은 1인

칭으로 썼기 때문에 작중인물 상호간의 감정의 교호
작용(交互作用)을 그리지 못했고, 여주인공의 감정도
면밀한 심리적 분석을 거치지 않고 직선적인 표현에
흘러서 예술적 승화에 미치지 못한 혐이 있다.

에밀리 브론티의 『폭풍의 언덕 *Wuthering Heights*』
(1847)도 비상한 열정을 작품화했으며 그 예술성이
『제인 에어』보다 훨씬 높이 평가된다. 그녀의 한 편
뿐인 작품이지만 어느 계열의 영향도 찾아볼 수 없
고 그 뒤를 따른 작가도 없으며 영국적이라기 보다는
대륙적 냄새가 강렬하게 풍기는 걸작으로 영(英)소
설사의 독보적인 존재라고 할 것이다. 이 작품은 배
경을 이루는 요오크셔(Yorkshire)의 황량하고 음산한
자연과 계절이 단순히 배경에 그치지 않고 작중인물
의 격정적인 성격에 스며들어 있으며 또한 그곳에서
일어나는 비련(悲戀)과도 완전히 어울려서 오히려 상
징적인 분위기를 조성하고 있는 것이다. 히이쓰클리
프(Heathcliff)라는 거의 초인간적인 의지력과 집념의
화신같은 사나이와 이와 견줄만한 열정에 스스로를 불
태우는 캐써린(Catherine)이 펼치는 집요하고 열화 같
은 사랑은 그것이 인간이 갖는 근원적인 감정의 가장
순수하고 대담한 표현이었기 때문에 독자의 가슴 속
심층부(深層部)에 반향(反響)을 불러 일으키는 것이다.
우리는 여기서 사랑이 어디까지 강력할 수 있는가를
깨닫고 애증이 한 감정의 다른 표현임을 절실히 느끼
고, 결국 사랑은 또한 그지없이 슬픈 것임을 눈앞에 보
는 것이다. 광기에 가까운 악마적 복수에서 우리는 혐
오감이 아니라 일종의 비극미(悲劇美)까지를 느낀다.

이 소설에는 종래의 영국 소설의 전통 처럼 못박

혀 있는 교훈적인 요소가 전연 없음을 알 수 있다.
오히려 이단적인 성격이 강하게 풍기고 영국적인 여
유와 유우머 같은 것을 찾아볼 수 없기 때문에 영소
설의 전통이라는 선을 따라서는 다룰 수 없는 작가
라고 하겠다. 이렇게 두 자매가 모두 그들의 태생이
나 경험과는 너무나 거리가 먼 작품을 쓴 것은 현실
의 욕구가 쌓여서 상상력의 날개를 타고 소설에서
표현되었다고도 하고 고향인 요오크쉬어의 자연이 영
향을 끼쳤다는 해석도 있으나 작품 자체를 평가하는
데는 크게 도움이 되지 않는 천착일 것이다.

조오지 엘리어트 (George Eliot, 본명 Mary Ann
Evans, 1819—80)는 영국 최초의 인테리 여류 작가
이며, 빅토리아조의 모랄과 인습에 과감하게 반역하
는 생애를 기록하였다. 그녀는 당시 팽배하게 일어
난 과학주의와 실증주의의 영향으로 정통적 기독교
신앙에 회의를 품기 시작하였고 슈트라우스(Strauss,
1808—74)의 『예수의 생애』와 포이에르바하(Feuerbach,
1804—72)의 『기독교의 본질』을 번역 출판하였는데,
둘 다 기독교에 대한 새로운 해석을 내린 저서이다.
그녀는 당시 일류의 지식인들과 친교를 맺었고 진보
적 잡지 웨스트민스터 리뷰(*Westminster Review*)의 편
집에 종사하였으며 처자가 있는 철학자 루이스(G. H.
Lewes, 1817—78)와 주위의 반대를 무릅쓰고 동거생
활을 하였다. 그녀가 소설을 쓰기 시작한 것도 루이스
의 권고에 의한 것이었다. 그러나 그녀의 초기 소설은
학문적 분위기라든지 인습의 타파(打破) 또는 종교적
회의와는 아무런 관계가 없는 세계였다. 그것은 그
녀의 추억 속에 남아있는 산업혁명의 해독에 물들기

이전의 조용하고 아름다운 전원풍경과 이상화된 인간 상을 그렸고 『사일러스 마아너 *Silas Marner*』(1861)도 고향에서 도둑 누명을 쓰고 사람을 못믿게 된 주인 공이 집을 옮겨 은둔생활을 하면서 돈 모으는 재미 로만 세상을 살아가다가 돈을 도둑맞는 대신 버린 아이를 주워서 기르면서 다시 인간에 대한 순수한 사랑을 되찾는다는 오히려 기독교적 인간애에 입각 한 작품이다. 『로몰러 *Romola*』(1863)나 『펠릭스 홀 트 *Felix Holt*』(1866)에서는 학자답게 역사에 대한 철 저한 조사, 노동문제에 대한 관심을 실천했으나 소 설로서는 때를 벗지 못하였고 『미들마아치 *Middle-march*』(1871—2)에서 비로소 결작을 완성할 수 있었 다. 이 작품에는 두 쌍의 남녀가 대조적으로 그려져 있다. 먼저 도로씨어(Dorothea)는 시골 중류 가정의 단조롭고 무의미한 생활에 불만을 느끼고 학자인 카 소오본(Casaubon)의 일을 돕는데 삶의 보람을 느껴 그와 결혼까지 하지만 그녀는 곧 그가 하는 일이 가 치가 없음을 깨닫고 환멸을 느끼게 되고 그것을 눈 치챈 카소오본은 그녀를 질투한다. 한편 젊고 유능하 며 장래가 촉망되는 의사 리드게이트(Lydgate)는 이 곳 미들마아치에 와서 허영심이 강한 로저먼드 빈시 (Rosamond Vincy)와 결혼했기 때문에 사람이 변해버 리는 것이다. 두 쌍의 남녀는 서로 성격이 정반대이고 실망에 빠지는 과정도 대조적으로 설정되어 있다. 이 밖에도 많은 작중인물이 등장하는데, 요컨대 한 지방, 도시의 생활을 미화함이 없이 우매하고 범용(凡庸)한 그대로 그림으로써 그 사회를 비판하고 있는 것이다. 그러나 그 사회에 반역하는 도로씨어나 리드게이트

가 결국 그 앞에 무릎을 꿇는 것을 보면 사회 비판
의 한계를 느끼는 것이다.

 조오지 메러디쓰(George Meredith, 1828—1909)에게
는 『희극론 *An Essay on Comedy*』(1877)이라는 논문이
있다. 훌륭한 희극이란 인간 또는 사회의 어리석음
을 다루는 지성의 웃음이어야 하고 인간의 허영이나
위선 그리고 지나침과 어긋남에서 웃음을 찾을 수
있다고 하였다. 이런 희극정신은 반드시 연극에 한
하지 않고 소설에서도 표현할 수 있다고 그는 생각
하였다. 대표작 『이기주의자 *The Egoist*』(1879)의 서
장에서도 위와 비슷한 말을 하고 있는 것으로 보아
이 작품은 그의 희극이론을 소설화하려고 하였음에
틀림없다. 과연 이기심의 화신인 주인공이 세 여성
에게 구혼했다가 차례로 거절 당하는 것이 이 작품
의 내용이다. 또 줄거리가 단일하고 불과 몇 주일
동안에 일어난 일이며 장소도 주인공의 저택을 멀리
벗어나지 않는 것은 연극의 삼일치(unity· of time,
action, place) 이론을 의식하고 있는것 같다. 메러디
쓰가 생전에는 문인으로서 거의 최고의 영예(榮譽)를
누렸지만 지금은 그다지 읽히지 않는 것은 주로 그의
문체가 난해하기 때문이다.

3. 現代 英小說

 토머스 하아디(Thomas Hardy, 1840—1928)는 모든
소설을 1900년 이전에 발표했고 그 이후로는 시작(詩
作)에만 전념했기 때문에 소설가로는 19세기 작가에
들어가고 시인으로서는 20세기에 속한다고 하겠다.

그러나 그의 소설이 내포한 현대성의 비중을 생각하면 빅토리아조와 현대를 잇는 작가라고 보아야 할 것이다. 먼저 그의 현대성은 그가 종래소설의 권선징악적 교훈주의와 빅토리아조적 낙천주의를 벗어난 점이다. 『테스 *Tess of the D' Urbervilles*』(1891)의 여주인공 테스는 순결한 여성이면서도 운명의 장난으로 두 남자 사이를 갈팡질팡하다가 형장의 이슬로 사라지고, 『박명(薄命)한 쥬우드 *Jude the Obscure*』(1866)의 주인공 쥬우드는 분수에 맞지 않게 학문을 동경하는 죄 밖에 없는데 두 여자 사이를 갈팡질팡하다가 비참하기 짝이 없는 임종을 맞는다. 이것은 물론 하아디의 인생관이 운명론이었고 인간의 운명을 다루는 힘인 내재의지(Immanent Will)는 인간의 비극에 무관심하고 냉담하다고 생각했기 때문에 자연히 그의 소설은 비극으로 끝맺을 수 밖에 없었다. 그러나 하아디가 자신의 소설을 분류하면서 「성격과 환경의 소설」이라는 이름을 붙였듯이, 운명이란 결국 그가 타고난 성격과 그를 둘러싼 환경이 결정한다는 것을 작품에서 절실히 느끼는 것이다.

하아디의 다음 특색은 자연묘사이다. 디킨즈는 정경묘사에 뛰어난 솜씨를 보였지만 하아디는 좀더 규모가 큰 자연을 그렸다. 물론 종래의 소설에도 더러 자연을 그리는 작가가 있었지만 하아디만큼 세밀하고 힘 있는 묘사는 없었다. 그리고 그의 작품에서는 자연이 단순한 배경에 그치지 않고 사건과 융합해서 효과를 더하는 구실을 하고 있다. 가령 『테스』에서 테스가 사랑을 얻는 목장과 사랑을 잃고 일하러 간 농장은 대조적으로 묘사되어 있고, 『귀향 *The Return of*

the Native』(1878)에서의 에그든 히이쓰(Egdon Heath)
의 존재는 그 묘사가 명문장일 뿐만 아니라 작품을
지배하는 강력한 힘을 가지고 있다.

그리고 그의 상징적 수법을 빼놓을 수 없다. 그것
은 면밀하게 계산된 기교라고 하겠으며 『테스』에
서 집요하리 만큼 되풀이되는 피의 이미지와 마차의
이미지를 그 좋은 예로 들 수 있고, 『귀향』에서 에그
든의 자연은 그것이 운명 자체의 상징인 것만 같다.

『쥬우드』에는 완전히 현대적 성격의 소유자인 슈
우(Sue)라는 여성이 등장하고 빅토리안 모랄로서는
상상도 할 수 없는 남녀 관계가 펼쳐진다. 그러나 하
아디는 결국 인습사회의 압력을 견뎌내지 못하였다.
『테스』때 부터 받아오던 거센 비난이 이 작품에서
절정에 달하자 그는 소설을 단념하고 시작(詩作)으로
방향을 돌렸던 것이다.

구미 제국은 20세기로 접어들면서 국내외적으로
안정을 잃어 두번의 세계대전을 겪었고 사회 계층간
과 이데올로기의 투쟁으로 혁명과 내란이 빈번히 있
었고 과학의 급속한 발달은 기계화와 이에 따른 인
간 상실을 가져왔으며 파괴수단의 고도화는 인류에게
공포감을 안겨주고 있다. 그리고 신앙심을 잃은 현대
인은 고독과 소외감에서 빠져나올 수가 없다. 한마디
로 20세기는 불안과 긴장과 '철저한 지적 붕괴'(comp-
lete intellectual disintegration)의 시대인 것이다.

그러한 시대사조는 예술 일반에 민감하게 반영 되
었고 물론 소설에도 그 영향은 다양하게 나타났다.
그것은 소설의 내용 뿐만 아니라 형식면에서도 나타

났는데 작가들은 전통적인 수법에 만족하지 않고 소설의 무한한 가능성을 집요하게 파고들기 시작하였고, 종래에는 시나 희곡의 창작에 쏟던 것과 같은 세심한 주의를 기울여 기법을 개발하고 새로운 실험과 정교한 실습을 거듭하였던 것이다.

영국 소설이 빅토리아니즘을 벗어나 새 물결로 접어드는 문턱에서 **조지프 콘래드**(Joseph Conrad, 1857—1924)와 헨리 제임즈(Henry James, 1843—1916)라는 둘 다 영국으로 귀화한 외국인 작가를 만나게 되는 것은 전통의 탈피라는 점에서 수긍이 가는 일이다. 콘래드는 폴란드 태생으로 성인이 된 후에 배운 영어였으나——아니 그렇기 때문에 더욱 문장에 공을 들여서 색조가 선명하고 감각적이어서 강렬한 인상을 주는 문체를 완성하였다. 그는 선원 생활의 풍부한 경험을 토대로 주로 바다와 멀리 떨어진 이국의 땅을 소재로 소설을 썼다. 그가 다룬 말레이, 인도네시아, 아프리카, 인도 같은 곳은 미개의 땅인 동시에 식민지였고 그곳에서 그가 본 것은 제국주의와 그것을 대표하는 백인들의 부패와 오만과 횡포였다. 신비에 싸인 환상의 땅은 죽음처럼 고요하고 무덤처럼 암울했다. 그의 소설에서는 암울하고 무거운 분위기가 시적으로 승화되어서 '도덕적 악'(moral evil)의 상징으로 표현되어 있다. 그러므로 작품 전체에는 항상 비관주의적인 중압감이 깔려 있음은 물론이다. 그러나 그는 제국주의 자체를 문제삼은 것은 아니고 한번도 그런 말을 사용한 일조차 없다. 그에게 관심이 있는 것은 어디까지나 인간이었다. 정치적 권력을 둘러싼 모든 음모와 배반, 폭력과 독재등에 처한 정치가, 혁명가, 기회주의자, 밀정등의 행동과 그 동기 또는 도덕성에 대한 깊은 탐구가 그의 소설의 주제였다. 그리고 그 인간들은 『암흑의 오지 (奧地) Heart of Darkness』(1899)에서처럼 미개지에서 스스로 꿈을 쌓아올리다가 그곳의 암흑의 힘이 갖는 파괴력 때문에 죽음에 이르는 쿠르츠(Kurtz)와 같이 꿈과 현실의 시련 사이에서 광란의 상태가 되거나, 『로오드 짐 Lord Jim』(1911)의 짐처럼 자기파괴의 요인을 자기 내부에 가진 결말로 자살을 하거나, 『백치, The Idiots』(1896)의 바카도우(Bacadou)처럼 살해를 당하는 경우가 허다해서 인간의 갈등이 얼마나 심각한가를 보여주고 있다.

헨리 제임즈는 미국인이었지만 1876년부터는 영국에 정착했고 만년에는 국적도 옮겼으니까 영문학사에서 다뤄야 할 것이다. 19세기의 합리주의자들이 불러일으킨 신앙심의 붕괴와 더불어 당시 지식인들은 기독교의 전통을 상실한 것으로 생각하고 종교 이외의 곳에서 그것을 찾으려고 했는데 제임즈는 엘리어트(T.S. Eliot, 1888—1965)나 파운드(Ezra Pound, 1885—1972)처럼 미국을 등지고 유럽문화 속에서 그 전통을 발견했던 것이다. 물질적 가치를 지상으로 삼고 정신적으로 불모에 가까운 신대륙에 불만을 느끼는 감수성이 예민한 지성인들에게 유럽의 오랜 전통과 우아한 예술적 유산은 영혼의 양식이 되었던 것이다. 제임즈가 소설에서 다루는 것도 바로 이것이 주제이다. 초기의 작품인 『아메리카인 The Americans』(1877)에서나 만년의 『사자(使者)들 The Ambassadors』(1903)에서나 매혹적인 유럽이 다감한 미국인에게 어면 영향을 미치는가를 작자는 면밀하고 섬세하게 분석하고 있는 것이다. 가령 『사자들』은 유럽으로 건너간 후에 돌아오지 않는 청년을 그 어머니의 부탁을 받고 데릴러 간 중년의 홀아비가 그 일만 성공하면 청년의 어머니인 미망인과 결혼해서 재산을 소유하게 되리라는 것을 알면서도 자기자신이 유럽이라는 거대한 매력에 사로잡혀 버리는 과정을 그리고 있다.

제임즈는 이론면에서나 실제면에서나 소설의 방법을 깊이 탐구한 작가였다. 『소설의 기법 The Art of Fiction』(1948)은 그가 소설이라는 예술 창작의 과정에서 얼마나 그 기법에 중점을 두고 있는가를 말해 주고 있다. 그는 예술적 완전을 추구하였다. 그 때문에 그는 세심하게 작품을 다듬었고 자기가 뜻하는 바를 전달할 정확한 말, 독자에게 감정을 전달할 수 있는 올바른 이미지나 은유를 찾았다. 작중인물을 소개할 때도 직설적으로 설명하는 것이 아니라 그가 대상에 대해서 느끼고 생각하고 말하는 것으로 그 성격을 객관적이고도 극화해서 표현하며 작중인물의 말을 통해서 딴 인물을 설명하는 방법으로 다양한 시점의 효과도 노리고 있는 것이다. 그는 어떻게 말하느냐가 무엇을 말하는냐 만큼이나 중요하다고 믿은 최초의 영어 사용 소설가였다.

H..G. 웰즈(Herbert George Wells, 1866—1946)는 헨리 제임즈와는 정반대의 작가였다. 그에게는 소설의 내용이 문제이고 기법은 그다지 중요한 것이 아니었다. 즉 그는 소설 속에서 자기의 사상을 주장하려고 했고 이 점에서는 소설가라느니보다 시사평론을 하는 팸프리트 필자의 입장이었다. 방대한 저서 『세계

문화사 대계 *The Outline of History*』(1920)는 그 직접
적인 표현이었다. 그는 20세기 들어서 과학의 발달
이 인간 생활을 놀라울만큼 편리하고 쾌락하게 만드
는 것을 보고 과학의 지식을 토대로 세계관과 사회
관을 세웠고, 선과 악을 궁극적인 명제라고 생각하는
사상을 배격하고 선은 신의 은총에 의해서 주어지는
것이 아니라 인간의 뜻대로 선을 세울 수 있다고 생
각하였다. 그것을 가로막는 것은 역사나 사회나 인
류의 무지이기 때문에 교육을 통해서 이것을 극복할
수 있으며 과학과 교육으로 전쟁이나 가난을 추방할
수 있다고 하였다. 그는 유토피아의 가능성을 믿었
던 것이다. 그래서『타임 머신 *Time Machine*』(1895),
『우주전쟁 *The War of the Worlds*』(1898)같은 공상적
과학소설을 썼다. 그의 낙천적, 과학적 자유사상은
많은 공격을 받기도 했고, 그의 소설은 하나의 도구
에 불과했던 것도 사실이지만, 그가 과학소설 또는
미래소설의 길을 열어놓았음을 또한 간과할 수 없다.

웰즈의 사상에 정면으로 반대하고 나선 작가로 **올더
스 학슬리**(Aldous Huxley, 1894—1963)를 들 수 있다.
그는 재기(才氣)와 풍자에 넘치는『크롬 옐로우 *Crome
Yellow*』(1921), 지식층 사람들의 신앙과 목적의식의
상실을 다룬『어릿광대 놀이 *Antic Hay*』(1923), 육체
와 정신, 본능과 지성등 인간이 갖는 모순을 그린
『대위법 *Point Counter Point*』(1928) 등으로 1920년대
의 문학 풍토의 한 모습을 보여 주었다. 특히『대위
법』은 음악이론을 소설의 기법에 적용해보려는 실험
인데, 가령 바하의 둔주곡(遁走曲)에서와 같이 각각 독
립한 주제를 가진 줄거리를 동시에 진행시킨다. 그 밖

에도 앙드레 지이드의 『사전(詐錢)장이들』에서 배워온 작가의 수기를 작품 속에서 발표하는등 시도도 하였다. 그러나 학슬리가 가장 웰즈를 반대하고 나온 작품은 『멋진 신세계 *Brave New World*』(1932)라는 이른바 반유토피아 소설이었다. 여기에는 인간의 생명까지도 시험관 속에서 계획 생산되는 과학의 세계가 그려져 있다. 고통, 빈곤, 갈등 같은 모든 불행의 요소는 과학적으로 제거되고 만족과 쾌락과 평화가 있을 뿐인 낙원이다. 그러나 그것을 위해서 인간이 치른 대가는 무엇인가? 그곳에는 예술, 종교, 사랑, 이상, 문화, 개성등 인류 역사가 이룩해놓은 가장 값진 가치들의 흔적도 찾아볼 수 없는 것이다. 그것은 자동인형의 세계와도 같다. 그러나 학슬리는 한 반역아를 이 작품에 등장시켰다. 어머니에게서 낳고 셰익스피어를 읽었으며 신질서에 반발하는「야만인」은 어떻게 보면 인간의 마지막 한가닥 희망인지도 모른다. 학슬리는 만년에 신비주의로 기울었고 그의 소설에는 문명비판적인 요소가 두드러지고 걸핏하면 교훈적 설교에 빠지고 그 해박한 학식이 오히려 소설의 순수성을 해치는 것 같은 인상을 받는다.

이와는 거의 대극을 이루는 작가가 D. H. **로오런스** (David Herbert Lawrence, 1885—1930)이다. 학슬리는 자기가 편집한 로오런스의 『서한집 *Letters*』(1932)의 서문에서「이 사람은 정도가 아니라 종류에 있어서 뭔가 다르고 월등한 것을 가지고 있다」고 솔직하게 고백한 바 있지만, 학슬리가 어름처럼 냉철하고 풍자적인 지성적 작가라고 한다면 로오런스는 불꽃처럼 정렬적인 작가이며 기법에는 별로 공을 들이지 않고 전통을 따랐고 문장도 정교하게 다듬은 흔적은 없으나 다만 가끔 그의 시인적 직관에 의한 상징적 표현이 빛을 발하는 것을 볼 수 있다. 그는 물질문명과 과학에 의한 기계화에 반기를 들었고 한편으로는 전통적인 기독교 문명이 오랫동안 금욕을 미화하고 인간의 육체를 죄악시하며 정신만을 강조했기 때문에 인간은 기형화되고 거세되었다고 주장하였다. 그리스도의 부활을 육체에 대한 개안과 결부시켜서 육체와 정신의 완전한 조화를 이상화한 그의 마지막 중편소설 『죽었던 사나이 *The Man Who Died*』(1931)에는 이와 같은 그의 생각이 서정적 분위기 속에 잘 나타나 있다. 그는 현대가 생명력을 부정하는 경향이 점점 더해가는데 반발을 느끼고 생명력 부활을 남녀간의 육체를 통한 사랑에서 찾으려고 하였다. 그렇기 때문에 성은 신성할 뿐만 아니라 생명력의 근원이고 인간의 진실은 머리(理智)에 있는 것이 아니라 허리(本能)에 있다고 생각하였다. 『채털리 부인의 애인 *Lady Chatterley's Lover*』(1928)이 외설문학이라는 시끄러운 비난을 받으면서도 독자에게 호소력이 있는 것은 성에 대해서 신앙에 가까울 정도로 진지한 작가의 태도에 감명을 받기 때문이다. 『아들과 연인들 *Sons and Lovers*』(1913)은 자서전의 요소가 짙은 비교적 초기작인데 어머니의 아들에 대한 지나친 사랑 때문에 그 아들이 원만한 양성관계를 이루지 못하는 줄거리만 보더라도 로오런스의 성에 대한 탐구는 이미 시작되었던 것이다. 『무지개 *Rainbow*』(1915)와 그 속편 『사랑하는 여인들 *Women in Love*』(1921)에서 작가는 서로의 자아를 지키면서 상대편의 자아를 침범하지 않고 균형과 조화 위에 성립되는 완전한 남녀 관계를 끈질기게 추구하고 있다. 하여간 로오런스는 인간이 육체를 갖춘 동물이고 따라서 육체 생활이 인간 생활의 가장 중요한 일부라는 것을 솔직하게 인정하고 그것을 대담하게 표출했다는 점에서 소설의 전개에 큰 공헌을 한 작가이다.

서구의 소설은 19세기 말엽부터 20세기 초엽에 걸쳐 커다란 전환을 했는데 그것은 19세기 후반에야 정립된 리얼리즘의 방법이 자연주의의 퇴폐와 더불어 한계에 도달함에 따라 20세기로 접어들면서 자연히 방향을 달리한 돌파구를 찾게 되어 소설의 방법에 있어서도 전연 새로운 전개를 가져왔던 것이다. 그것은 리얼리즘의 내면화라고도 부를 수 있는 변화를 가리키는데 자연주의가 외부적, 사회적 현상의 진실된 표현을 목적한데 반해서 인간의 내면세계 즉 정신생활을 세밀하게 분석하고 표현하려고 하였다. 그런 새로운 길을 연 대표적 작가가 영국에서는 **제임즈 조이스**(James Joyce, 1882—1941)이다. 그가 파고든 새로운 수법의 대종을 이루는 이른바 「의식의 흐름」(stream of consciousness)은 간단히 말해서 의식 이하의 세계에 대한 탐구라고 하겠으며 그것은 잠재의식에 한하지 않고 의식 이전, 무의식의 영역까지를 포함한 세계이기 때문에 순서와 맥락이 분명하지 않고 혼돈과 착잡이 우선 그 특색인 것이다. 이것을 그대로 따라가면서 표현한 소설이 독자에게 난해한 것은 두말할 나위가 없다. 그러나 이 「의식의 흐름」의 수법은 인간의 내면생활의 깊은 비밀까지를 그려보이는 열쇠이기 때문에 인간의 내면을 묘사하는 소설

은 이 방법을 애용하게 되었으며 그것이 현대소설에
끼친 영향으로 말하자면 너무나 광범해서 누구도 그
영향을 전연 받지 않았다고 할 수 없을 만큼 일반적
이고 세계적이다.

조이스는 아일랜드의 더블린에서 태어나 성년이
된 후로는 주로 빠리, 트리에스떼(Trieste), 쮸리히
(Zurich) 같은 국외에서 살았으나 작품의 배경으로는
더블린을 떠나지 않았다. 그가 오래 전에 써둔 15편
의 단편 소설을 엮은 『더블린 시민들 Dubliners』(1914)
은 초기 습작시대의 작품으로 전통적 리얼리즘 수법을
벗어나지는 않았다. 그러나 그 관찰이 치밀하고 정확
하게 정체를 파악해서 소설화하는 재능은 벌써 대가의
싹을 엿볼 수 있다. 모두가 더블린의 중류 이하 계
층 시민들의 일상생활에 반영되는 사랑, 정욕, 죽음,
종교, 정치의 모습이며 소년으로부터 노년에 이르는
평범한 사람들의 생활상이다. 거기서 독자가 받는
인상은 항상 회한, 죄의식, 애욕, 욕구불만등 어두
운 편이다. 당시 아일랜드에는 애국사상이 팽배했고
문예부흥운동도 활발했으나 조이스는 언제나 그 국
외에 선 코스모폴리탄이었고 냉철한 눈으로 비영웅
적인 더블린을 그렸기 때문에, 끝까지 더블린에서 출
판되지는 않았던 사실만으로도 예술의 순수성에 대
한 그의 집념을 알 수 있다.

『더블린 시민들』 중 「사자 The Dead」는 평범하지
만 자의식이 강한 한 청년을 중심으로 더블린의 중
산 계층의 크리스마스 모임을 그린 작품인데 주인공
의 정신 내면의 묘사에 후일 그가 대성한 「의식의
흐름」 수법이 이미 싹을 보이고 있는 것이다. 이 수

법은『젊은 예술가의 초상 *A Portrait of the Artist as a
Young Man*』(1916)에서는 완전히 틀을 잡았다고 할
수 있다. 이 작품에는 자서전적인 요소가 농후하며
작가가 빠리로 출발할 때 까지의 경험이 많은 부분
을 차지하고 있는 것이 사실이다. 그것은 한 인간의
성장, 한 영혼의 발전 과정이라고도 하겠는데 주인공
이 영혼의 형성을 억압하는 주위 환경과 싸우고, 회
의에 사로잡히고, 고민하고, 좌절하면서도 마침내는
자기 운명을 자각하고 종교에서 예술로 그 믿음을
바꾸는 자기발견의 기록인 것이다.

『율리시즈 *Ulysses*』(1922)는 어떤 의미에서는『젊은
예술가의 초상』의 주인공 디이덜러스(Dedalus)가 도
달한 미(美)에의 귀의를 충실히 실천하고 그 예술론을
실험한 작품이라는 점에서 두 작품의 주인공 이름이
같다는 것 이상의 연관성이 있는 것이다. 어떤 평자
는 이 작품이 형식면에서 소설의 혁명이라고 평가
받을만 하지만 피일딩의 「산문으로 된 희극적 서사시」
(a comic epic poem in prose)라는 말이 꼭 들어맞는
것으로 보아 역시 영국 소설의 전통 선상에 서 있다
고 하였다. 전부가 18장으로 된『율리시즈』의 구성
에는 호메로스의 『오뒷세이아』가 그대로 이용되었
으며 이 소설의 각장은 호메로스의 서사시의 이야기
하나 하나와 어떤 의미에서든 대응되는 것이다. 여
기에는 더블린에서 일어나는 모든 일——죽음과 출
생, 사랑과 육욕, 간통, 신문사와 도서관에서의 지
적 토론, 술집에서의 잡담, 매춘부의 소굴, 정치,
음악, 고독과 고민등이 착잡하게 얽혀들지만 시간
은 하루 낮 하루 밤이 흐를 뿐이다. 그러므로 사건

은 외부적 현상이 아니라 작중 인물의 의식 속에서
명멸하는 영상일 수 밖에 없다. 독자는 그들의 의식
의 흐름을 따라다니면서 작가의 설명이 아니라 독자
자신의 상상력으로 어떤 세계를 떠올리는 것이다.
의식의 흐름이 과연 문자로 표현될 수 있느냐부터가
문제이긴 하다. 조이스가 이 표현을 위하여 사용한
내적 독백(interior monologue)의 수법도 반드시 그가
처음 소설에 도입한 것은 아니지만 이 작품에서는
그것이 가장 중대한 몫을 차지하고 있다. 그는 또
음악의 효과를 빌려왔으며 언어는 의미로서 뿐만 아
니라 그 음에서 오는 연상작용까지를 계산한다. 때
로는 뜻은 없고 소리만이 목적인 조어(造語)도 있을
수 있다. 그리고 각 장면이나 사건도 그 외부적인 의
미보다 훨씬 깊은 상징이 내포되어 있는 것이다.

『율리시즈』자체가 소설의 한계를 넘은 영역이고 영
어의 가능성을 최대한으로 이용했다고 할 수 있는데
『피네간즈 웨이크 *Finnegan's Wake*』(1939)는 꿈의 세
계까지를 언어로 표현하려고 했기 때문에 그 난해성
은 극도에 달한 감이 있으며 우리가 이런 새로운 실
험을 대할 때 항상 느끼는 것은 예술의 전달성이라
는 또 하나의 근본적 문제인 것이다.

버지니어 울프(Virginia Woolf, 1882—1941)는 조이스
와 생몰년(生沒年)이 우연히도 꼭 같아서 동시대인임
에는 틀림없으나, 그 작품은 조이스와 프루스트(Prou-
st)의 영향 밑에서 이루어졌으며 작가적 역량이 조이
스와 견줄 수는 없다. 태생과 성장과 결혼 후의 생활
이 한결같이 학문적이고 지성적인 분위기 속에서 이루
어졌으며 정신적 활동 이외의 행동범위는 극히 제한

된 것이었다. 그러니까 그녀가 만약 외부 세계나 외부로 나타나는 개성을 그리려고 했다면 실패했을 것이다. 그녀는 그것을 진실을 둘러싸고 있는 반투명의 외피(semi-transparent envelope)에 불과하고 항구적인 과정, 즉 현실생활 밑바닥에 인생의 어떤 형이 숨어있는가를 발견하는 것이 중요하다고 생각하였다. 그러니까 그녀의 소설은 줄거리의 조작으로 독자에게 감동을 주는 일은 없다. 대표작 『등대로 To the Lighthouse』(1927)는 섬으로 건너온 한 가족이 등대로 소풍을 가려고 했으나 계획에 그치고, 섬을 떠난 후에 전쟁이 일어나 여러 사람이 죽고 십년 후에 남은 가족끼리 다시 섬으로 가서 이번에는 등대를 방문한다는 간단한 이야기다. 그러나 여기에는 지각작용의 내면 세계를 비춰주는 상징이 깔려 있으며, 그것으로 더욱 심오한 철학적 목적을 달성한다고 보아야 할 것이다. 등대는 인간의 이상이며 영원히 변하지 않는 가치요 진리요 목적이다. 그것은 어두운 바다 가운데서 배가 나아갈 길을 밝혀주는 빛인 것이다. 바다는 한시도 머물지 않으면서 영속으로 통하는 시간이며 그 시간 위에 세워진 생활이요 세상이다. 등대는 시간의 파괴적인 힘을 넘어서서 영원하다. 십년 동안 죽음과 황폐를 가져온 시간을 아랑곳 하지 않고 등대는 예나 다름 없이 빛을 보내고 있는 것이다. 이 등대에 도달하는 것과 동시에 작중 인물의 한 사람인 화가도 십년전에 그리다가 두었던 그림을 완성하는 것으로 함께 성취가 이루어진 상징으로 삼고 있다.

그녀는 전쟁의 중압과 자기 정신상태에 대한 공포 그리고 자기 예술에 대한 불만을 감내하지 못하고

스스로 강에 몸을 던졌으며 우리는 그녀의 죽음에서
도 어렴풋한 상징의 의미를 느끼는 것이다.

　조오지　오오월(George Orwell, 1903—50)은 정치와
문학이 양립될 수 있다고 생각했을 뿐만 아니라 학
슬리 처럼 과학을 토대로 한 반유토피아 소설이 아
니라, 정치이념을 소재로 한 우화 또는 미래소설로
이 양립의 실험을 해보였다. 『동물농장 *Animal Farm*』
(1945)은 농장의 동물들이 주인의 학대에 반란을 일
으켜서 그를 쫓아내고 자치적으로 농장 경영을 하는
이야기다. 착취자를 추방했으니까 모든 동물이 평등
해지고 생산도 늘고 살기가 편안해져야 하는데 돼지
들이 새로운 지배자로 탈바꿈해서 독재 체제를 구축
하고 혁명은 타락하는 것이다. 이것은 소련의 스탈
린 체제를 풍자한 우화이며 볼셰비키 혁명의 역사를
그대로 동물 사회에 해당시킨 줄거리다. 그러나 한
걸음 더 나아가 모든 혁명과 권력의 생태를 여기서
읽어도 무방하겠으며 작품으로서의 예술성은 오히려
그 보편성에 있다고 보아야 할 것이다.

　『1984년 *Nineteen Eighty-Four*』(1949)는 그의 마지
막 작품으로 극도의 전체주의 정치 체제가 지배하는
사회를 그렸다. 무서운 통제와 개인 말살 그리고
인간의 사고까지도 바꿔놓고 역사도 변조해 버리는
당의 권력은 불가능이 없다. 자유라는 개념을 어렴
풋이 알기 때문에 반역을 시도하다가 체포되는 주인
공도 무서운 세뇌와 고문 끝에 드디어 「둘 더하기
둘은 다섯」이라고 진심으로 믿어버리고 만다. 가위
인간 패배의 처참한 모습이라고 하겠으며 세계가 앞
으로 몇 해 후에 이렇게는 안된다는 것을 우리가 믿

을 수 있는 것만 해도 다행이라고 하겠다.

　이블린 워어(Evelyn Waugh, 1903—66)는 그 작품에 흐르는 일반적 특징인 풍자정신과 희극적 표현에도 불구하고 카톨릭 작가라고 불리운다. 그것은 그가 카톨릭 교회를 궁극의 진리를 간직한 위대한 조직체라고 생각하기 때문이며 실제로 『브라이즈헤드 재방문 *Brideshead Revisited*』(1945)의 서문에서 이 소설은 종말론의 문제——즉 죽음과 심판, 지옥과 천국이라는 항상 잊어서는 안되는 네 가지 중대한 문제를 다루는 것이 목적이라고 말하고 있다. 그가 폭력의 세계를 자주 소설에 등장시키는 것도 말하자면 이 세상의 연옥(煉獄)과 같은 상황을 그리고자 함이었다. 그리고 초기 작품들에서는 주인공들이 그런 상황과 싸워서 하나님의 섭리로 이것을 헤쳐나가는 이야기가 대부분이다. 전기 『브라이즈헤드 재방문』도 그렇기 때문에 근본적으로 낙천적 소설이며 세계는 걷잡을 수 없이 타락해버렸고 전쟁으로 말미암아 전통적 가치는 모두 없어졌지만 그리스도교의 신앙은 이것을 견디어 낼 수 있다는 낭만적인 카톨릭 신앙을 그린 작품인 것이다. 그러나 그의 예술과 신앙의 총결산은 역시 전후에 나온 삼부작 『무장한 사람들 *Men at Arms*』(1952), 『장교와 신사 *Officers and Gentlemen*』(1955), 『무조건 항복 *Unconditioned Surrender*』(1961)이라고 할 것이다. 이 작품들을 작가는 나중에 한 권으로 합쳐서 『*Sword of Honour*』(1965)라는 이름으로 발표 했지만 제 2차 세계 대전이라는 엄청난 역사적 참극을 배경으로 역시 카톨릭 신자인 주인공의 고난을 그리고 있다. 아내에게 버림을 받은 주인공이 신앙 때문에 이혼도 재혼도 못하고 고민과 우울로 세월을 보내다가 전쟁이 터지자 이것을 하나의 돌파구로 알고 참전하지만 전쟁 그 자체에 환멸을 느낀다. 그러나 모든 계층 출신의 형형색색인 군인들과 어깨를 나란히하고 싸우면서 이미 신사의 시대는 끝났고 그것이 그다지 유감된 일도 아니라는 것을 깨닫는다. 그는 오히려 비 신사적인 동료 장교 한 사람을 존경하는 마음까지 생긴다. 그 장교는 다시 정부와 헤어진 주인공의 아내와 결합해서 아이까지 갖게 하는데 그가 전사한 후에 주인공은 아내와 재결합해서 그 아이를 자기 아이로 낳게 한다는 이야기다. 작품 전체에 전쟁이라는 비참한 현실이 생생하게 부각되어 있고 그것이 한 개인의 정신에 심각한 충격을 주는 것이 사실이지만 주인공이 자살의 충동을 느낄 만큼의 절망을 인내심으로 극복하고 자기에게 내려지는 운명에 「무조건 항복」하는 바탕이 중세적 카톨리시즘이기 때문에 이 삼부작을 단순히 전쟁소설이라고만 할 수 없는 것이다.

카톨릭으로 개종한 후로 그 작품 세계가 종교적 주제를 떠날 수 없는 작가로 **그레이엄 그리인**(Graham Greene, 1904—)을 빼놓을 수 없다. 그리인은 20여편의 소설을 썼는데 그 일부를 자기 자신이 「오락물 (Entertainments)」이라고 부르고 있다. 그것은 말하자면 심리적 색채가 짙은 범죄소설 또는 탐정 소설을 가리키는데, 그 정상을 이루는 작품이 『브라이튼 로크 *Brighton Rock*』(1938)이다. 개종 이후 그리인의 관심의 촛점은 인간 대 사회에서 인간과 인간의 양심이 신과의 대결에서 일으키는 갈등에로 옮아갔다.

그것은 어떤 때는 교리와 인간 본능과의 갈등이기도
하고 선이니 악이라는 개념에 대한 근본적인 회의이
기도 하였다. 『브라이튼 로크』의 주인공은 폭력과
배반을 일삼고 살인도 하는 타락한 카톨릭인데 자기
살인행위를 감추기 위해서 그 사실을 알고 있는 여
자와 결혼한다. 그리고 공범자를 라이벌 깡패에게
밀고해서 죽게하고 아내와는 정사를 가장해서 아내
가 자살한 후에 자기는 해방되려는 계획을 꾸미지만
경찰의 포위를 당하고 오히려 주인공이 낭떨어지에
서 추락해서 죽는데 아내의 고백을 들은 신부는 「카
톨릭은 남보다 악의 가능성이 더 많다. 아마 우리가
하나님을 믿으니까—남보다 악마와 더 가까운 것이
다. 그러나 우리는 희망하고 기구해야 한다」라는 말
을 남긴다. 악을 인정한다는 것은 결국 절대적, 궁
극적인 것을 믿는 것이다. 악마란 신의 존재를 전제
로 해야 비로소 인정할 수 있기 때문이다.

　『권력과 영광 *The Power and the Glory*』(1940)은
인간적인 결점을 고루 갖추고 딸까지 낳은 신부가
혁명 후에 카톨릭을 박해하는 멕시코에서 현상금이
걸린 쫓기는 몸으로 항상 자신에 대한 열등감과 신
에 대한 죄책감으로 정신적으로도 쫓기는 상태를 그
린 작품이다. 그는 금주령 하에서 주류 밀매업자로
오인되어 투옥되었다가 탈출하려는데 신부로서의 의
무 때문에 어떤 여인의 고백을 듣기 위해서 남았다
가 밀고 당해서 처형된다. 그러나 그는 모든 죄를
지었음에도 불구하고 최후의 순간에는 신에게 진실
했고 그의 순교는 헛되지 않았다. 죄악의 수령 속에
서, 인간성의 추악과 비열 속에서 신의 영광은 증명

된 것이다.

『사건의 핵심 *The Heart of the Matter*』(1948)은 아내와의 결혼 생활에서 정신적 위안을 얻지 못하는 서아프리카 식민지의 한 경찰관이 아내가 여행간 동안에 해난(海難)으로 남편을 잃은 젊은 여인을 사랑하게 되고 육체 관계까지 갖는다. 그것은 카톨릭 신앙의 배반이지만 여자가 사랑을 잃고 다시 불행해지는 것을 견딜 수 없었던 주인공은 눈치를 채고 성찬식 참석을 강권하는 아내를 피할 길이 없어 자연사를 가장하고 자살을 함으로써 양심의 갈등에 종지부를 찍는 이야기다. 부정한 사랑과 이에 대한 타협을 허용하지 않는 종교 사이에 일어나는 갈등이 이 작품의 주제라면, 『정사의 종말 *The End of the Affair*』(1951)은 또 한번 이 문제를 파고든 작품이지만 짜임새도 엉성하고 나중에 일어나는 일련의 기적은 너무 비약적이어서 그대로 받아들이기에는 저항을 느낀다. 그러나 남편이 있는 여인이 어느 소설가와 정을 통했는데 공습을 받은 날 소설가를 살려주면 그와의 관계를 끊겠다고 하나님께 맹서한 말 때문에 그 후에는 소설가의 사랑을 물리치다가 병이 들어 죽는데, 죽은 후에 여러가지 기적이 일어난다는 이것도 어디까지나 낭만적 카톨리시즘에 입각한 작품인 것이다.

1950년대 중반이 지나자 일단의 새로운 세대의 작가들이 등장하였다. 그들은 전쟁터에서 살아남은 세대였고 그 충격에서 겨우 깨어나서 작품 활동을 시작했으며 자연히 전후의 특징이라고 생각되는 모든 사회상을 그들의 작품에 반영할 수밖에 없었다. 킹즐리 에이미스(Kingsley Amis, 1922—), 존 웨인

(John Wain, 1925—), 존 브레인(John Braine, 1922—),
앵거스 윌슨 (Angus Wilson, 1913—), 윌리엄 고울딩
(William Golding, 1911—), 아이리스 머어도크(Iris
Murdoch, 1919—) 등의 이름이 여기 포함되겠고, 극작
가 존 오즈번(John Osborne, 1929—)과 평론가 콜린 윌
슨(Colin Wilson, 1931—)까지 합친 이들 새로운 얼굴
들은 가장 시대정신에 민감한 것 같았고 어딘지 공
통점을 가지고 있는 것으로 생각되었다. 저어널리즘
은 이들에게 「성난 젊은이들(Angry Young Men)」이
라는 이름을 붙였는데 이것은 오즈번의 『성나서 돌
아보라 Look Back in Anger』(1956)에서 따왔는지도 모
른다. 그러나 출판사가 『선언 Declaration』(1958)이
라는 책 이름으로 이들에게 문학적 발언을 할 기회를
주었을 때 킹즐리 에이미스는 「나는 이른바 '우리 문
명의 현상'에 대한 어떠한 위선적 요설(饒舌)도 싫어
한다」고 글 쓰기를 거부한 것처럼, 이들이 어떤 문
학운동에 가담했다거나 작품에서 현저한 동질성을
발견할 수 있는 것은 아니다. 그리고 이들의 작품
활동은 아직도 진행중이니까 앞으로 어떤 전개를 할
것인지 알 수 없는 것이다. 또한 이들 이외에도 많
은 작가들이 창작에 부심하고 있어 누가 문학사에
그 이름을 오래도록 남길지는 좀 더 시간의 여과를
기다려야 할 것이다. 여기서는 몇 작품만을 소개하
는데 그치겠다.

　　킹즐리 에이미스의 『락키 짐 Lucky Jim』(1954)이 나
오자 불과 일 년 동안에 14판을 거듭한 인기를 얻은
것은 이 작품이 전후시대를 가장 잘 반영했기 때문
이다.

『락키 짐』의 주인공 짐 딕슨(Jim Dickson)은 그 세대를 산 젊은이의 한 표본과도 같다. 당시 영국에는 전쟁에서 귀환한 많은 짐이 있었다. 그는 하층 중산계급 출신으로 인간적 매력이나 용모가 뛰어난 것도 아니고 학력도 대단치 않으며 재산도 없는, 말하자면 아무것도 자랑할만 한 것이 없는 평범하기 짝이 없는 사람인데 운이 좋아서 어느 지방의 조그만 대학에 강사 자리를 가지고 있다. 이것은 이 시대의 소설의 한 특징으로 주인공들이 이른바 hero가 아니라 anti-hero들로 사회 환경에 순응하려고 하지 않고 여기서 벗어나는 outsider이면서도 적극적으로 반항한다거나 그것을 변경해 볼 능력이나 의욕이 전연 없이 그저 불협화음을 낼 뿐인 사람들인 것이다. 딕슨 역시 적응력이 없는 성품이라 곧잘 실수를 저지르지만 그는 인생에 많은 것을 바라지는 않고 그저 그날 그날을 살아갈 수 있는 약간의 용돈과 될 수 있으면 얌전하고 부담이 안가는 여자 정도가 고작 그의 바램이다. 그러나 그에게 억지로 주어지는 것은 교육이니 문화니 하는 것에 대한 위선적인 슬로건이었다. 킹즐리 에이미스가 『선언』에 집필을 거부한 말과 꼭 같은 상황이며 전쟁에 지칠대로 지친 나머지 최소한의 빵과 위안을 요구하는 자에게 겉치레의 이상주의와 돌을 쥐어주는 격이었다. 그는 교양이 있고 취미가 고상한 체 하는 교수의 집에서 체재하는데 그 교수의 아들이라는 청년이 특권의식을 내걸기 좋아하는 속물이다. 이들은 말하자면 짐 딕슨같은 전후형이 생리적으로 반감을 느끼는 전통과 권위의 대표자라고 할 수 있다. 그런데 교수의 아들에게는 짐이 바라는 여자 친구가 있다. 그는 그 아들과 싸우고 술이 취해서 아들의 침대에 불을 지르기도 하고 교수회에서 변명한다는 것이 주정만 하는 격이 된다. 약하고 자신이 없는 인간의 희극적 반항의 표현인 것이다. 그러나 운 좋게도 그는 교수의 아들이 부러워하는 직위와 여자까지도 얻는다. 자기보다 신분이 나은 여자를 정복한다는 것은 확실히 위계(位階)가 든든한 영국의 기성사회에 대한 반항의 한 수단인 것이다. 그러나 이 정도로는 분풀이는 될지 모르지만 그 사회의 근본을 흔들어 놓을 만한 힘은 없다. 짐 딕슨이 얻은 것은 운이 좋아서 굴러들어 온 것이지 자기 힘으로 쟁취(爭取)한 것이 아님을 알아야 한다.

존 브레인의 『꼭대기 방 *Room at the Top*』(1957) 역시 전후의 한 세대를 풍자한 작품이며 베스트셀러가 되었고 곧 영화화 되는 등 인기를 얻었다. 그것은 목적을 위해서 수단을 가리지 않는 인생살이의 한 유형을 그리고 있다. 주인공은 노동 계급 출신이며 사회의 최상급으로 출세하려는 욕망이 있다. 그는 물질이 주는 쾌락을 비웃는다든지 상류 계급의 허식에 희극적 반항을 표시하는데 그치는 것이 아니라 그 허식을 역이용해서 그들 위에 군림하고 싶은 것이다. 그러기 위해서는 상류 계급의 여자를 손에 넣는 것이 가장 빠른 길이라고 믿었으며 실제로 어느 부유한 실업가의 딸을 농락해서 아이를 갖게 했을 때 그의 꿈은 실현되었다. 정식 결혼의 댓가로 회사 운영에 참여하게 된 것이다. 그러나 그가 진심으로 사랑하던 한 여인은 실연으로 자살을 해버렸다. 아무도 그를 비난하는 사람은 없었고 친구들은 「하마트

면 그 여자 때문에 평생을 망칠번 했다」고 말했지만
그는 사랑이 없는 결혼을 한 것이고 꼭대기까지 올
라는 갔어도 결국 쓰디쓴 술잔을 받았을 뿐인 것
이다.

　이 작품에서도 우리는 영국 사회의 계급이라는 두
꺼운 벽에 대한 항거의 한계를 느끼는 것이다.

　윌리엄 고울딩의『파리들의 왕 Lord of Flies』(1954)
는 R. M. 밸런타인(Robert Michael Ballantyne, 1825—
94)이 쓴『산호도 The Coral Island』(1858)라는 소년
모험 소설에 반기를 든 작품이다. 『산호도』에서는 소
년들이 고도(孤島)에 표착했는데 잘 협조해서 문명적
이고 이상적인 생활을 쌓아가는데, 꼭 같은 상황에 놓
인『파리들의 왕』에서는 이와는 정반대의 현상이 일
어나는 것이다. 처음에는 제법 협조적인 분위기에서
이성적이고 고귀한 자질을 타고난 소년을 지도자로
뽑아 공동 생활의 질서를 지키지만 차츰 원시적인
공포에서 야만족이 하는 것과 꼭 같은 괴상하고 광적
인 춤을 추기 시작하고 생명을 유지하기 위해서 시
작했던 사냥이 살생 자체에 대한 쾌락으로 변해서
종내는 이성적인 소년 중 하나를 죽이기에 이르른
다. 이들의 추격을 받은 지도자가 해안으로 도망가
서 구출선의 구조를 받는 것으로 이야기는 끝나는데,
이 우화에는 인간의 근원적인 문제가 내포되어 있는
것이다. 문명과 성인 사회의 여러가지 제약과 해독
으로부터 완전히 해방된 상태에서 기존 관념이나 전
통 의식 같은 것도 형성되기 이전의 소년들이 야수
와 같은 존재로 되돌아간다면 인간악은 천성이라고
할 수밖에 없다. 그렇다면 인간이 저지르는 죄악과

부패는 문명 사회의 제도적 결함이라는 외부적 요소
에 말미암은 것이 아니라 인간성 자체의 내부에서
발견해야 한다는 주장인 것이다.

IV. 미국문학

이영옥

1. 序 論

1492년에 미대륙이 발견된 이래 미국에의 본격적인 첫 이주민은 청교도들(Puritans)이다. 그들은 모국인 영국의 박해를 피하여 비장한 각오를 하고 신대륙을 향하여 1620년 메이플라워(Mayflower)호에 올랐다. 가산을 정리하고 식구들을 이끌고 미지의 개척지를 향하여 떠나는 일백여명의 마음 속에는 오직 하나님을 향한 신앙만이 힘이 되어 있었다. 신천지로 가서 하나님의 나라를 세우고 인간 본래의 청정(淸靜)을 되찾겠다는 신앙심이 군건했다. 순례자들이 플리머스(Plymouth)에 무사히 착륙하였을 때 그들은 「곧장 무릎을 꿇고 하늘에 계신 하나님께 감사를 드렸다. 하나님께서 그들을 도와 광활하고 무시무시한 대양을 건너 무사히 오게 하였고 고통과 비참에서 건지사 다시 그들로 하여금 단단하고 안정된 육지에 발딛게 하셨음이라」고 『플리머스 식민지사 Of Plymouth Plantation』는 기록하고 있다. 이 사서(史書)는 그곳의 총독을 30여년 간이나 지낸 윌리엄 브래드퍼드(William Bradford, 1590—1657)에 의한 것으로 식민지의 성립과 발전 그리고 쇠퇴에 이르기까지를 담고있다.

1640년경에 이르러서는 약 2만의 청교도들이 뉴잉글런드(New England) 지방에 흩어져 살게 되었다. 그들이 간직하고 있는 청교주의(Puritanism)는 로마에서 전승받은 전통이나 의식, 장식, 그리고 계급등을 제거·정화시키자는 것 외에도 개개인에게 많

은 요구를 하였다. 역사가 에드먼드 모건 (Edmund Morgan)의 말을 빌리자면

청교주의는 인간이 구원을 얻는데 그의 생을 바칠것이며 또한 인간은 악한일 밖에 저지를 수 없다고 가르쳤다. 청교주의는 그리스도 안에 모든 희망을 가지라면서도 인간이 신에 의해 구원이 예정되어 있지 않은 한 그리스도는 인간을 버릴 것이라고 가르쳤다. 청교주의는 인간에게 죄를 피하라 했으나 또한 어쨌건 인간은 죄악에서 벗어나지 못하리라고 못박았다. 청교주의는 인간에게 세상을 하나님 왕국의 형상대로 개혁하라 하면서도 또 한편으로는 세상의 악은 고칠 수 없고 불가피한 것이라고 말했다. 청교주의는 인간은 그 앞에 놓인 의무가 무엇이든 최선을 다해 일 할 것이며 하나님께서 세상에 잔뜩 내린 좋은 것에 관여하되 하나님께 경외하는 시선을 거두지 않는 범위내에서 일과 쾌락을 즐길 것이다.

라고 가르쳤다 한다.

이와 같은 청교사상을 신봉한 존·윈스롭 (John Winthrop)은 매서추세츠(Massachusetts)주 지사였고 많은 사람에게 존경을 받아온 대표적인 청교도다. 그는 신세계로 가는 아라벨라(Arabella) 선상에서 「기독교적 자애의 시범 A Model of Christian Charity」이라는 제목 하에 설교한 바 있다. 이 설교에서 윈스롭은 청교주의의 두가지 측면, 즉 교리적인 면이 재정적인 성취를 뒷받침하고 있음을 역설한다. 식민지가 기독교 사랑의 모델이 되리라고 말하면서 그는 뭇 사람들의 시선이 모두 그들에게 있으므로 그들은 「언덕 위의 도시 A City upon a Hill」를 세우는 것이라고 한다,

교리를 설명하면서 그는 하나님이 빈부를 두신 이유
를 정당화하고 신앙심을 키우는 것과 못지않게 이세
상에서 부를 축적하는 것도 중요한 일이라 한다. 왜
냐하면 하나님은 정의로운 자에게 물질적으로 그 보
상을 내리시기 때문이라 믿었기 때문이다. 물질의 번
성은 곧 신의 총애의 표시라 생각되었다.

청교주의의 이같은 두 측면은 20세기에 와서 비
평가 밴 위크 브룩스(Van Wyck Brooks)에 의해 적절
히 지적되고 있다.

청교주의는 미국인의 사상사에 으뜸가는 영향을 남겼
다. 미국역사 초기부터 미국정신은 두 갈래의 주요 흐름
으로 갈라짐을 본다. 나란히 그러나 절대로 섞이는 일이
없이, 하나는 청교도의 경건함에 뿌리를 두고 있어 조너
던 에드워즈(Jonathan Edwards)의 철학이 된 흐름이요,
다른 하나는 청교주의의 실제적인 면에 근원을 둔 흐름으
로 벤져민 프랭클린(Benjamin Franklin)에서 철학으로
형성된다.

이 두 주류는 미국문학에 반영되어 재미있는 현상
을 보이고 있다.

2. 에드워즈와 프랭클린과 쿠퍼

조너던 에드워즈(Jonathan Edwards 1703—58)는 17
세에 예일대학교를 졸업하고 23세엔 할아버지와 나
란히 노쌤튼(Northampton)에서 목사직을 맡게 되었다.
에드워즈는 재주도 있고 언변이 좋아 수천의 신도들
을 동요시켜 개종케 했다. 그의 사상을 보면 뉴우

잉글런드가 배출해 낸 가장 엄격하고 타협을 모르는 칼빈주의자(Calvinist)라고 표현할 수 있다. 대표적인 설교를 보면 『분노한 신의 수중에 있는 죄인들 *Sinners in the Hands of an Angry God*』(1741)에서

　신의 분노의 화살이 준비되어 있다. 화살이 현에 놓여져 있다 ‥‥ 화살이 당신의 피로 물드는 것을 잠시라도 면하고 있는 것은 단순히 신의, 분노해 계신 신의 즐거움이다. 당신들—심경의 큰 변화를 느끼지 못하고 성령의 힘이 영혼에 내림을 못 받은 자, 다시 태어나 새 사람이 되지 못한 자들, 죄 속에 있어 죽은 자 가운데서 다시 일어남을 못 받은 자는—모두 노한 신의 손에 쥐여져 있음이라.

　이어서 에드워즈는 「당신을 지옥의 함정 위에 올려 놓고 계시는 하나님은 우리가 거미를 쥐듯이 혹은 징그러운 벌레를 불더미 위에 올려 놓고 있듯이 당신을 혐오하고 있고 또 분노하고 계시다」고 하여 사람들을 공포에 떨게 하였다. 그의 이러한 설교에 반대하는 사람들에게 에드워즈는 「나는 사람들을 겁주어 지옥으로 부터 멀어지게 한다면 공포에 떨게 할 만 하다고 생각한다. 인간은 위태한 지경에 처해 있다. 곧 나락 아래로 떨어지려 하는데 그 위험을 알지 못하고 있다. 불이 난 집에서는 겁을 주어서라도 사람을 끌어내는 것이 도리가 아니냐」고 응수한다.
　또한 문학의 주요 문제가 되는 인간의 자유의지에 관하여 에드워즈는 칼빈주의적 입장에서 인간의 타

고난 원죄성을 확신하므로 「인간이 자유의지가 있어 선택권을 행사할 수 있으되 본성이 악한 고로 필연적으로 악을 택할 수 밖에 없다」고 주장한다. 에드워즈의 이러한 확신은 다음에 오는 작가들, 특히 호손(Hawthorne)과 멜빌(Melville)의 비극적 인간관의 수립에 큰 영향을 주었다고 본다.

기독교 교리는 다음과 같이 요약될 수 있다. 1)하나님의 주권(하나님은 무한히 지혜롭고 권능이 있고 자비로우시며 정의로우심), 2)그리스도의 신성(하나님의 외아들이심), 3) 원죄(인간은 불완전하며, 타락하기 쉽고, 죄악을 저지르기 쉽다), 4) 속죄(인간은 그리스도의 구속하심을 받아 신앙을 통해 구원받음), 5) 성령의 영감(성경은 하나님의 계시의 수록임)과 같다. 이같은 교리에서 중요한 관심은 인간의 본성에 집중된다. 기독교적 인간관을 받아들이느냐 혹은 거부하느냐에 따라 미국의 전통문학은 두 갈래로 크게 나누이게 된다. 인간이 선하게 태어났는가 혹은 악하게 태어났는가. 인간은 교육으로 무한히 완전히 될 수 있다고 보는가 혹은 절대로 불완전하고 따라서 인간임을 피할 도리가 없는가. 또 독자적인 이성의 힘을 통해 자신을 구원할 수 있는 합리적인 존재인가 혹은 그의 이성이란 풍만하고 지고한 필요를 충족시킬 수 없는 정도인가 하는 문제에 대한 추구가 그것이다.

벤저민 프랭클린(Benjamin Franklin 1706—90)은 바로 에드워즈와 대조적인 입장을 취함으로써 미국인의 의식을 두 갈래로 나누었다고 본다. 프랭클린은 18세기 계몽주의 영향을 받아 인간이성(人間理性)

에 절대적인 신뢰를 가졌다. 프랭클린이 가장 위대한 합리주의자라면 에드워즈는 가장 위대한 신학자이고, 전자가 가장 철저한 공리주이자라면 후자는 종교의 심리에 탁월했고, 전자가 외교관으로 타협에 뛰어나다면 후자는 가장 타협을 모르는 사람이었다. 프랭클린은 원죄의식(原罪意識)을 부정, 인간은 노력을 하면 얼마든지 자기성취를 할 수 있다고 믿고 과학적인 원리·원칙에 만사를 분별하려하고 분석적인 태도를 취하였다. 그의 생애가 바로 그의 철학을 증명한다. 교육은 별로 받지 못했으나 17세에 인쇄업에 들어가 근면·절약·검소의 실천으로 꾸준히 노력하여 명성을 얻고 41세에는 이미 은퇴할 준비가 되었다. 그는 그의 『자서전 The Autobiography』이나 『리처드의 달력 Poor Richard's Almanac』에서 여러가지 실제적인 교훈을 주고 있다.

「하늘은 스스로 돕는 자를 돕는다(God helps them that help themselves)」라든가 「작은 힘도 여러번 치면 큰 나무를 넘어뜨린다. (Little strokes fell great oaks)」혹은 「저축한 한 푼은 한 푼을 더 번 것이나 마찬가지다. (A penny saved is a penny earned)」등은 『달력』의 서문에 나타난 『치부법(致富法) The Way to Wealth』에서 발견되고 후대에 교훈으로 회자되는 것들이다.

특히 무일푼에서의 성공은──부(富)나 명성에 있어──후에 많은 미국인들의 흠모의 대상이 되었고, 자수성가(the self-made man)의 신화를 낳게 되었다. 누더기에서 부자로의 성공은 19세기의 여러 실업인들에서 증명된 바도 있지만──앤드루 카네기 (Andrew

Carnegie)가 그 일례다 ——프랭클린의 가르침과 급속한 산업화, 미국 특유의 기회의 균등성, 풍부한 자원 등이 뒷받침이 되어 근면・절약・검소를 기본 철학으로 하는 자수성가의 신화(神話)가 되어 미국인의 의식으로 파고 들었다. 성공 여부의 책임을 개인의 노력여하에 돌리고 있는 이 「미국의 꿈 The American Dream」은 미국의 서부 영토 확장을 촉진시키는 데는 공헌한 바 있으나, 또 한편으로는 고도의 경쟁사회가 된 20세기에는 미국인에게 좌절감을 일으키는 원인이 되기도 하였다. 현대의 피츠제럴드 (F. Scott Fitzgerald), 드라이저(Theodore Dreiser), 또는 서부작가 웨스트(Nathanael West)에서 「미국의 꿈」이 주제로 다루어짐은 일찌기 벤저민 프랭클린에서 그 근원을 찾을 수 있는 것이다.

식민지 시대를 벗어나 미국이 미국다운 문학을 향한 움직임을 시작하면서, 소위 미국에 대한 의식이 형성 되었다. 에드워즈나 프랭클린의 주류(主流)와는 달리 제임즈 페니모어 쿠퍼(James Fenimore Cooper 1789—1851)는 '미국인임'을 누구보다도 강하게 의식하고 또 직업적으로 작품을 낸 최초의 미국 작가다. 그는 작품 속에서 미국적 경험에 대한 진지하고 깊이있는 비평을 가하여 감동적이고 상상력있는 면을 나타냄으로서 사회 비평가로서의 작가의 상을 보여주었다. 그의 유명한 『레더스타킹 이야기 The Leather-Stocking Tales』(1823—1841)는 내티 범포(Natty Bumppo) 라는 인물을 중심으로 미국의 사라져가는 개척자의 무용담을 담고 있다. 5권의 소설로 되어있는 『레더스타킹 이야기』 중에 대표적인 작품이 『모히칸족(族)

의 최후 *The Last of the Mohicans*』(1826)로서 내티 는 여기서 「호카이 Hawk-eye」로 불리운다. 영국군(英國 軍)의 먼로 대령(Colonel Munroe)이 이끄는 요새가 휴론 (Huron) 인디언족과 합세한 불군(佛軍)의 포위를 받는 다. 대령의 두 딸 코라(Cora)와 앨리스(Alice)는 아버지 와 합류하기 위해 일행과 함께 길을 가던 중 길 안내 자로 등장한 인디언 마구아(Magua·실은 불군의 첩자)의 고의적인 실수로 휴론의 영토에 들어서게 된다. 그때 마침 그곳을 지나던 호카이와 두 인디언 친구——칭 가치구크(Chingachgook)와 그의 용감한 아들 언커스 (Uncas)를 만나게 된다. 언커스는 모히간족의 마지 막 후계자이다. 마구아는 도망가고 일행은 대령과 합 류하나 불군의 포위로 사태가 어렵게 되자 앨리스를 사랑하고 있는 헤이워드(Heyward) 소령과 호카이를 통해 대령은 항복을 결정한다. 이 상황에 마구아에 게 다시 붙잡혀 간 코라와 앨리스를 구하기 위하여 호 카이 일행은 휴론 캠프로 잠적——탈출에 성공하나, 마구아가 추적해 와서 델러웨어(Delaware) 캠프에서 재 판이 벌어지고 코라는 마구아에게 끌려간다. 델러웨 어족은 언커스가 모히칸족의 후계자 임을 알고 그들 의 추장후계자로 추대하며 휴론족을 멸하게 되는데 이때에 언커스도 코라도 죽게된다. 장례가 끝난 후 호카이를 제외한 모든 백인들은 문화권으로 돌아간 다.

이 이야기에서 호카이를 통해 두 개의 상반되는 요 소——자유와 법의 제재, 또 문명과 자연——가 중재 되고 있음을 본다. 호카이는 문명권에 발을 디디고 있으되 생명을 존중하고 자연을 경외하여 도의적으

로는 자연의 제재가 필요치 않을 만큼 자신을 다스
리고 있다. 호카이는 자유의 극단과 법의 극단을 중
재하고 있는 것이다. 또한 우리는 백인 호카이를 통
해서 문명과 길들지 않은 자연의 양극이 중재하고 있
음을 본다. 호카이가 황야에서 길 잃은 백인들의 보
호자가 되는 것이 바로 그렇다. 내티는 그가 태어난
문화를 비평하는 입장에 서서 인디언의 좋은 점뿐
아니라 백인의 장점도 사고 있는 것이다.

쿠퍼가 이 작품에서 제시한 것이 또 하나 있다
면 그것은 문학에 나타난 여인상(女人像)이다. 코라
에서 볼 수 있는 다크 레이디(Dark Lady)의 이미지
와 앨리스가 상징하는 페어 레이디(Fair Lady)의 대
립이 그것이다. 이 대조는 재미있게도 호손에 와
서 정열의 여인 헤스터(Hester Prynne)와 제노비어
(Zenobia)라는 검은 머리를 가진 등장인물과 힐더
(Hilda)나 프리실러(Priscilla)와 같은 블론드 머리를
가진 여인의 두 타입으로 전형화되고 있음을 본다.

3. 19 세기의 巨匠들

1) 영혼의 고뇌——포우, 호손, 멜빌

에드워즈의 내적인 세계에의 몰입은 후대의 에
드거 앨런 포우(Edgar Allan Poe, 1809—49)에 와서
예술의 형식을 빌리게 된다. 두 살에 부모를 여의
고 스코틀랜드계의 상인 집에서 자란 포우는 연극
배우였던 어머니와 애란계(愛蘭系)의 날카로운 지성
과 '반민하는 영혼'을 물려 받아 현실과의 사이에 갈

등을 경험했음이 틀림없다. 겉으로 보기에 포우는 행
복했으나 내적으로는 어두운 면이 있는 사람이었다.
단편 「윌리엄 윌슨 William Wilson」(1839)에서 심리적
으로 두 개의 자아를 묘사하여 내적인 갈등을 표상
하는 선구자가 되었고 「꿈나라 Dreamland」라는 시에
서는 꿈 나라가

>수많은 슬픔을 지닌 자에게는
>평화와 위로를 주는 곳이오,
>어둠 가운데 걷는 자에게는
>아, 이곳이 엘도라도!　　　　　　　(필자 역)

와 같이 현실과 꿈을 병행하여 묘사하고 있다. 그가
끊임없이 꿈의 나라를 추구하고 있는 것은 「엘도라
도 Eldorado」(1849)에 잘 나타나 있다. 용감한 기사
가 엘도라도를 찾아 다니다 지쳐 마침 만나게 된 순
례자 망령에게 어디에서 찾을 수 있겠느냐 물으니,

>달빛 비추는
>산을 넘어
>어둠의 골짜기 아래로
>가시오, 용감히 가시오.　　　　　　(필자 역)

라고 답하고 있다.
　26세에 13세인 사촌누이 버지니어(Virginia)와 결
혼했으나, 얼마 후 아내의 죽음을 당하여 어린 아내
(child-wife)에 대한 시 「애너벨 리 Annabel Lee」를 쓴

것은 유명하다.

포우의 특징이라면 그의 어두운 내면의 세계라 하겠다. 그의 전형적 주인공은 자연의 세계에서 멀어져 나와 "죽은" 가구에 둘러싸여 격렬한 상상의 세계에서만 살고 있어 그의 감정의 돌파구를 인간관계에서 찾지 못하며 행동의 계기를 인간의 행위에서 발견 못한다. 『어셔가(家)의 몰락 *The Fall of the House of Usher*』(1839)의 로더리크 어셔(Roderick Usher)가 그 일례이다. 어셔 저택은 음울함으로 뒤덮혀 있고 거기에 살고 있는 사람은 그 환경에 지배적인 영향을 받고 있다. 저택을 밖에서 볼 때 "나"는 "참기 어려운 음울함"이 "나"의 정신을 휩싸는 것을 느낀다. 그집 주인 로더리크 어셔는 "나"의 어린 시절 친구로 그의 간곡한 편지를 받고 지체할 수 없어 바로 그의 집으로 찾아 온 것인데 쇠약해진 로더리크를 벗하는 동안 "나"는 기괴한 경험을 하게 되는 것이다. 이 작품에서는 사물, 사건, 인물 하나 하나가 모두 단일한 효과를 향하여 집중되어 있다. "사람의 병 뚫린 눈 같은" 저택의 창문하며, 귀기가 서린 저택의 외관과 분위기는 그 안에 사는 주인들──로더리크와 쌍둥이 누이 매들린 (Madeline)의 신체적·정신적 심리 상태를 나타내 준다. 또한 작품 안에서 로더리크가 썼다는 「귀신들린 궁전 The Haunted Palace」 이라는 시는 이 단편의 주제를 단적으로 압축하고 있다. 저택과 로더리크와 매들린은 서로 꼭 닮은 짝 들이다. 이러한 상징성은 많이 연구가 되고 있다.

『어셔가의 몰락』에 실천한 포우의 단편 소설론은 호손의 『옛 이야기 *Twice-Told Tales*』(1837)에 대한 서평에 잘 밝혀지고 있다. 포우는 시 다음으로 고 귀한 천재성이 발휘되는 문학 형식은 단편소설(short prose narrative)이며 한 자리에 앉아서 반시간 내지 한 두시간 안에 끝낼 수 있는 작품이라야 효과의 단 일성(unity of effect)을 기대할 수 있다고 하고 호손 이 바로 이런 요구를 충족시켰다고 찬양하고 있다.

나사니얼 호손(Nathaniel Hawthorne 1804 - 64)은 에드워즈나 포우처럼 인간의 내면세계에 열중해 있 었다. 그리고 인생과 문학의 관계를 내적인 면에서 확립시킨 작가이다. 그는 매서추세츠(Massachusetts) 주 세일럼(Salem)에서 출중한 청교도 집안에 태어 났다. 가문의 창시자인 윌리엄 호손(William Hatho-rn)*은 1630년에 신대륙에 도착하여 군인이자 판사 로 명성을 떨쳤고 퀘어커(Quaker) 여신도를 형벌한 바 있다고 한다. 그 아들 존(John)도 판사로서 1692 년 마녀재판 때에 열성적으로 가담했다고 전한다. 호손의 할아버지도 용감성으로 알려졌었는데 호손 이 태어날 무렵에는 가세가 많이 기울고 있었고 이 를 호손은 조상들의 잘못이 현재에 영향을 주기때 문이라고 믿었다. 함장이던 호손의 아버지는 그가 네 살 때 세 아이들과 부인을 남기고 세상을 떠났다. 호손의 어머니는 슬픔을 달래느라 집 안에서도 혼 자 식사를 할 정도로 고립된 생활을 했다. 찬란했던 과거와 현재의 비참은 큰 대조를 이루면서 호손의 정신세계를 지배하였다. 어릴 때 다리를 다친 것도 원인이 되어 호손은 학교 친구들에게 털어 놓지 않는 비밀세계를 간직한 친구로 알려져 있었다.

---

* 호손의 이름에 'w'가 추가되는 것은 작가 호손에 이르러 서다. 조상들의 이름은 'w'가 없이 Hathorne이다.

　호손의 전기적인 사실은 그의 작품의 주제면에 반영된다. 소위 「미국의 문예부흥 American Renaissance」을 이루었던 1850년대의 대표작 『주홍 글자 *The Scarlet Letter*』는 고립된 사람들을 다룬다. 여주인공 헤스터 프린(Hester Prynne)은 남편 칠링워스(Roger Chillingworth)보다 먼저 미대륙에 건너 왔는데 남편에게서는 이렇다할 소식이 전혀 없고 게다가 늙은 사람과 애정이 없는 결혼을 했던 것이므로 외로운 사람이요, 목사 딤즈데일(Arthur Dimmesdale)은 뉴잉글런드(New England)지방에서 신도들을 지도하는 입장에 있으면서도 자신의 고민을 풀어 놓을 데가 없는 처지이다. 헤스터의 형벌장면을 목격하고는 자신의 신분을 감추고 헤스터의 아이 펄(Pearl)의 아버지를 밝혀내고자 하는 칠링워스 또한 고독한 인간이다. 소설은 호손이 직접 봉직했던 세일럼의 세관 묘사에서 부터 시작하여 그 곳에서 우연히 발견한 주홍빛——퇴색은 했으나 찬란하게 수놓아진——글자에서 시작한다. 이야기는 17세기 청교도적인 보스톤(Boston)에서 남편보다 먼저 바다를 건너 보스톤에 오게된 헤스터가 아이를 낳아, 그 벌로 단상에 올라 세 시간 동안 여러 사람들의 구경과 비난의 대상이 되고 또한 일생동안 간통(adultery)을 상징하는 "A" 자를 가슴에 달아야 한다는 판결을 받는 장면에서 시작된다. 군중 가운데 우연히 듣게 된 남편 칠링워스는 분노와 치욕에 떨며 후에 헤스터를 감옥으로 찾아와 아이의 아버지를 추궁하나 거절 당하자 자신의 신분을 사람들 앞에 감추어 줄 것을 다짐받는다. 헤스터는 동구 밖에 거처를 정하고 솜씨 좋은 바느

질로 생활하고 펄을 키운다.

한편 칠링워스는 인디안에 의해 붙잡혀 있는 동안 익힌 의술을 이용하여 마침 건강이 나빠지고 있는 딤즈데일 목사의 주치의로 들어가 늘 목사의 주변을 감시하게 된다. 그는 목사의 건강 외에 그의 내적인 정신 세계로 파고 들어가 가슴 속에 있는 비밀을 끌어내려 한다. 이러는 동안 칠링워스는 더욱 추하고 악하게 변모한다. 딤즈데일은 5월 어느 날 밤 헤스터와 펄을 끌고, 헤스터가 혼자 치욕을 치렀던 단상에 오른다. 펄은 아버지 딤즈데일에게 낮에 그곳에 나란히 서자고 한다. 목사의 건강은 일로 악화되고 헤스터는 딤즈데일을 숲에서 기다려 만나서 칠링워스의 정체를 알려주고 같이 해외로 도망할 것을 제의한다.

딤즈데일의 건강이 악화할 수록 그의 설교는 깊이를 더해 가고 풍부해 진다. 작품의 클라이맥스는 딤즈데일이 감동적인 설교를 마치고 쇠진하여 헤스터와 펄 을 찾아 손을 잡고 단상에 올라 자신의 죄를 밝히고 여러 사람 앞에 고백하고 정신적인 승리를 얻고 죽어가는 장면이다. 오랜동안의 심적(心的)인 갈등 끝에 고통을 통한 승리를 획득한 것이다. 헤스터는 그동안 어려운 사람을 도와주고 궂은 일을 골라 기꺼이 도와주는 선행의 업적을 쌓아 치욕의 글자 "A"를 천사(Angel)나 유능함(Able)을 나타내는 "A"로 바꾸어 놓는 기적을 이루었다. 칠링워스는 인간의 성역(聖域)인 정신세계를 차거운 지력(知力)으로 탐색함으로써 "용서 못할 죄(The Unpardonable Sin)"를 범하여 악마로 변신하게 되었음을 깨닫는다.

이 "용서못할 죄"에 대해서는 호손 자신이 그의

작가노트에서

   용서못할 죄는 인간 영혼에 대한 사랑과 존경의 결핍
에 있으며 그렇기 때문에 인간 영혼의 깊은 곳을 탐구하
는 자는 그것을 개선한다는 희망이나 목적이 아니라 단
순히 냉담한 철학적인 호기심을 가지고 엿보는 것이다.
이것이 다시 말하자면 마음과 지력의 분리라 볼 수 있지
않겠는가?

   인간의 머리가 비대해짐으로 해서 가슴과의 균형을
잃게되고, 결과적으로 인간 동포애를 상실하고 만
다는 내용은 호손의 대표적인 단편이라 할 「이선
브랜드 Ethan Brand」에 집약되어 있다. 지식이 남
달리 많은 이선 브랜드는 "용서못할 죄"라는 개념에 몰
두하여 그것을 찾아 여행길에 오른다. 15년 간의 탐구
끝에 그는 지식이 비대해 져서 머리와 가슴의 균형을
깨뜨리게 되고 결국은 인간 자연성(磁連性, magnetic
chain of humanity)을 잃는다. 그가 고백하는 말은 「용
서 못할 죄란 인간과 신에 대한 동포애와 존경을 무
시하고 지성이 커져서 그의 요구에 따라 인간이 모
든 것을 희생시킬 때 생기는 지력의 죄」라는 것이다.
호손 이 내놓은 작중인물 중에 이 죄를 범하는 사
람을 보면 처음에 지식을 마음보다 우월한 입장으로
고양시켜 편집광(偏執狂)처럼 되어 단 하나의 압도적
인 목적에 모든 가치를 희생시킨다. 다음에 죄는 자
만 혹은 자기중심주의로 표명되어 평범한 인간적 동
정을 저버리고 스스로의 고립을 초래한다. 다음에는
자기의 단일한 목표를 성취하기 위해서 인간 영혼의

성스러운 면을 무시하고 자기 뜻을 남들에게 강요하며, 요구하는대로 따를 것을 악마적으로 재촉한다. 어떤 때에는 스스로가 악마와 결속을 맺고 있음을 드러내기도 하며, 환언하면, 선의를 증오하고 신으로 부터 반항하는 태도를 드러낸다. 나아가서는 신의 역할을 찬탈하여 대행하려고 한다. 이와 같은 단계는 호손 의 많은 인물들을 이해하는데 도움이 되고 또한 뒤에 오는 작품의 비극성을 이해하는데 중요한 보탬이 될 것이다.

1851 년에 나온 호손 의 『칠박공의 집 The House of the Seven Gables』은 과거의 문제를 다루고 있다. 핀천 대령(Colonel Pyncheon)은 고집이 센 청교도로서 몰 (Maule)을 마법사로 몰아 처형시키고 그가 소유하고 있던 땅을 빼앗아 큰 저택——칠박공의 집을 짓는다. 건축은 죽은 매슈 몰 (Matthew Maule)의 아들이 맡았다. 몰 이 죽으면서 핀천에게 「피를 토하고 죽으리라」하고 저주를 했는데 실제로 대령은 그리 되었다. 이야기는 2세기 뒤로 부터 시작된다. 19세기 중엽 핀천가에 자리잡고 있는 칠박공의 집에 이제는 후예인 헵지바 핀천(Hepzibah)이 혼자 살고 있다. 그녀는 친절하긴 하나 찌푸린 얼굴때문에 애들이 도망갈 정도이다. 생계를 잇기 위해 집 한 구석에 조그만 가게를 내고 있다. 이 집에 사촌인 피비(Phoebe)가 찾아온다. 둘은 곧 친해지며 천성이 밝은 피비 가 온 이래로 집안이 밝아지는 듯하고 조그만 가게도 활발하게 된다. 그 때에 클리퍼드 핀천(Clifford)이 삼촌 살해 혐의로 옥살이를 30 년간 하다가 풀려나오며 피비 가 그를 보살핀다. 죽은 삼촌

의 아들 재프리(Jaffrey)는 잃어버린 토지문서(土地文
書)의 종적을 클리퍼드에게서 캐내려고 응접실에 와
앉아있다가 대령이나 삼촌과 같은 증세로 죽는 운명
을 맞는다. 칠박공의 한 구석에 살고 있는 흘그레이
브(Holgrave)는 피비에게 사랑을 고백하고 클리퍼드
의 억울한 살인 누명을 벗겨주는 증거를 대며 또
한 실종된 문서의 보관은 몰가의 대대로 내려오는
비밀이며 자기가 그 후손임을 밝힌다. 이로써 2세기
에 걸친 두 집안사이의 반목은 화해된 셈이다.

　　호손은 유전적 성격을 주요인(主要因)으로 삼아
조상의 죄가 후대에도 영향이 미침을 얘기하고 있다.
핀천 대령의 성격적 특징 즉 탐욕, 성급함, 격정 등
은 후손에 유전되어 조상의 죄를 반복하게 된다. 따
라서 모올의 입을 통해 내려진 핀천에 대한 저주는
이 고집스런 탐욕이 정화된 후에야 거두어진다. 피
비와 클리퍼드, 헵지바에서 보는 순진스러움과 연
약함에서는 핀천 특유의 탐욕은 찾아 볼 수가 없다.
　　이듬해에 나온 『블라이드데일 로맨스 *The Blithe-
dale Romance*』(1852)는　　호손 자신의 브루크 농장
(Brook Farm)[1] 경험을 토대로 환상과 현실의 문제를
다루고 있다. 인간 이상향을 구축하기 위하여 시끄
러운 도시세계를 떠나 하나의 공동체를 구성하나 인
간성은 그대로 간직한 채 건설하는 것이므로 인간성
을 초월할 수 없어 결국 실패로 끝난다. 이야기는 제

---

1) 호손은 1841년 보스톤 교외에 작가, 예술가들이 뜻을
　모은 이상향 시도에 가담하여 자신의 현실적인 필요
　가 그 방식으로 충족될수 있는가를 알고자했다.

노비어 (Zenobia)라는 군림하는 미인을 통해 그녀가 사랑했던 홀링즈워스(Hollingsworth)가 본래 스스로의 이기적인 목적을 숨기고 블라이드데일 이상향에 끼어들었고 또한 제노비어를 사랑하는 척 했음을 알게 되고 인간의 암흑을 깨닫는 데서 끝난다.

이 작품은 미국문학이나 사회사상에서 끊임없이 되풀이되는 이상향에 대한 동경을 주제로 담고 있을 뿐 아니라 인간본성에 대한 문제를 취급하고 있어 재미 있다.

『대리석 목신(牧神)2) *The Marble Faun*』(1860)은 반 짐승·반인간인 포온같은 도나텔로(Donatello)가 그 자연적인 순수성·순진성을 간직하고 있다가 미리엄 (Miriam)이라는 과거를 지닌 여인을 사랑함으로 해서 살인을 저지르게 되어 순진성을 잃고 인간적 경험을 함과 동시에 깊이 있는 인간이 된다는 주제가 담겨져 있다. 미리엄의 친구 힐다(Hilda)도 도나텔로 가 순진하고 행복한 존재에서, 인간의 본성을 대면 하여 비록 불행해지지만 그러나 더욱 현명한 "인 간"으로 성장하는 것을 보고 간접적으로 스스로의 자기 발견에 도움을 얻는다. 여기서 호손은 인간의 원초적인 순진성과, 죄를 통해 인간다움의 가치를 발견하는 문제를 제시하고 있는 것이다.

허먼 멜빌(Herman Melville, 1819—91)은 뉴욕시 에서 양부모 다 뛰어난 조상을 가진 좋은 집안에 태 어났다. 부친이 그가 13세 때에 빚을 많이 남기고

---

2) 반인반양(半人半羊)의 숲, 들, 목축의 신(神).

세상을 떠나자 그는 이것 저것 일거리를 잡았다. 즉
서기일, 농장 일손 돕기, 학교다닌 바는 별로 없으나
선생 노릇하기 등이다. 18세에 별도리가 없었던고
로 상업선의 심부름꾼이 되어 리버풀(Liverpool)로 다
녔고 선상에서나 리버풀 항의 빈민가에서 인간의 잔
인한 모습을 보았다. 그 후에 고래잡이 배를 타고 남
해에 간 적도 있는데 바다는 멜빌에게 〈파악할 수 없
는 삶의 이미지〉로 남았다. 바다의 태풍 속에서 멜빌
은 무륙지성(無陸地性, landlessness)을 느끼고 〈우짖는
무한 howling infinite〉에 대한 직관을 얻었다. 그리고
는 달리 할 일이 없어 작가 생활을 시작했다고 한다.

멜빌은 호손보다 작가적 천재성이 크다. 즉 박력
있고 긴박감을 느끼게 하며 작품 상의 범주가 넓다.
멜빌의 작품에서는 무시무시하고 화합하지 않는 두
힘이 끊임없이, 기이할 정도로 창의적으로 맞싸우고
있음을 느낀다. 즉 선과 악, 자유와 숙명, 앎과 수
수께끼, 믿음과 불신, 안정된 통례적인 삶과 파멸로
끝나버릴지도 모를 진리 추구의 삶 등의 상반되는 두
실체간의 싸움이다. 멜빌은 모친의 영향을 받아 칼
빈주의적 원칙에 젖어왔기 때문에 인간의 어떤 기본
적이고 지속적인 문제에 관심이 있었던 것이다.

1850년 호손과의 만남은 그에게는 문학적 수련에
도움이 되었다고 본다. 호손을 만나기 전에 『모비
딕 Moby Dick』(1851)을 시작했으나 끝낸 것은
1851년이다. 호손의 작품을 반복해 읽으면서 기교
상의 새로운 발견을 하고 아이디어가 정리됨을 느
꼈다고 한다. 『모비 딕』은 호손에게 증정했는데
이 작품을 쓰는 동안 혹은 그 이전에 멜빌은 희랍 비

극을 읽고 있었고 특히 아이스퀼로스의 『오레스테이
아 *Oresteia*』를 읽었으며 셰익스피어의 비극작품에
심취해 있었다.

『모비 딕』은 육지 생활에 지루해진 이쉬미얼
(Ishmael)이 피코드(Pequod)라는 고래잡이 배에 올라
경험한 바를 서술하는 양식으로 되어있다. 선장은 키
가 크고 다리 한 쪽을 잃게 된 모비 딕이라는 백경
때문에 불운한 에이햅(Ahab)이다. 배에 올라 출범한
지 얼마 안되어 에이햅의 가차없는 임무가 드러난
다. 모비 딕을 찾아내어 죽여야 한다는 것이다. 선장
은 선원들을 갑판에 불러 스페인 금화를 보이며 백경을
처음 발견하는 사람에게 보상으로 주겠노라 한다.
얼마 후에 피코드 호(號)는 레이철(Rachel)호를 만나
백경을 만난 지점을 알게되고 또한 그 배가 열두 살
난 선장의 아들을 잃고 찾아 헤매는 중이라는 사실
을 알게 된다. 에이햅은 그 선장이 오랜 친구임에도
불구하고 도와달라는 청을 거절한다. 에이햅이 인간
관계를 그 자신의 광적인 목표에 희생시키고 있다.
드디어 피코드 호는 백경을 발견하고 추적한다. 첫
날 보우트는 망가지고, 다음 날 에이햅 선장의 의족
(義足)이 백경의 요동으로 잘려져 나가며, 셋째 날 배
는 침수되고 에이햅도 죽게 된다. 이쉬미얼만 혼자
살아 남아 레이철 호에 구출된다.

이 소설은 수 없는 질문을 우리에게 던져준다. 에
이햅은 단순히 악인이며 선을 파괴하고 공연히 신에
대항하여 스스로 신이 되려 하는 것인가? 아니면 그
는 창조의 비밀을 밝혀내고 우주의 악이나 악한 운
명에 대항하려는 영웅인가? 혹은 에이햅은 단순히

정신이 돌았고 무책임하여 추구하고자 한 것이 잘못
되었던 것인가? 아니면 에이햅은 호손의 「용서못할
죄」를 범한 죄인이며 인간의 본성을 캐고자 했던 것
인가? 대체 모비 딕은 무엇을 상징하고 있는가?
그것은 에이햅 자신이 가지고 있는 내재악(內在惡)의
상징인가 혹은 그 반대인가? 정신적 갈망을 추구하는
이 작품은 끝없는 질문과 해명의 가능성을 품고있다.

멜빌의 사후에 나온 『빌리 버드 *Billy Budd*』(1924)
는 멜빌이 더 순수하고 균형 잡힌 비극을 쓰고자 한
의도를 보여준다. 특히 아담의 원죄를 마음에 두었
던 것은 분명하다. 빌리를 「아담이 타락하기 이전의
잘 생긴 이미지」라든가 「지식의 사과(선악과)를   먹
지」 않았다든가 하는 묘사가 그러하다. 빌리를 지
선(至善)의 상징으로 했다면 빌리를 생리적으로 미워
하는 클래가트(Claggart) 선임 하사관은 경험은 많고
유능할지는 모르나 인간이 천성적으로 타고난 타락
성(natural depravity)을 상징한다. 그러나 선하고 사
랑받는 순진한 빌리에게 신체적으로 큰 결함이 있으
니 이것은 호손의 단편 "모반(母斑)"에서 조지아나
(Georgiana) 에게 있었던 점(birthmark)에   해당하는
"말더듬"이다. 빌리는 감정이 극도로 긴장 흥분되면
언어표현이 극도로 어려워 진다. 사건은 이같은 빌
리가 클래가트의 모함으로 인해 반란음모를 해명해
야하는 입장에 놓이게 되는 비어 함장(Captain Vere)
의 선시리에서 일어난다. 어이없는 누명에 말이 꽉
막힌 빌리는 해명 대신 클래가트를 치게 되고 이것
이 치명타가 되어 빌리는 살인혐의로 군사재판에
회부된다. 경험이 많고 현명한 비어 함장은 사건의
내용을 다 알고 빌 리가 무죄임을 확신하면서도

「그래도 처벌받아야 함」을 역설하고 형을 집행토록한다. 이 작품에서 우리는 인간 본질의 순진성 (innocence)과 법적인 무고함(innocence)이 의미를 달리함을 느낀다. 또한 빌 리가 마치 죄진 인류를 대속한 예수 그리스도의 이미지라고도 볼 수 있다. 이와 같이 선과 악, 순진(innocence)과 경험(experience), 현실과 이상의 문제가 갈등을 일으키고 있음을 우리는 이 작품에서 상징적으로 읽어볼 수 있는 것이다.

2) 자아 신봉자──에머슨, 소로, 휘트먼

인간 영혼의 내면을 깊숙히 들여다 보고 그 본질을 규명하려 하고 그 결과 비극적 결론에 도달한 포우, 호손, 멜빌과는 달리, 동시대에 살면서도 앞의 경향과는 정반대로 인간이 자유롭고 완전한 존재임을 주장한 사람들이 있으니, 바로 에머슨(Ralph Waldo Emerson 1803—82), 소로(Henry David Thoreau 1817 —62), 그리고 휘트먼(Walt Whitman 1819—92)이 그들이다. 과거에 구속받지 않고 인간의 성취는 스스로에 달려있다고 확신하는 점에서, 이들은 프랭클린의 후계자라고 할 수 있다.

1821 년에 하버드대학을 졸업하고 목사가 된 에머슨은 청교주의 이론에서 강조하는 인간의 본래적인 타락과 예정설을 받아들일 수가 없었다. 그는 당시 유일신교(Unitarianism)의 목사이던 채닝(William Ellery Channing)의 영향을 받고 자신의 아이디어를 발전시켜 우주 안에서의 새로운 인간상을 창조, 인간 위치에 대한 새 관념을 만들어내었다. 그의 『자연론

Nature』(1836)에는 아래와 같은 말이 있다.

> 우리의 시대는 회고적이다. 조상의 무덤이나 짓고 전
> 기나 쓰고 역사나 정리하고 비평을 한다. 전세대 사람들
> 은 신과 자연을 대하고 직접 보아 왔으나 우리는 그들의
> 눈을 통해서 간접적으로 보고있다. 왜 우리도 우주와의
> 직접적인 관계를 만끽할 수 없는 것일까? 우리도 전통
> 에 관한 것이 아닌, 통찰력에 찬 시를 쓰고 전 세대의 역
> 사 대신에 계시를 통한 우리의 종교를 가질 수 없단 말인
> 가? 우리는 왜 과거라는 말라버린 뼈다귀 사이를 헤맨
> 단 말인가‥‥태양은 오늘도 빛나고 있다. 새로운 땅,
> 새로운 인간, 새로운 사상이 나타나고 있다. 우리 자신
> 의 일과 법칙을 요구하며 경배하자.

인간은 원죄 때문이 아니라 시야가 부족하여 인간
자신을 왜소하게 만들고 있다고 현세를 진단, 시력
을 회복하여 초월적 경지에 이르면 본래의 영원한 미
를 회복할 수 있고 진리를 직관으로 파악할 수 있다
고 그는 믿었다.

이러한 사상과 확신을 가지고 에머슨은 초절주의
(超絕主義, Transcendentalism)라는 뉴 잉글런드 낭만주
의를 탄생시켰다. 보스톤 근교에 살고 있는 몇 몇 사
람들이 1820년에서 1850년 사이에 「다이얼 *Dial*」지
를 발간했는데 주동인물인 풀러(Margaret Fuller), 파
커(Theodore Parker), 브란슨 (Orestes Brownson),
올코트(Bronson Alcott) 등은 이성적인 사고보다는 직
관과 영감(靈感)에 가치를 두고 구속받지 않는 상상력
의 비약을 강조하고, 물질 세계가 이상 세계보다 열등

하다고 믿은 이상주의자들이다. 이는 오래된 뉴 잉글
런드 청교의식에 뿌리를 둔, 낭만적인 종교운동이다.
　에머슨은 「자긍 Self-Reliance」 (1841)에서 인간은
스스로의 내면의 소리에 귀를 기울일 것을 촉구하고
스스로를 믿으라고 한다.

　　마음 속에서 네게 진실된다고 생각되는 것은 모든 인간
　에게 진실되다‥‥너의 속에 있는 확신을 표현해라. 그
　러면 곧 그것이 보편적인 의미를 띄울 것이다. 왜냐하면
　때가 오면 가장 깊숙한 것이 표출되기 때문이다. 인간은
　마음 속을 반짝 스쳐 지나가는 빛줄기를 발견하고 간직
　할 수 있게 되어야 한다‥‥사회는 어디든지 그의 일원
　인 인간의 성장을 방해하고 있다.

　삶을 행복하고 고귀하게 꾸릴 수 있는 인간의 무
한한 능력에 대한 에머슨의 신념과 인간성에 대한 자
신을 볼 때 에머슨이 인간의 다른 중요한 부분을 고
의적으로 다루지 않고 있다는 것을 알게 된다. 에머
슨에게 있어서는 선이란 절대적이요, 악은 그저 결
성(缺性, privative)일뿐, 절대적인 존재가 아니다.
마치 열이 없는 것이 냉기인 것과 같은 이치다. 모
든 악은 곧 죽음과 같아서 실재하지 않는다. 그러므
로 에머슨의 체계는 일원적이다. 악이 단순한 무존재
요, 마이너스적인 존재이므로 선과 악 사이에는 엄
격한 의미에서의 대립과 갈등이 없기 때문이다.
　이러한 에머슨의 철학은 지나친 청교적 배경에
반발하면서 생겨 미국문학의 흐름에 하나의 안티테
제(antithesis)를 낳아 동시대의 많은 문인들에게 영향

을 끼쳤다. 인간을 신격화함에 있어서 휘트먼이 그
의 사상을 답습했고 호손, 멜빌, 헨리 제임즈
(Henry James, 1843—1916)는 부정적인 측면에서 인간
성에 대한 그들의 비극적 안목을 명료화시키는 결과
를 낳았다.

소로 (Henry David Thoreau 1817 - 62)는 에머슨과
같이 뉴 잉글랜드 청교도 사상 즉 인간은 원죄로 인
하여 스스로의 노력으로는 자기완성을 이룰 가능성
이 없고 제한이 많다는 관념을 가장 철저하게 저버
린 사람이다. 어떠한 장벽도 미국적인 요령과 선의
로 충분히 뚫고 나가 성취시킬 수 있다고 믿었다. 소
로는 인간에 대한 이러한 확신을 가지고 당대를 볼
때 당시의 사람들이 출세하는데 열중한 나머지 정신
과 영혼세계가 결핍되고 〈조용한 절망의 삶을 유지
하고 있다〉고 진단하고 인간의 능력을 되찾기 위해
자연과의 친밀한 관계를 확립할 필요가 있다고 생각
하였다.

그런 생각에서 실행된 바가 그의 『월든 *Walden,
or, the Life in the Woods*』(1854)에 상세히 수록되어
있다. 평생 결혼하지 않았고 정착할 마음도 전혀 없
었던 그는 물질에 얽매이는 대중들에게 모범을 보이
기 위해 그가 살던 콩코드(Concord)에서 1 마일 반가
량 떨어진 월든 못(Walden Pond)에 오두막을 짓고 자
연에 몰입하였다. 자연현상 하나 하나가 신성 (神性)을
반영하고 있으므로 자연과의 직접적 교류를 통해 인
간은 본래의 모습을 회복할수 있다는 생각에서이다.
『월든』에서 소로는 매일매일 어떻게 살았는지를 기

록하고 있다——무슨 음식을 만들어 먹었으며 누구
와 어떤 담화를 나누었는가 하는 이야기며, 연못에
관한 상세한 묘사, 야생동물에 대한 묘사같은 것도
들어있다. 이렇게 단순한 삶을 영위함으로 해서 고
답적인 사색을 하면 타락 이전의 아담처럼 될 수 있
지 않나 하는 소망이 미국적인 사상에 심어져 있다
하겠다.

소로의 또 하나의 관심사는 인간과 사회와의 관계
이다. 사회라는 것은 인간의 편의를 위해 구성된 것
인데, 오히려 인간성장에의 방해적인 존재로 작용한
다고 보고 있는 것이다. 『월든』에서 보면 「어떤 사
람이 어디를 가려고 하면 나머지 사람들이 추격해와
서 그들의 타락한 제도로 그를 쳐서 결국 그들이 속
해있는 못되먹은 사회에 귀속하도록 구속시키려 한
다」라고 서술되어 있다. 소로는 사회가 인간의 고귀
한 발전에 방해물이 될 때는 서슴치 말고 그 사회제
도를 붕괴시킬 것을 고취하고 있다.

멜빌과 같은 해에 나서 거의 같은 해에 세상을 떠
나 같은 시기동안 살았던 **휘트먼**(Walt Whitman, 1819
—92)은 작품세계에 있어서 멜빌과 대조적이고 둘
이 친교했다는 흔적도 없다. 휘트먼은 사상적으로 말
하면 에머슨에 가까운 사람으로 흔히 민주시인이라
불리운다. 에머슨과 같이 휘트먼은 자아를 찬양하고
인간을 신격화하고 인간사를 모두 긍정적으로 받아
들인다. 어두운 면을 도외시하지는 않으나 모든 것
이 현실적이고 원기 왕성하여 어두운 면은 씻겨져
버린다.

그의 시집 『풀잎 *Leaves of Grass*』(1855)에 실린 「내 자신의 노래 Song of Myself」를 보면

> I celebrate myself, and sing myself,
> And what I assume you shall assume,
> For every atom belonging to me as good belongs to
>   you.
> I loaf and invite my soul,
> I lean and loaf at my ease observing a spear of sum-
>   mer grass.

> 나를 찬양하고 나를 노래하노라,
> 내가 취하는 바는 그대도 취하리라,
> 내게 속한 모든 원자는 그대에게 속한다고 할 수 있
>   으니.
> 나는 빈둥거리며 내 영혼을 부른다.
> 나는 몸을 기대 편한 마음으로 천천히 한 줄기 여름풀
>   을 살펴본다.

와 같이 시작하여 시작(詩作)상의 기법, 소재가 혁명적임을 보여주고 있다. 더 내려 가면,

> The smallest sprout shows there is really no death,
> And if ever there was it led forward life, and does
>   not wait at the end to arrest it,
> And ceased the moment life appeared.
> All goes onward and outward, nothing collapses,
> And to die is different from what anyone supposed,

and luckier.

제일 작은 싹도 죽음이 없음을 보여준다,
있더라도 삶을 전진시킬 뿐 끝에 기다리다 정지시키지
　　않는다,
삶이 나타나는 순간 그것은 없어진다.
모든 것은 앞으로 밖으로 나아간다. 허물어지는 것은
　　없다.
죽는다는 것은 사람들의 생각과는 다르고 다행한 일일
　　수도 있다.
　　　　　　　　　　　　　　　　　　　(이영걸 역)

　여기에서 휘트먼은 죽음을 부정하고 있어도 삶을
도와주는 것이라고 긍정적, 적극적인 풀이를 하고있
다. 청교사상에서는 억눌리던 자아가 휘트먼에 와서
는 모든 것을 다스리는 존재로 변하여 죄의식은 사
라져 버린다. 또한 이 시에서는 서로 반대되는 요소
를 나란히 놓음으로서 화해와 융화를 도모하고 있음
을 본다. 죽음과 삶, 신체와 영혼, 남과 여, 아버지
와 아들, 동과 서 등 사이의 결합과 사랑을 노래한
다.
　주제면에서 인간이 고통이나 구속받는 모든 것으로
부터 벗어나 영혼의 즐거움을 노래할 뿐 아니라 기교
면에서도 운이나 리듬, 행(行)의 길이, 연(聯)의 구성
등이 자유롭다. 고로 그는 해방 시인이기도 하다. 혈
통상으로나 성격적으로 휘트먼은 자유·평등·인간
우애라는 민주주의 원칙 아래 몸을 맡긴 시인이고 자
신이 민중의 시인이며 농부의 아들임에 자부심을 느
낀 시인이다.

3) 사회비평가들——에밀리 디킨슨, 마크
트웨인, 헨리 제임즈

매서추세츠(Massachusetts) 주에 있는 조그만 마을 애머스트(Amherst)에서 태어나 일생동안 거의 그곳을 떠나지 않고 살았던 에밀리 디킨슨(Emily Dickinson 1830—86)은 뉴 잉글런드 지방의 특성을 그 시에 간직하고 있는 듯하다. 첫째 그는 칼빈주의의 원죄론이니 예정론, 지옥등의 관념은 거부했으나, 부친이 청교도 후손이어서인지 칼빈주의적 원칙에 영향을 받은 것으로 보인다. 그의 시를 보면 대부분이 고통의 신비, 죽음, 유한과 무한의 의미, 불멸 등이 주제로 다루어지고 있다. 「내가 죽음을 위해 멈출 수 없기에」라는 시를 보면

Because I could not stop for Death——
He kindly stopped for me——
The Carriage held but just Ourselves——
And Immortality.

죽음을 위해 내가 멈출 수 없기에
그가 나를 위해 친절히 멈추어 주었다.
마차에는 우리들과
불멸만이 있었다.   (이영걸 역)

같이 시인이 기독교적인 체념하에 내세(來世)에의 기대를 품고 인간의 죽음을 차분히 받아들이고 있는 자세를 읽는다. 마차는 학교 마당(시인의 어린 시절)

을 지나 곡물이 익어가는 들판(시인의 성숙기)을 지
나 "둔덕"(a swelling of ground)에 불과한 집(House)
앞에 선다는 내용이다. 이 세상에서의 삶은 영원으
로의 여행을 준비하기 위한 과정에 불과하다.

디킨슨의 뉴 잉글런드적 특징은 또한 그가 에머
슨과 휘트먼의 주장도 한편에 간직하여 자연과의 교
류 · 화합을 꾀하고 있다는 점이다. 작품은 자연에 배
경을 두고 인간과 자연과의 관계를 노래한다. 그러
나 에머슨의 초월적인 의식은 들어있지 않다. 디킨
슨은 다음의 짧은 시에서 "천성적인 악"(the natural
evil)의 상징인 뱀도 자연의 일부임을 얘기하고 있다.
풀섶에 이따금 나타나는 가느다란 친구("A narrow fel-
low in the grass")가 자연의 식구이면서도 공포의 대
상임을 묘사하는 것이다.

Several of nature's people
I know, and they know me;
I feel for them a transport
Of cordiality;

But never met this fellow,
Attended or alone,
Without a tighter breathing,
And zero at the bone.

자연의 식구를 여럿
내가 알지, 그들도 나를 알고.
나는 그들에게 무한한
우호심을 느낀다,

그러나 이 친구만은
혼자 있건 여럿이 있건
한번도 등골이 오싹하거나
숨이 막히지 않고 만난 적이 없다.

(필자 역)

또 하나의 지방적 특성은 시인의 작품주제가 고독
이라는 점이다. 디킨슨에 있어서 영혼의 고독은 수
동적인 것이 아니라 의도적인 것임이 자부심을 가지
고 표현되어 있다. 시「영혼(靈魂)은 제 친구를 골라
낸 후 The Soul Selects Her Own Society」에서

The soul selects her own society,
Then shuts the door.
To her divine majority
Present no more.

Unmoved she notes the chariots pausing
At her low gate;
Unmoved, an emperor be kneeling
Upon her mat.

I've known her from an ample nation
Choose one.
Then close the valves of her attention
Like stone.

영혼은 제 친구를 골라낸 후
문을 닫는다.
신성한 다수에
더 이상 들여 놓지 않는다,

자기의 낮은 문에 와서는 마차를
냉담히 바라보고
현관에 무릎 꿇은 황제를
냉담히 바라본다.

나는 그가 광대한 나라에서
단 한 사람을 고른 후
관심의 판을 돌처럼
닫아 버림을 보았다.　　　　　　　　　　(이영걸 역)

마치 디킨슨 자신의 폐쇄적인 태도를 당당히 설명하
는 듯하다. 사회적으로는 소수를 제외하고 전혀 교
류가 없었으나 정신·상상력의 세계에서는 누구보다
도 왕성한 활동을, 풍부한 삶을 살았음을 알 수 있
다. 칼빈주의에도 기울지 않고 지나친 자아 찬양에
도 몸을 맡기지 않은 디킨슨은 어느 의미에서는 미
국 정신문화의 비평가라고 할 수 있다.

　새뮤얼 클레멘스(Samuel Clemens 1835—1910)는 필
명(筆名) 마크 트웨인(Mark Twain)으로 더 잘 알
려져 있다. 어렸을 때 해상생활을 한 기억을 더듬
어 두 길 깊이면(two fathoms of water) 배가 지나가
도 좋다는 깊이의 용어를 써서 트웨인(twain)이라했
는데, 이는 그의 작품에 반영되는 이원성(doubleness)
을 뜻한다. 쿠퍼의 내티 범포가 그러했듯이 트웨
인의 허크 핀은 문명과 야만 사이의 선택에서 문명
을 등지기로 함으로써 문명이 위선·구속을 뜻하는
반면에 야만이 자유·자연을 상징함을 보여 준다.

즉, 소로를 거쳐 디킨슨에서 다시 표현된 미국적 체념(American renunciation)의 전통을 이어받은 것이다.

트웨인의 대표작인 『허클베리 핀의 모험 *The Adventures of Huckleberry Finn*』(1885)은 『톰 소여의 모험 *The Adventures of Tom Sawyer*』(1876)의 속편으로 『톰 소여』보다 더 나은 작품이다. 허크가 톰보다 훨씬 재미있고 복잡한 인물이요, 허크가 매력적인 지방어로 옳은 지적을 하고 있음이요, 허크의 경험이 더 깊고 의미가 있음이다. 이 작품은 미시시피 강을 무대로 하여 당시의 위선·폭력·잔인성등의 사회상을 어린 소년의 솔직한 눈을 통해 보이는 대로 묘사·비평함과 동시에 그 소년 허크 핀의 교육과 성장을 그리고 있다.

허크 핀은 그를 교육시켜 ("sivilize") 소위 문화 사회의 일원으로 만들려는 아주머니의 노력에 짜증을 부리다가 주정뱅이 아버지에 납치되어 그의 감시 하에 전과는 정반대 생활——기율없는 낚시·사냥의 생활——을 잠시는 좋아 하나 아버지의 술주정과 폭력에 못견뎌 도망친다. 섬에서 혼자 있게 된 허크 핀은 처음으로 말벗이 필요함을 느끼고 인간이 완전한 자유를 누리기는 불가능한 것을 발견한다. 마침 아주머니의 집에서 도망쳐 나온 흑인 노예 짐(Jim)을 반가이 만나 둘이는 같이 생활하게 되고 소년은 짐의 인간적인 배려를 목격하고 또 자기가 장난으로 한 일에 진정으로 그가 괴로워함을 보게 된다. 허크 핀은 짐이 사회에서 매매되는 노예이기 이전에 자기와 같은 인간임을 발견하고 그에게 주입된 흑인 노예에의 사회적 태도와 인간·친구로서의 짐에 대한 정에서 갈등을 느낀다. 특히 도망친 노예인 짐을 당국에 고발하

지 않고 있음에 대해 양심의 가책을 받으나 허크 권
은 생각끝에 마음 속에서 옳다고 생각되는 일을 하
기로 결정, 사회에서 요구하는 기존 가치관에 대항
하고 인간에 대한 진실된 이해의 눈을 가짐으로써 고
귀한 도의심을 배운다.

또 하나 주목할 만한 사실은 트웨인이 이 작품에
서 남서부(Southwest)의 지방어의 전통(Vernacular tra-
dition)을 수립한다는 것이다. 교육이 없는 누더기
소년의 사투리가 작품 전체에 걸쳐 소위 교육받은 언
어를 압도하고 있어 미국문학의 미래의 방향을 바꾸
어 놓았다고 해도 과언이 아니다. 트웨인 당시의 남
서부는 테네씨(Tennessee), 조지아 (Georgia), 미시시
피(Mississippi), 루이지애나(Louisiana), 아칸소(Arkan-
sas), 미주리(Missouri)주 등을 포함하는 지방의 통칭
으로 트웨인의 작품에 사실주의, 과장, 상세한 기술,
유우머, 구어(口語)를 심는 바탕이 되었다. 꾸밈이 없
는 지방어의 사용은 또한 평민 혹은 천민의 세계를
있는 그대로 묘사하여 낭만적 모험을 거부하고 삶의
낭만적 견해를 비판하면서 「사실(fact)」을 비평한다.

헨리 제임즈(Henry James, 1843—1916)는 호손의
영향을 받아 호손처럼 순진성의 상실과 세련된 자
기 중심주의라는 함정에 관심을 두었다. 그는 부유
한 집안에 태어났고 부친(Henry James, Sr.)의 확고
한 교육적 신념——즉 어느 한 학문의 편견에 젖지
않아야 한다는——덕분에 아주 어려서부터 교육적
환경의 변화를 위하여 자주 여행을 하게 되었다.
유럽으로의 빈번한 여행과 체류가 작가에게 구미

(歐美)의 대조적인 가치를 더욱 실감케했고 미국문화에 대한 비판적인 입장에 서게 했던 모양이다. 작가의 활동시기를 대개 3기로 나누는데, 제1기인 초기단계에서는 미(美)·구간(歐間)의 대조적인 성격을 연구, 순진한 미국인이 유럽의 이국적 매력——멋있는 성(城)이나 정중한 매너, 귀족적인 명예나 자존심——등에 매혹되나 이것 뒤에는 많은 죄스런 비밀, 치욕의 태도나 병이 숨어 있음을 발견한다는 내용을 다루고 있다. 호손의 순진한 인물들처럼 제임즈의 미국인들도 경험의 복잡성과 타락성을 알아야 한다는 것이다. 이 국제적인 주제를 다룬 작품들은 『미국인 The American』(1877), 『데이지 밀러 Daisy Miller』(1878), 『유럽인들 The Europeans』(1878) 그리고 『귀부인의 초상 The Portrait of a Lady』(1881) 등이다.

제2기는 중기(the Middle Phase)로 자연주의풍의 사회소설 『보스톤 사람들 The Bostonians』(1886), 『캐저매시마 공주 The Princess Casamassima』(1886) 등이 여기 속하고, 마지막 후기(the Major Phase)에는 『비둘기의 날개 The Wings of the Dove』(1902), 『사자들 The Ambassadors』(1904)과 『황금의 잔 The Golden Bowl』(1903)들이 있다.

『데이지 밀러』는 순진한 미국인 밀러(Miller) 가족이 미국적인 가치와 상반되는 구라파의 사회를 여행하면서 겪는 이야기이다. 밀러여사는 자녀들에 대한 통제권이 전혀 없으며 오히려 딸 데이지와 아들(Randolph)의 제멋대로의 행동에 말려들어 쩔쩔매는 미국 부모의 상을 대변하고 있다. 아버지는 물질의 축적에 바빠 동행하지 못하고 있으니 아이들의 교육은 부재상태인 것이다. 데이지는 유럽 사회의 **규율**이나 법칙을 인정하려 들지 않고 스스로의 법칙에 따라 행동, 유럽 사교계와 정면으로 충돌하여 고립된다. 자유를 구가하고 자기 개선을 위해 유럽 문화권에 찾아 온 데이지는 상징적이게도 로마의 열병에 걸려 죽고 만다.

『귀부인의 초상』은 뉴욕 주 올버니(Albany) 출신인 젊고 아름다운 미국여성 이자벨 아처(Isabel Archer)가 영국에 사는 이모(Mrs. Touchett)의 초청으로 런던(London)에 오게 되면서 시작된다. 이자벨은 이 경험을 통해 최대한으로 자유롭게 살려는 기본적인 삶의 목적을 심화시키고, 하지 말아야 할 것의 실체를 직접 보고 나서 선택하는 자유를 얻고자 한다. 런던에서 이자벨은 부유한 귀족 워버튼(Lord Warburton)경의 청혼을 받게 되고 미국서 뒤쫓아 온 청년 구드우드(Caspar Goodwood)에게도 청혼을 받으나 이를 거절한다. 또한 이자벨을 사랑하는 사촌 랠프(Ralph Touchett)는 그녀가 자유의 뜻을 유감없이 피도록 도와주기 위해 아버지를 졸라 이자벨에게 유산을 남겨 주도록 한다. 이때 이자벨은 머얼부인(Mme. Merle)을 알게 되고 그녀에게 매료되며 그녀를 통해 이탈리아에 사는 미국인 교포 길버트 오즈먼드(Gilbert Osmond)를 소개받는다. 머얼 부인은 오즈먼드와의 사이의 불륜의 딸인 15세의 팬지(Pansy)에게 경제적인 안정을 주기 위한 수단으로 이자벨과 오즈먼드를 결합시키려 한다. 머얼 부인의 말을 빌면 오즈먼드는 직**업도, 명성도, 지위도, 재산도, 과거도, 미래도, 아무 것도 없었다. 그러나 크게 될 인물이다.** 순진한

이자벨은 오즈먼드가 사람이 되었으며 지성적이고 재
주가 있다고 믿게되고 자신이 받은 유산의 힘으로 그
의 예술적 재질을 살리기 위해 그와 결혼하겠다고
결심한다. 3년 후 머얼 부인과 오즈먼드는 팬지와 그
녀의 구혼자 네드 로지어(Ned Rosier)의 사이를 떼어
놓고, 때마침 그 곳에 나타난 **워버튼** 경이 적합한
구혼자라고 생각이 일치, 이자벨에게 그 방향으로 도
와줄 것을 재촉한다. 이 때 이자벨은 혼자 난롯가에
앉아 지난 3년을 회고하는 실로 긴 내적인 독백을
하게 된다. 막연하게 남편과 머얼 부인 관계를 짐작
하는 그녀는 남편이 예술작품의 하나를 수집하듯이
그녀와 결혼했음을 깨닫고 이기주의자인 남편에 대한
증오를 느낀다. 팬지가 **워버튼** 보다는 네드에게 마
음이 있음을 알게 된 이자벨은 남편의 명령을 이행
하지 않는다. 팬지는 수녀원으로 보내지고 크게 실
망한 머얼 부인은 이자벨의 운명을 조작한 것이 바
로 자기였음을 밝힌다. 이자벨이 처음 만났을 때부
터 앓고 있던 랠프가 임종이 가까워져 그녀를 보고
싶어 한다는 전갈을 받은 이자벨은 시누이로부터 머
얼부인과 오즈먼드가 애인 관계였음을 듣게되자 남
편의 강력한 명령에도 불구하고 랠프를 보러 런던으
로 간다. 자신이 이용당했음을 랠프에게 인정하고 사
실을 털어놓긴 하나 이자벨은 결국 끈질긴 두 구혼
자를 다시 마다하고 오즈먼드에게 돌아간다. 인생에
대한 빈약한 지식에다 높은 이상을 지니고 순진하고
완고한 자신감으로 차있는 이자벨은 인생이 가져다
줄 것에 대해 고귀한 관념을 가지고 기대한 셈이다.
그녀는 판단력이 없이 사물을 보고 사람들과의 경험

이 없어 인생의 배신을 알아보지 못한데다 자존심은
높아서 이러한 비극을 겪게 된 것이다. 작가 헨리
제임즈는 신세계의 차유에 대한 개념과 미국에 새로
이 등장한 자유와 힘의 혼합적인 철학과 실용주의의
원칙 등을 통해 미국적 특성의 어떤 면을 다룬 것이
다.

성숙기에 쓰여진 『사자들』에서는 결혼 상대자인 뉴
섬 (Mrs. Newsom)부인으로부터 임무를 맡은 중년
신사 스트레더 (Lambert Strether)가 파리 (Paris)에서 오
랫동안 체류하고 있는 뉴섬 부인의 아들 채드(Chad
Newsom)를 미국으로 데려오려고 파리에 가면서 파
리사회의 악에 노출되어 충격을 받으나 그 경험으로
부터 소득이 있다는 것을 내용으로 한다. 스트레더
는 많은 노력 끝에 세련성에 있어서나 인생의 지식
에 있어 성장했던 것이다. 그는 그 자신의 배경인
편협한 청교주의가 지배적인 울리트(Woollett, Mas-
sachusetts)의 사고방식을 버리고 좀 더 넓고 풍부한
삶을 살아야 한다고 느낀다. 따라서 그는 채드의 생
활을 이해하게 되며 다른 사람에 대해서는 자비와
관용이 많은 태도를 대하게된다. 그는

Live all you can; it's a mistake not to. It doesn't so
much matter what you do in particular, so long as you
have your life. If you haven't had that what *have* you
had?... I see it now... and more than you'd believe or I
can express... the right time is now yours. ... Do what
you like so long as you don't make *my* mistake... Live!

맘껏 살아야 해! 그리하지 않는 것은 실수요. 삶을 만끽하는 한 구체적으로 무엇을 하고 있는 가는 문제가 되질 않지. 이것이 없다면 남는게 무엇이겠오? ···· 이제 알겠어 ···· 내가 표현할 수 있는 것보다, 자네가 믿으려는 것보다 더 ···· 지금이 자네에겐 바로 기회일세. 열심히 살아! 맘껏 살아요!

(필자 역)

이는 공인(公人)이 아닌 사적인 개인의 권리선언이다. 개인을 경험에 개방함으로써 성장할 기회를 주는 사적인 인간의 권리선언이다. 무엇이나 금지적인 미국적인 과거, 경험을 가급적 대면치 않으려는 미국적인 습관에 젖어온 스트레더는 엄격한 청교 사회의 배경에서 그 모든 것을 멸치고 풍부한 경험을 받아들이는 삶의 태도를 찬양하게 된다. 헨리 제임즈는 이처럼 미국의 문화적인 결여·속됨, 물질적임을 통감하고 미국적인 특성에 민감하게 비평한 작가이다. 헨리 제임즈가 「독특하게 미국적인」작가로 꼽히는 것은 이러한 이유에서다.

4. 現代 美國文學

A. 現代美國 小說

1) 개인과 사회

20세기에 접어들면서 미국은 산업화·기계화에 따르는 개인과 사회의 대립이 두드러지고 생존경쟁이 심화되면서 사회환경이 인간에게 냉담하고 인간을 파멸시키고자 하는 것으로 표현되고 있다. 인간본성의

추구는 이제 환경의 비대화에 따르는 개개인의 왜소
화로 시선을 돌려 인간이 아무리 노력을 해도 결국
은 외부세력의 희생이 되고만다는 자연주의(Natu-
ralism)를 탄생시켰다. 자연주의는 본래 자연과학적
결정론(scientific determinism)에서 출발하여 인간은 사
회적 환경과 생물학적 유전요인의 산물이며 자유의
지(free will)를 가지지 못하는 존재로 보고 있다. 인
간은 이제 꼭둑각시의 존재로 전락되고 따라서 도덕
적 행위자가 아니요, 또한 도덕적 책임을 지지 아니
한다. 19세기 말의   스티븐 크레인(Stephen Crane
1871—1900)은 『창녀 매기 Maggie: A Girl of the
Streets』(1893)에서 사악한 환경이 천성적으로 고운
소녀에게 미치는 부도덕적인 결과를 보이고 있다. 크
레인 자신의 말을 빌리면 이 작품에서 「환경이란 놈
이 굉장한 존재여서 종종 인간의 삶을 제멋대로 주무
른다는 것을 보이려고 시도한」 것이라 한다.   마크
트웨인에서만 해도 『허크 핀』과 비교할 때 후자에서
는 환경의 피해자가 아니라 사물을 새로이 보고,
또 인간의 운명을 결정하는 듯이 보이는 것을 정복
할 수 있다는 가능성을 확인한 것에 비해, 『창녀 매
기』는 대도시로 환경을 설정하고 외부의 힘을 노출
하는 내용을 담는다.

크레인은 목사의 아들로 청교적 감리교 전통하의
엄격한 양육에 반항, 20세가 되기 전부터 뉴욕의
동부를 맴돌면서 나쁜 사람들의 생활을 익히고 하
층계급・하등주점 등을 사귀었다. 『적색 무공 훈장
The Red Badge of Courage』(1895)에서는 전쟁을 소재
로 하되 전쟁자체보다는 전쟁이 주는 공포, 인간내

면에 숨어 있는 잔인성 노출의 수단으로 사용하고 있다.

미국의 자연주의 소설을 대성시킨 사람은 **드라이저**(Theodore Dreiser 1871—1945)다. 그의 전기적 사실은 그의 작품에 그대로 반영되어 있다. 인디애너 (Indiana)주에서 10 남매 중 9번째로 태어나 처절한 가난을 맛 본 것은 그에게 현실적인 성공에의 집념을 심어주었다. 아프기 잘하고 소심한 어린 시절에도 크게 되고자하는 그의 희망은 모친의 모성, 본능, 동정, 연민어린 사랑에 힘입어 굳어진다. 특히 그의 두 누이가 각기 꾐에 빠져 사생아를 낳기도 하여 사회적 불만과, 부와 권력에의 동경은 심각하였다. 드라이저의 작가적 의식은 발자크(Balzac)의 작품에 힘입어 그때부터 주위의 일을 의미깊은 눈으로 관찰하게 되었다. 그의 첫 작품 『시스터 캐리 *Sister Carrie*』(1900)는 시골 처녀 캐리 미버가 시카고 (Chicago)행 기차안에서 외판원 드루에(Drouet)를 만나고, 그녀 나름의 뚜렷한 도덕관이 없었으므로 쉽게 말려듦을 보이고 있다. 캐리는 드루에를 통해 큰 식당 지배인인 허스트우드(Hurstwood)를 만난다. 기혼자인 허스트우드는 캐리에 반해 일생을 망치게 된다. 그는 주인의 돈을 훔쳐 캐리와 함께 몬트리올(Montreal)로 도망, 돈이 떨어지자 뉴욕으로 돌아온다. 살방도를 찾아 연극에 나선 캐리는 유명인이되고 허스트우드는 버림을 받고 자살한다. 인간의 사랑, 취향, 충성심 등이 성공이냐 실패냐의 냉담하고 객관적인 법칙 앞에서는 무의미함을 나타내고 있다. 또 이야기를 움직여나가는 원칙이 개인의 성격이라기보

다는 대량생산되는 경제 세력의 상호작용에 의하고
있음을 보이고 있다. 악덕과 미덕은 자체가 단순한
우연일 뿐이요, 이 세상은 도덕적으로 무관심한 하
나의 거대한 기계에 불과하다는 것이다.

드라이저의 최대의 걸작인『미국의 비극 *An Ameri-
can Tragedy*』(1925)은 1960년에 실제 일어났던 사건
에 기초한 것이다.

클라이드(Clyde Griffiths)는 부모를 따라 가두 복음
전도 대열에 끼어 있기는 하나 부모들의 경건심에는
아무 공감도 하지 않고 오히려 거리에서 종교를 전
도해야 하는 자신의 처지에 참패와 당황을 느낀다.
그러던 가운데 큰 호텔의 사환으로 가서 사치와 낭
비의 생활을 배우게 되고 얼마 못 가서 어린이를 치
인 차 사고에 관련되어 그 곳을 도망, 시카고에서 다
시 호텔 종업원 노릇을 하게 된다. 이 때에 우연히
이 호텔에 투숙하게 된 삼촌이 자신의 셔츠공장에서
일해 보는 것이 어떠냐 하여 뉴욕 주로 간다. 얼마
후에 자신이 감독하는 분과가 주어지고 시간이 한가
로워지자 외로움과 허영에 클라이드는 담당분과에서
일하는 여공 로버터(Roerta Alden)과 가까워진다.
한편 상류사회에 속하는 삼촌 그리피스 가에 초대받
아 갔을때 클라이드는 손드라(Sondra Finchley)를 알
게 되고 그들의 사회에 접촉하면서 자신이 꿈꾸던 부
와 권력의 세계에 정착할 수 있다고 생각하게 된다.
마침 로버터가 클라이드에게 임신의 사실을 알려오
자 그에게는 손드라를 통한 모처럼의 성공의 기회가
하루 아침에 위협당한다고 느끼게 된다. 중절을 위
한 여러 가지 수소문이 별 효과를 얻지 못하자 때 마

침 신문에 난 애인 살해사건에 힌트를 얻어 로버터를 호숫가로 유인한다. 보트를 타는 중 클라이드는 심경의 변화를 일으켜 애초의 계획을 포기하는데 일은 뜻밖의 방향으로 급전, 보트가 뒤집혀 로버터는 익사하게 되고 클라이드는 헤엄쳐 살아나오게 된다. 그러나 여러 가지 불리한 증거로 곧 검거되어 전기의자에서 짧은 생애를 끝맺는다는 내용이다.

이 비극을 「미국적」이라고 함으로써 드라이저는 미국사회의 물질적 성공에의 강조가 항상 위험하며 비극적 사고의 원인임을 지적하고 있다. 물질의 중요성을 꿈꾸고 이를 위하여 한 인생의 모든 가치와 심지어는 생명까지도 내던짐에 비극성이 있는 것이다.

드라이저처럼 **피츠제럴드**(Francis Scott Fitzgerald, 1896—1941)도 미국적인 성공에의 꿈, 물질적 성공에의 집착과 그 비극적 결과를 그리고 있다. 1920년대를 「재즈 시대 Jazz Age」라고 한다면 그 시대 정신의 화신이 곧 피츠제럴드이다. 그의 대표작 『위대한 개츠비 The Great Gatsby』(1925)는 바로 재즈 시대가 전후(戰後)의 풍요함 속에 물질적 욕구에 밀려 의미있는 지속적인 가치관을 산출치 못했음을 날카롭게 분석하고 있다.

이야기는 1922년 뉴욕의 롱 아일랜드(Long Island)를 중심으로 시작된다. 이 작품의 화자인 닉 캐러웨이(Nick Carraway)와 주인공 제이 개츠비(Jay Gatsby)는 웨스트 에그(West Egg)에서 살고, 작은 만 건너 편의 이스트 에그(East Egg)에는 닉의 사촌이자 개츠비의 애인이었던 데이지(Daisy)가 남편 톰

뷰캐년(Tom Buchanan)과 살고 있다. 개츠비는 빼앗
긴 애인의 환심을 다시 사고자 대저택에서 주말마
다 굉장한 파티를 열고 닉을 통해 데이지가 오도
록 만든다. 남편의 부정에 괴로워하던 데이지는 개
츠비와 가까워지고 개츠비는 자신의 사랑에 확신을
가지고 톰이 있는 앞에서 데이지로 하여금 톰을 사
랑한 적이 없다고 말하도록 강요한다. 의외로 데이
지가 이 청을 거절하자 개츠비의 망상은 부서지고 마
음이 어지러워진 데이지는 개츠비의 차를 몰고 가다가
남편의 정부 머틀(Myrtle)을 치고 그냥 달아난다.

머틀의 남편 윌슨(Wilson)은 톰으로 부터 차를 몰던
자가 개츠비라는 힌트를 받고 그대로 달려가 개츠비
를 쏘고 자신은 자살한다. 한편 데이지와 톰은 함
께 여행을 떠나고 쓸쓸한 개츠비의 장례식에 참석한
닉은 데이지와 톰이 일을 벌여 놓고도 모른척 부(富)
와 무관심 속으로 은거하는 무책임한 사람들임을 보
고 개츠비의 꿈이 얼마나 헛된 것이고 잘못 시작된
것이었는지를 깨닫는다. 개츠비가 미천한 태생임에
도 굉장한 부를 축적한 미국의 꿈을 성취한 인물이
기는 하지만 아이러니칼하게도 그 많은 댓가를 치룬
꿈의 대상 데이지는 생각이 얕고 속이 없는 사람임
을 볼 때 개츠비의 꿈이 허무하고 비극적임을 느끼
게 되는 것이다. 물질의 축적에 몰두한 나머지 모든
가치 척도가 부(富)로 대치되어 사랑을 돈과 동일시
하고 과거를 현재와 동일시하는 즉 돈으로 과거를 현
재에 재현시킬 수 있다는 결정적인 착각을 하게 된
것이다.

무일푼에서 부(富)로의 성공의 신화를 직접적으로
작품에 다루어 공황기 미국인의 정신적 일면을 만화화
한 이가 곧 웨스트(Nathanael West 1903—40)이다.
짧은 생애를 사는 동안 그의 작품은 사실주의 보다
는 공상과 우화 쪽으로 기울고 있다. 이것은 그가 이
룰 수 없는 성공의 신화를 주제로 하고 있기 때문인
지도 모르겠다. 1934년에 나온 『에누리 없는 백만불
A Cool Million, or the Dismantling of Lemuel Pitkin』
은 누더기에서 거부로의 성공신화를 소설화한 호레
이쇼 앨저(Horatio Alger)에 대한 직접적인 풍자이다.
17세 된 튼튼하고 의욕적인 피트킨(Lemuel Pitkin)은
집이 저당잡히게 되었다는 얘기를 어머니로부터 듣고
미국 대통령을 지낸 바 있는 휘플(Mr. Whipple)씨를
찾아가 충고를 구한다. 「미국은 기회의 나라이다. 정
직하고 부지런한 사람을 도와주고 결코 낭패시키지
않는다. 이것은 신앙이다. 미국인들이 이를 믿지 않
으면 그날로 미국은 망할 것이다」. 이 말을 듣고 피
트킨은 힘을 얻어 뉴욕시로 가기로 작정한다. 그러
나 기차에 타기도 전에 빌린 돈을 사기 당하고 도
둑의 누명을 쓰고 하는 등 악운은 잇달아 이야기의
결말에서 우리는 이(치아)를 다 뽑히고 눈도 후벼내
어지고 다리도 잘린 채 사살당하는 비참한 피트킨 소
년을 대하게 된다. 이와 같이 웨스트는 19세기에 팽
배했던 '근면 · 절약 · 검소'를 통한 성공의 실현은 현
대에 접어들면서 자원의 고갈과 인구의 증가와 경쟁
의 심화로 더 이상 가능치 않다는 것을 말하고 있다.
　위대한 미국의 꿈은 그의 다음 중편 『최후의 날
The Day of the Locust』(1939)에서 좀 더 예술적으로

상징적으로 다루어져 있다. 환상 제작을 기업으로하는 헐리우드(Hollywood)를 배경으로 하여 명배우가 되고저 하는 페이(Faye Greener)를 중심으로 성공의 신화의 부정적인 측면, 즉 성공의 사례와 가능성에 대한 환상이 오히려 현실의 실패와 좌절만을 더 강조하고 있다는 면을 분석하고 있다. 페이가 그녀를 원하는 남자들의 기대를 키워놓고 정작 그 순간이 왔을 때 아무도 만족시키지 않고 달아나는 것처럼 성공에의 꿈은 이루어질 듯 하면서도 늘 좌절만 일으킨다. 캘리포니아(California)의 오렌지와 태양 빛을 즐기려고 일생동안을 절약하고 고생하며 기다려 왔던 사람들은 막상 약속된 땅 (Promised Land)에 와서 보니 그들의 기대와 희망이 지루함과 기다림과 낙망으로 교체됨을 느낀다. 등장인물들은 하나같이 불만이 쌓여있는 사람들이다. 표현할 길을 찾지 못한 이들을 대표하는 자가 호머(Homer Simpson)로 그의 거대한 손은 앞서 앤더슨의 '주체스러운 큰 손'처럼 호머의 좌절된 욕망——표현되지는 못하나 그렇다고 제거할 수도 없는 욕망——을 상징한다. 작품 제목이 암시하듯이 인간에게 희망과 기대를 심어주면서 속여만 왔던 성공에의 신화, 약속에의 실현이 그 성취를 보지 못하자 그 조용함은 드디어 폭력으로 분출, 아무 것도 아닌 장난꾸러기 소년이 호머를 겨냥한 작은 돌이 엉뚱하게도 밀집해 있는 분노한 군중들의 폭동을 도발시키게 된다. 축적된 좌절과 패배의 대표적 인물인 호머가 그 도화선이 됨은 당연하기도 하다.

싱클레어 루이스(Sinclair Lewis, 188?—1951)는 미네소타(Minnesota) 출신으로 처음으로 노벨 문학상을 수상한 미국 작가가 되었다. 루이스는 주로 미국 소도시의 우물 안 개구리 식의 오만과 무지, 비타협적인 지방주의(provincialism)와 편재하는 이익추구에서 오는 위선을 작품에서 다루고 있는데 이들의 야비함과 편협함을 통렬하고 적절한 풍자로 잘 노출시키고 있다.

『메인 스트리트 *Main Street*』(1920)는 저자가 자란 고향과 비슷한 환경에 대한 가시돋힌 비판인데도 베스트 셀러가 되었다. 민주주의의 공정한 보루였던 소도시의 이미지가 『메인 스트리트』 이후로는 도덕적·문화적 침체 상태임을 나타내게 되었다. 마을 사람들은 스스로가 진보정신이 뛰어나다고 자랑하는 한편 허풍스런 도덕심은 고정된 관념에 부합하지 않으면 잔인하게 벌하는 편협한 정신에 기초하고 있다. 1922년에 나온 『배비트 *Babbitt*』는 성공적인 부동산 매매업자 배비트를 통하여 그가 당연한 듯이 약간의 위선을 행함을 묘사하고 있다. 번성하는 중서부 도시 지니스(Zenith), 개성없는 똑같은 집들이 들어서 있다. 그러나 배비트에게는 그의 집은 진보의 세계를 상징한다. 부동산업자로 부지런히 일하여 출중하진 못하나 그만하면 훌륭한 자식들을 가진 배비트는 정치에서든 예술에서든 교회에서든 사회주의자, 외국인, 개척가를 싫어한다. 그는 능률성과 자유 무역주의를 지지하고, 금주령을 찬성하나 지켜지지 않으며 결혼의 신성을 믿으나 그의 비서를 탐한다. 46세의 배비트는 미국의 전형적인 부르조아 특성인 왕성한 에너지, 무비판적인 낙관주의와 순진한 위선을 나타낸다. 이 작품에서는 솔직한 카메라가 중서부 미국생활의 진부하고 불합리한 점을 낱낱이 잡아낸다. 지너스의 간선도로, 배비트의 거실, 식사때의 배비트등 모두가 거짓된 성실성의와 알맹이 없는 낙관주의를 과장해서 표방하고 있다. 이리하여 배비트라는 이름은 사회의 중요성을 깊이, 무비판적으로 믿어서 자신의 개성까지 망각하는 사람의 대명사가 되었다. 『애로우스미스 *Arrowsmith*』(1925)는 의사라는 직업과 관련, 영원한 가치를 추구하는 순수 학문과 현실성을 띤 학문의 대결, 이상과 현실의 갈등을 주제로 하고 있다. 젊은 의학도 마틴 애로우스미스(Martin Arrowsmith)는 연구에 전념, 고트리브 박사(Dr. Gottlieb)의 관심을 끈다. 그의 영향으로 애로우스미스는 주위에서 왕성한 이익추구를 위한 엉터리 의학을 경멸하여 졸업 후 중서부의 소도시에서 의사 노릇을 자원하나 부모들의 반대에 부딪치고 좌절, 마침내는 스승 고트리브 박사가 있는 연구기관으로 떠난다. 맥거크(McGurk) 연구소에서 애로우스미스는 독자적으로 자유로운 연구를 할 수 있게 되어 중요한 새로운 면역을 발명하기에 이른다. 그러나 미리 지상에 발표하기를 꺼린 고로 유럽의 연구자에게 선수를 빼앗기고 항독소를 실험하러 선(腺) 페스트가 만연한 서인도제도로 간다. 거기서 그는 헌신적인 아내와 친구를 잃게된다. 뉴욕으로 돌아온 애로우스미스는 친구와 함께 의학 연구만을 위하여 버몬트(Vermont) 숲으로 떠난다,

윌러 캐더(Willa Cather, 1873—1947)도 루이스와 같이 주위의 변화를 관찰하며 영구적인 가치를 정립하려 애쓴 작가이다. 캐더는 버지니어(Virginia) 태생이나 8세 되던 해에 서부로 향한 이민 대열에 끼어 네브라스카(Nebraska)에서 성장했다. 네브라스카는 남북전쟁 이후 미시시피 너머 서부에 세워진 최초의 이민지였다. 어렸을 때부터 캐더는 어디엘 가도 유럽을 느낄 수 있었다. 유럽인이 하도 많아서 일요일에는 불어로, 놀웨이어로, 덴마크어로 설교를 들을 정도였다. 이렇게 여러 문화적 배경이 축적되어 있는 곳에서 자라면서 캐더는 서부의 개척사회가 그 나름의 문화의 특질을 가진 것으로 보았다.

캐더가 성장하는 동안 네브라스카도 계속 커 가고 있었고 서부도 계속 움직여 나가고 있었다. 격렬한 붕괴와 변천 속에 살면서도 캐더는 대초원의 문화에 애착을 느끼고 개척정신과 고난의 전통을 하나의 항존하는 질서의 이미지로 새긴다. 따라서 잃어버린 시대의 가치관이 으뜸간다고 믿어서 현대의 방식에 반대하는 입장에서의 전통주의를 수호하게 된다. 이러한 갈등은 작품의 주제로 나타나 개척인의 이미지를, 상실된 것을 보호하려 싸우는 정신 가운데서 찾는다. 그녀의 여주인공들은 땅의 개척자일 뿐 아니라 모두 정신의 개척자이다.

캐더의 작품에서 교회는 전통과 의식의 전당으로, 하나의 예술품으로 그리고 대가족의 의미로 나타난다. 『대주교의 죽음 *Death Comes for the Archbishop*』(1927)에서도 영원의 가치와 변천의 문제의 갈등을 제시하고 외면상으로 유동적인 세계에도 언제나 하나의 부동적인 지점이 있음을 명백히 하고 있다.

1차 세계 대전 생존자들은 전쟁의 승리로도 혹은
명분있는 패배로도 어떤 만족감이나 명예로움을 느
낄수 없었다. 헤밍웨이(Ernest Hemingway, 1898—1961)
는 바로 이 「방황하는 세대 Lost Generation」를 대변
하는 작가이다.

헤밍웨이는 의사인 아버지를 따라 사냥을 많이 다
녔고 1918년 불란서에 앰뷸런스 운전병으로 자원, 심
하게 부상하고 훈장을 받은 바 있다. 미국에 돌아와
「토론토 스타 Toronto Star」지 기자가 되어 유럽에 파
견 활동하고 당시 피츠제럴드도 한몫 낀 파리 주재
미국인들 그룹에서는 출중한 존재였다. 스페인 내란
전쟁을 비롯하여 여러 전쟁에 종군했으며 1953년
에는 아프리카(Africa)를 재방문, 54년에는 노벨상
을 수상하고 1961년에 권총 자살을 했다.

헤밍웨이의 생애는 분주한 활약과 조용한 사색의 극
단으로 이르는데 이는 남성적이고 간결, 명쾌한 문체
로 표현되었다. 전쟁, 원정 여행, 심해 낚시, 사냥,
권투, 투우 등이 작품의 소재가 되어 자서전적 요소
가 강하다. 대표작 『해는 또 다시 떠오른다 The Sun
Also Rises』(1926)는 제1차 대전의 후유증을 분석한
것으로 브레트(Brett), 마이크(Mike), 코온(Cohn)같
은 인물들을 통해 목표나 목적은 커녕 그 비슷한 환
상도 가지지 못하는 상태로 전락되어 죽음을 기다리
고 죽음만이 의미있는 것이라고 생각하는 불행을 나
타내고 있다. 헤밍웨이의 다른 주인공들처럼 이 작
품의 주인공 제이크 바안즈(Jake Barnes)는 역경을

당해도 굴하지 않고 삶의 규약을 배우는 과정에 있다. 생을 살고 또 어느 경우엔 용기와 위엄을 가지고 죽음을 맞는 법을 배운다. 시대의 불모를 상징하는 그의 거세(去勢)는 이 과정에서 방해가 되나 그는 자신의 깨달음을 통해 위엄있게 인생의 좌절을 감내할 수 있게 된다.

『무기여 잘 있거라 A Farewell to Arms』(1929)에서 프레데릭 헨리 (Frederic Henry)는 자원하여 이탈리아 후송부대에 들어갔다가 다리에 상처를 입게된다. 인간의 사랑이나 신의 사랑에서 필연적 존재이유를 발견하지 못하여 어떤 기약도 하지 않으려 했던 그가 영국인 간호원 캐서린(Catherine Barkley)을 만나 사랑에 빠짐으로 인생의 충만함을 맛보나 다시 헤어져야 할 때 공허감을 경험하고 있다. 그는 캐서린으로부터 한 개인 영혼의 잠재력을 배우게 되기도 한다. 카포레토(Caporetto)의 파멸적인 퇴각에서 이탈리아군은 분산되고 헨리는 탈영, 캐서린과 함께 스위스로 도주하고 캐서린은 해산 끝에 죽는다. 이 작품에서 상징을 자세히 살펴보면 작품의 의미를 깨닫는데 도움이 된다. 예를 들어 이야기의 시작과 종말에 내리는 비는 생명과 죽음을 동시에 상징한다. 모든 것이 죽음으로 끝난다는 진실을 받아들이면 인생은 살 만한 의미가 있고 순간 순간 미도 느낄 수 있는 것이라고 작가는 결론 짓고 있다.

잘 알려진 『노인과 바다 The Old Man and the Sea』(1952)는 산티아고(Santiago)노인의 고집스런 용기와 강건한 힘, 그리고 그의 기막힌 기술이 비극적인 종말까지 독자를 사로잡는다. 이 작품에 종교적인 해

석을 붙이는 사람들은 노인의 상처난 손바닥과 노인
이 언덕으로 지고 올라가는 십자가같은 돛대들로 보
아 기독교적으로 풀이도 하고 혹자들은 자연과 인간
의 관계를 사냥꾼과 그 대상의 관계로 보아 노인이
잡은 고기를 조심스레 다루듯이 자연과 인간이 서로
서로를 경의와 책임을 가지고 대함을 묘사하고 있다
고 풀이도 한다. 노인을 돕는 소년은 이 과정에서 사
랑과 죽음과 용기와 인내를 배운다.

　피츠제럴드의 인물들이 동경하던 가치체계가 환상
에 불과했다면　스타인벡 (John Steinbeck, 1902—68)
는 실상의 세계가 아무리 음울하고 잔인하게 보일지
라도 신념있는 비전 (vision)을 서슴치않고 제시하고
있다. 그러므로 「방황하는 세대」하고는 확실히 다른
작가이다. 헤밍웨이와 구별되는 점은　스타인벡의
가치구조에서 결속의 가치가 단 하나인데 이 결속의
가치는 집단생활의 사회·정치적 문제와 직결되어 있
으며 나아가서는 프로파갠다의 요소로 화하고 있다
는 사실과 스타인벡은 이 가치가 가난한 자들이 품
고 있으되 표현되지 않는 갈망과 마찬가지로 중요하
다고 보는 점이다.

　스타인벡은　그가 태어난 설리너스 계곡(Salinas
Valley)을 중심으로 자연적인 미와 유연성을 가지고
캘리포니아(California) 세계를 다루고 있으며 인간사
의 생물학적인 현상에 긴밀한 애정어린 흥미를 가지고
인간생활의 동물성에 동정적인 견해를 나타내었다.
배경 (setting)이나 주제가 단일한 중편 『생쥐와 인간
Of Mice and Men』(1937)에서 평화스럽게 살고자 하

는 인간의 욕망이 훌륭한 가치가 있으나 인간의 동
물적 본능때문에 좌절됨을 그리고 있다. 떠돌이 농
장 일꾼 조지 밀튼(George Milton)과 체구는 크나 저
능한 그의 친구 레니 스몰(Lennie Small)은 둘 만의
조그만 농장을 살 돈을 벌어 독립하는 것이 오랜동
안의 꿈이다. 조지에게는 그 땅이 독립과 여유있는
생활을 의미했고 레니에게는 동물을 키워 마음대로
보드라운 털을 만질 수 있다는 것을 뜻한다. 그러나
바람둥이 여자때문에 레니의 보드라운 털에 대한 광
적인 욕망은 잘못 인도되어 레니가 그녀를 목조르는
결과가 되고 조지는 보복적인 린치를 면하게 하려
고 레니를 쏜다.

퓰리처 상을 받은 바 있는 『분노의 포도 The Grapes
of Wrath』(1939)는 스타인벡 자신의 체험에 토대
를 둔 소설로 사회적 의미를 내포하고 있다는 점에
서 성공적이다. 왜냐하면 이 작품의 발표 이후로 켈
리포니아에 이주한 노동자들의 지위에 대한 법령이
생기고 개혁이 있었기 때문이다. 1930년대 후반에
오클라호마(Oklahoma)의 농장에 끼친 사풍(砂風)의
파멸적 영향과 캘리포니아에 이주한 노동자들의 빈
곤등 경제적인 문제를 역사적으로 현실적으로 다루
고 있는 외에도 일반적으로 인간의 관심사라 할 공
동체의식, 가난한 자의 결속, 그리고 지독한 고초 중
에도 개인의 주도권에 가치를 둠은 작품의 항구적인
요소라 하겠다.

비인간적이고 기계적인 세상에서 사회환경에 속박
되고 고통을 받는 입장에 처한 인간을 묘사한 벨

로우(Saul Bellow, 1915—)는 메일러(Norman Mailer, 1923—)나 바아스(John Barth, 193?—), 핀천(Thomas Pynchon, 1937—)등과 더불어 2차 세계 대전 이후의 주요작가로 꼽힌다. 조금씩 방법과 해결방안은 달리 할지라도 이들은 한결같이 진정한 자아도, 창조적인 삶도 찾을 수 없는 현대의 폐허 한 가운데 서서 전통적인 종교에 의존함이 없이 정신적으로 생존해 나가고 사회적 · 정치적 건강을 신화적으로 찾아내려는 시도를 하고 있다. 이중에서 **벨로우**는 전통적인 도덕의 견지에서 인간의 존엄과 위대한 가능성을 시사하고 있다. 『엉거주춤한 사나이 *The Dangling Man*』(1944)에서 시작하여 합리적 원칙을 추구하는『비의왕 헨더슨 *Henderson the Rain King*』(1959)등 부정적인 환경에 찌들려 피해자적인 위치에 있던 주인공은 『오기 마아치의 모험 *The Adventures of Augie March*』(1953)과 『기회를 잡아라 *Seixe the Day*』(1956), 『허조그 *Herzog*』(1964)등에서는 어려운 환경에서도 원기왕성한 진리와 이해를 추구하는, 삶과 개성을 열정적으로 추구하는 긍정적인 견해를 보인다. 벨로우는 몬트리올(Montreal)서 태어나 9세 때 시카고에 이주한 러시아계 유대인으로 그 어머니로 부터 철저한 유대식 가정교육을 받아서 그의 작품세계는 유대적 경험과 미국적 경험의 요소가 결부되어 있다고 보겠다. 벨로우의 유대인 주인공은 도시의 소외자로, 도시 안에 살면서도 존재가 없고 바로 그 중심세계로부터 소외의식을 느끼고 있다. 그러나 동시에 그는 도덕적 · 윤리적 유산의 전승자이기도 하여 서구 문명의 체제와 가치관을 부활시키는 가능성에 부심하고 있다.

2) 영혼의 고뇌

20세기 초반의 일부 작가들이 표면적으로 개인과 사회의 관계, 즉 개인의 의지와 사회의 힘, 영향 관계를 다루고 사회의 부조리를 개혁, 풍자 내지는 비판하는 요소가 강한 데 비하여, 다른 일부 작가들은 그보다는 인간 내면의 문제에 더 관심을 가지고 표현하고자 한 것 같다. 이 부류는 대체로 호손, 멜빌서 시작한 유대·기독교적 전통에서 유래되는 것이어서 셔우드 앤더슨(Sherwood Anderson, 1876—1941)이 특히 이 그룹에 들어 맞지는 않으나 인간과 그 내면의 문제를 심리적으로 파헤치고 외부세계는 인간의 정신과 마음 속에 오가는 것을 비쳐 보이는 거울 역할을 하도록 한 점에서 첫 번째로 소개하기로 한다.

앤더슨의 작품은 전체적으로 미국이 농본국에서 산업국으로 변형해 가는 바로 그러한 독특한 시기에 일반인들의 인상을 기록하고 분석한 정신적 자서전이나 마찬가지라고 본다. 대표작인 단편집 『오하이오 주 와인즈버그 Winesburg, Ohio』(1919)를 보면 외로운 사람들, 고립된 사람들, 신경과민인 사람들, 무엇을 원하는지도 모르고 방황하는 자들이 주종을 이루고 있다. 외형적으로는 보통이나, 생활의 표피를 뚫고 보면 이들은 어떤 정열의 응어리, 터져 나오려고 몸부림치는 삶의 충동을 안고 있음을 알게 된다. 그들은 남에게 감정이나 생각을 표현할 능력이 없어 표현하려 노력하고 실패하고 하는 동안 지쳐서 일상의 탈

을 쓰거나 기괴한 인물로 되어 버린다. 작중 인물의
하나인 윌러드(Elizabeth Willard)의 묘사를 보면

　생각은 떠올랐다. 그리고 나는 내 생각들로부터 도망
치고 싶었다. 나는 말을 채찍질하기 시작했다‥영원히
달리고만 싶었다. 나는 마을을 벗어나고 입고 있는 옷들
도 벗어던지고, 결혼생활도 내팽개치고, 내 신체도 벗어
나서, 무엇이든지 다 벗어나서‥ 모든 것으로 부터 달아
나고 싶었다.

(필자 역)

　앤더슨에 있어 인물의 고립은 현대 물질주의의 산
물일 뿐 아니라 인간자신의 비젼의 협소함과 무능력
혹은 인간생활과 경험의 복잡성을 알려하지 않는 태
도에서 비롯된다. 그리하여 앤더슨의 인물들은 망각
된 과거에 숨겨진 경험과 잠재의식적인 현실에 반응
을 하고 스스로의 내부에서 현실을 찾으려하나 실패
하고 꼭같은 좌절감으로 도시의 생활과 기계시대의
복잡성을 대면한다.
　앤더슨의 내면의 심리적 탐구는 포크너(William
Faulkner, 1897—1962)에 와서 더욱 큰 빛을 보게 된다.
　포크너는 그의 나이 53세 때 이미 19권의 책을 내
고 있었다. 작품의 효과나 철학적 깊이나 문체의 독
창성에 있어서나 작중인물의 다양성, 유우머, 비극적
격렬도에 있어 이 시대나 국내에서나 필적할 자가 없
다. 　포크너는 미시시피에서 출생하여 그가 잘 아는
세계인 미국의 남부에 대하여 쓰고 있는데, 결과적으
로는 두개의 남부가 되었다. 즉 그가 알고 있는 대
로의 남부와 그가 창조해 낸 남부가 바로 그것이다.

포크너 의 작품·은 제퍼슨(Jefferson) 군청 소재지가
있는 요크나파토파군(郡)(Yoknapatawpha County)을 배
경으로 한다. 미시시피 북방의 산들과 비옥한 평지 사
이에 위치한 2,400 평방 마일에 상당하는 곳이다. 어
떤 소설에 묘사된 어떤 곳도 포크너의 이 군만큼 존
재가 생생하고 금방 인식되는 곳이 없을 것이다. 인
구는 15,611 명이요, 모두가 작품내에서 실제 인물처
럼 살아있고, 서로 복잡한 상관관계를 이루고 있음을
본다. 포크너가 설립한 요크나파토파군은 어느 지
방이나 지역사회의 단순한 묘사가 아니라 하나의 유
기적인 사회이자 모든 인간의 소우주인 것이다.

이야기는 인디언이 이 곳을 차지하고 노예를 부렸
을 때로 거슬러 올라가 콤슨(Compson) 일대, 사토
리스(Sartoris)가, 귀족 계층, 혹은 어디선가 굴러 들
어온 무명의 섯펜(Sutpen) 등 각각이 어떻게 땅을
차지하고 사회를 창설하고, 방어하느라 전쟁을 치르
고 마침내는 패배하는 가를 서술하고 있다. 그리고
이들의 변화된 세상에서 스노프스(Snopes)가의 흥(興)
함을 지켜보게 된다. 이것은 포크너가 직접 느끼
고 알던 세계이다.

요크나파토파군의 이야기는 또한 하나의 전설로도
풀이된다. 토지 또는 역사의 어느 순간에 인간의 악
이 배태되고 그것이 오랫 동안 되풀이 되어 왔다는 사
실에서 운명이 자리를 잡게되는 것이다. 그러므로 현
재를 알기 위해서는 과거를 알아야 한다. 포크너의
인물들이 지속적이고 안정된 이법(理法)을 세우려고
온갖 노력과 힘을 다하지만 소위 그들의 「의도」(『압
살롬, 압살롬 *Absalom, Absalom!*』(1936)의 섯펜의

말처럼)는 애초에 저주를 받았음을 알게 된다. 즉
가재(家財) 노예제도(chattel slavery)에 의해서 다. 노
예제도는 자연적으로 생겨난 역사적인 사실이었으나
하나의 죄악임에는 틀림없다. 남북전쟁 이후, 종전의
계획에 따라 종전의 가치관대로 재건하려던 의도는
이 때문에 파멸을 면치 못한다. 포크너의 과거의식
(the sense of the past), 역사의식은 이점에서 호손
의 의식세계를 반영하고 있음이 흥미롭다. 즉 과거
를 이해하고 용납하고 대면할 때에야 비로소 현재와
미래도 존재하며 삶의 의미도 찾을 수 있다는 것이
다.

『압살롬, 압살롬! *Absalom, Absalom!*』(1936)에는
노예제도의 문제와 과거를 부정 하려는 의도적인 악
의 문제가 노출되어 있다. 가난하게 태어나 부와 지
위와 자랑스런 혈통을 이룩하려는 야심을 가진 섯펜
(Thomas Sutpen)은 서인도제도에서 재산을 이루고 결
혼을 했으나 아내가 흑인 피가 섞여 있음을 알고는
백인 우월론에 기초한 자기의 「대계획 Design」에 어긋
난다 하여 부인과 아들 찰즈 본(Charles Bon)을 버
린다. 1833년 섯펜은 제퍼슨 서북방 요크나파토파
의 100 평방마일의 토지를 사들이고 가문좋은 엘렌
(Ellen Coldfield)과 결혼, 아들 헨리(Henry)와 딸 주디
스(Judith)를 얻는다. 대학에서 헨리는 찰즈 본과 친
해지고 찰즈는 주디스에게 구애한다. 섯펜은 물
론 이 결합을 금지한다. 남북전쟁이 터지고 헨리는 동
행한 찰즈를 더욱 좋아하게 되나 그의 태생의 비밀
을 알고는 누이동생과의 결혼으로 빚게 될 근친상간
을 막기 위해 친구를 죽인다. 전쟁서 돌아온 섯펜은

새로운 후손을 얻기로 결심, 행낭채에 있는 워시 조운즈(Wash Jones)의 딸 밀리(Milly)를 가까이하여 딸을 얻으나, 세 사람 다 워시 조운즈에 의해 살해된다. 주디스는 아버지와 흑인노예 사이에 난 딸 클라이티(Clytie)와 함께 찰즈 본의 아들을 양육하고 스스로 흑인이라 생각하는 이 아들은 흑인 여자와 결혼, 백치 짐 본드(Jim Bond)를 낳는다. 주디스는 황열병으로 1884년에 사망하고 1909년 섯펜의 처제 로자(Rosa)는 헨리가 그 저택에 숨어 살고 있는 것을 발견하고 데리러 가나 아직도 헨리가 살인범으로 몰리는 줄 착각한 클라이티가 방화하여 짐 본드만 남고 집과 식구들은 불길에 휩싸인다. 자신의 「계획」을 온전히 수행하기 위하여 과거의 무효화를 선언했던 섯펜은 바로 그 결점——목표를 위해 인간성을 상실한——으로 해서 「계획」이 파멸되었을 뿐 아니라 그의 순수 백인 혈통주의는 완전 흑인이자 백치 한 명이 생존하는 것으로 아이로니칼한 결과를 가져왔다는 것이다.

큰 논란을 일으켰던 『아우성과 격노 The Sound and the Fury』(1929)는 콤슨(Compson) 가문의 30년 역사를 의식의 흐름 수법으로 4일로 나누어 얘기한다. 제 1 부는 1928년 4월 7일, 33세의 백치 벤지(Benjy Compson)의 의식을 통해 벤지가 본능적 직감으로 인식한 콤슨가의 몰락과정을 본다. 콤슨 부인(Mrs. Compson)을 대신하여 엄마와 같은 사랑을 베풀던 누이 캐디가 자라면서 이성에 눈을 뜨고 벤지는 그 변화를 본능적으로 싫어했으며 콤슨가가 소유했던 목장을 장남 퀜틴(Quentin)의 하버드(Harvard)대 진학

을 위해 팔아버렸다는 것을 알게 된다. 제 2 부는 1910
년 6 월 20 일로 거슬러 가서 퀜틴의 복잡하고 초신
경과민적인 지성을 통해 캐디의 불미한 애정관계가
퀜틴의 가문에 대한 자존심과 명예의식을 크게 다쳤
고 캐디를 본능적으로 좋아하여 보호하려는 관계였음
을 알 수 있다. 퀜틴이 자살하는 장(章)이므로 시간에
대한 촉박한 강박관념이 두드러지게 나타나 있다.
제 3 부는 극히 현실적이고 물질적인 차남 제이슨
(Jason)의 서술로 날짜는 1928 년 4 월 6 일이다. 제
이슨은 캐디가 사생아인 딸 퀜틴(Quentin)에게 부쳐
온 돈을 사취하고 캐디에의 원망으로 조카 퀜틴을 괴
롭힌다. 제이슨은 질녀를 가두나 결국 퀜틴은 제이
슨의 잔고를 가지고 도망, 제 몫을 찾는 셈이된다.
제 4 부는 그 집의 흑인 하녀 딜지(Dilsey)가 1928 년
4 월 8 일 부활절 예배를 보는 것으로 끝난다.

작가 자신이 생각하기에 어느 것이 가장 잘된 작품
이냐는 질문에 포크너는 「가장 비극적으로 그리고
가장 화려하게 실패한」작품으로 『아우성과 격노』를 들
었다. 「내가 가장 오랫동안 가장 힘들여 작업한 것
이요. 내게는 가장 정열적이고 감동적인 착상이었는
데 가장 훌륭한 실패작이 되었다」고 그는 말한 바있
다. 남부의 산업화에 따르는 전통적 가치관의 붕괴
와 새로운 절대적 가치관 정립의 난관이 몰고오는 가
치체제의 부재 상태에서 옛 전통을 고수하려는 퀜틴
과 콤슨 부인, 산업주의에 편승하여 물질주의에 편
향하는 제이슨, 사랑의 인도가 결핍된 환경에서 잘
못된 길로 빠질 수밖에 없는 캐디 등 남부인들을통
해 우리는 포크너의 현대인 상(像)을 엿볼 수 있다.

워런(Robert Penn Warren, 1905 - 89)의 소설세계도 포크너의 작품세계와 유사하다. 켄터키(Kentucky)주 거스리(Guthrie)에서 태어난 워런은 학교도 내쉬빌 (Nashville, Tennessee)의 밴더빌트(Vanderbilt Univ.)대를 다니면서 남부 농본주의운동(Southern Agrarianism) 에 합류하여 남부인으로서의 긍지와 우월감을 표현했고, 은둔파(Fugitives) 시인 가운데에 가장 어린 나이로 시작(詩作)을 하여 문인의 세계에 발을 디뎠다. 출판되지 않은 두 권의 소설을 제외하고 1937년의 『밤의 습격자 Night Rider』를 선두로 하여 1977년 『귀향 A Place to Come to』까지 모두 10권의 소설을 발표하였다. 주된 관심사는 인간의 본성——그 중에도 인간의 악성(evil nature)——이다. 에머슨 등 낭만주의자들과는 달리 그는 인간을 완전해 질 수 없다고 (nonperfectible being) 믿었다. 포크너가 호손과 멜빌의 전통에 따라 작품을 쓴 것처럼 워런 또한 같은 부류에 속한다. 이는 호손과 멜빌이 뉴 잉글런드의 청교주의(Puritanism)에 영향을 받은 것같이 20세기 남부의 전통파 기독교(Fundamentalism)가 포크너와 워런같은 작가들에게 영향을 주었기 때문이다.

워런의 주제는 대략 세가지로 요약할 수 있다. 첫째로 인간은 원죄를 타고나서 본래 타락한 존재이며, 따라서 인간의 의도는 여하간에 선을 행하기 어렵다는 것이다. 워런의 대표작 『넉넉한 세계와 시간 World Enough and Time』(1950)에서 주인공 보몬트 (Jeremiah Beaumont)는 중세기적인 낭만정신에 젖어 미지의 배신당한 여인 레이첼(Rachel Jordan)을 경애하고, 정의를 실현하려는 순수한 의도로 그녀에게 대면을 요청한다. 레이철은 보몬트와 가까워지게 되고 그녀를 사랑한다고 믿은 보몬트는 그녀의 배신자인 동시에 자신의 은인이기도 한 포트 (Fort)를 죽이는 사명을 달라고 그녀에게 요구하여 마침내 그 임무를 수행하고 만다. 그는 포트의 살해는 법이 조처하지 않는 죄인을 스스로 처리한 것이므로 내면적 순수성 (inward innocence)을 지키기 위함이었다고 정당화한다. 체포되어 사형이 확정된 보몬트는 외부의 도움을 받아 인근 미개척지로 도망하여 그 지역의 두목 앞에 선다. 머리까지 짧게 끊어 미(美)랄 것이 없는 레이철이 두목의 첩으로도 실격임을 알자 보몬트는 「만사가 허무란 말인가 (Was all for nought?)」라며 개탄한다. 정의의 화신이었던 레이철이 전락하여 아무 보잘 것 없는 여자로 변해 버렸던 것이다. 이리하여 보몬트는 미개척지의 도덕 부재한 무궤도에 주저없이 끼어 타락 속에 살다가, 처음 레이철을 알려고 접근했을 때 부터 그의 내부에는 이미 「용서못할 죄」를 키우고 있었음을 깨닫게 된다. 배신자에게 복수하려 한 것도 레이철을 위해서가 아니라 「자신의 내부의 흉악한 필요성 (a black need within me)」이었으며 모두 자아의 죄악이요, 용서받을 수 없는 죄임을 깨닫게 된다.

워런이 선배작가들과 공통적으로 갖는 또 하나의 주제는 과거의식이다. 19세기 뉴 잉글런드인들이 엄격한 청교도 조상들의 마녀심판 내지는 처형으로 인해 그 죄의 무게를 지고 살았듯이, 20세기 남부인들은 남부 우위의 흑인 노예제도에 대한 죄의식을 가지고 있다. 남북전쟁에서 남부의 파멸을 가져온 원죄가 바로 노예제도였다고 보고있는 것이다.

마지막으로 세번째 공통된 주제는 공동체 의식이 다. 역시 기독교 의식에서 유래하여 인간은 단독이 아 닌 서로의 인간관계, 사회구성인으로서의 역할을 다 해야 한다는 생각이다. 풀리처 수상작인 『모두 왕의 부하들 *All the King's Men*』(1946)에서는 주인공 잭 버든(Jack Burden)이 사학도로서 캐스(Cass Mastern) 라는 조상의 편지묶음을 놓고 논문준비를 하였다. 가 난하게 태어나 형의 집에서 자란 캐스는 큰 인물이 될 소지가 있었다. 그러나 은인의 부인과 정을 통하 게 되고 그 사실을 알게 된 은인이 위장된 자살을 하 고, 남편이 빼놓고 죽은 결혼반지를 하녀의 손을 통해 돌려 받은 부인은 남편이 자기의 혼외정사를 알고 자 살 했다는 사실을 알고 히스테리칼하게 되어 비밀을 아는 하녀를 팔아 넘긴다. 캐스는 속죄의 길을 찾느 라 부인의 항의에도 불구하고 하녀를 추적하여 다시 사서 해방을 시켜 주고 다른 노예들도 해방시킨다. 결국에는 전쟁터에 나가 스스로 죽음의 길을 택한다 는 기록이다. 잭은 이를 도무지 이해할 수가 없다.

그는 논문을 젖혀놓고 루이지애너(Louisiana) 주지사 윌리(Willie Stark)에 고용되어 「정직한 판사」로 평판이 있는 정적(政敵) 어윈(Irwin)판사의 뒤를 캐게 된다. 그는 과거 어윈이 빚에 몰렸을 때 기업의 뇌물을 받 은 적이 있음을 밝혀내고 이같은 사실을 당시의 주지 사이자 친구 애덤(Adam)의 부친인 스탠튼(Stanton) 이 묵과했다는 사실을 또한 알게된다. 버든이 무관심 하게 그러나 정확하게 밝혀낸 이 역사의 단편적 사실 들은 버든이 보기엔 서로가 관련이 없는 존재들이다.

그러나 버든이 조사해 낸 이 자료를 윌리가 이용하
여 부정과 타협이라곤 조금도 용납 못하는 의사 애덤
을 환멸시킨 나머지 애덤은 윌리의 뜻대로 그의 이름
으로 설립되는 병원의 책임자가 된다. 뿐만 아니라 버
든은 윌리의 지시대로 이 역사적 사실을 가지고 어윈
을 협박하여 꼿꼿하기로 이름난 판사는 희미한 옛 사
실을 인정하고 자살한다. 어윈 판사의 자살에 잭의 어
머니는 그가 부친을 죽음으로 몰아넣었다는 청천벽력
의 진실을 외친다. 한편, 누이 동생 앤(Anne Stanton)
이 자기가 경멸하는 윌리의 정부(情婦)가 된 것을 전
해 들은 애덤은 그 길로 윌리를 쏘고 자신은 사살 당
한다. 이같은 일련의 사건을 통해 잭은 인간이 혼자
고립되어 살수는 없으며 한 사건은 다른 것과 긴밀하
게 관련되어 있다는 사실을 깨닫고, 소시적부터 망설
여오던 앤에게 청혼하고 판사가 물려준 집에서 이제는
이해할수 있게된 캐스에 관한 논문을 준비한다. 오만
과 순수를 지키려고 스스로 고립해 살던 재크가 자신
이 모르는 사이에 이미 죄에 가담된 것을 깨닫고 책임
을 지는 사회구성인으로의 자세를 정비 하는 것이다.

　맬러머드(Bernard Malamud 1918—)는 유대적 배경
에, 유대인을 주인공으로, 유대인의 이야기를 씀으
로서 전 인류의 이야기를, 인간조건을 깊숙히 다루고
있다. 같은 유대작가 벨로우(Saul Bellow, 1915—)
보다는 덜 화려하고 덜 지적이요, 로스(Philip Roth,
1933—)보다는 덜 재미있고 날카롭지만, 맬러머드의
작품 세계는 그러므로 해서 더욱 든든하고 일관적인
특징을 보이고 있다.

　그의 명작 『점원 The Assistant』(1957)은 두 인물에

대한 이야기이다. 초반은 식품점을 경영하는 운수 나
쁜 유대 노인 모리스(Morris Bober)를 등장시켜 인간
의 선성(善性)을 끝없이 믿고 누구에게나 외상을 주는
데서 오는 어려움을 묘사하고 있다. 후반은 강도로 변
하여 그 식품점을 털고 속죄하기 위해 그 가게에 나타
난 프랭크(Frank Alpine)의 이야기이다. 그는 해가 갈
수록 쪼들어가는 가게를 위해 헌신적으로 봉사한다.
모리스의 딸 헬렌(Helen)에게 매력을 느끼나 거절당하
고 모리스가 죽은 후에도 계속 가게를 돌봐주며 할례
를 받고 진정한 모리스의 아들이 된다. 고립된 성인
(聖人)의 뒤를 밟으려는 프랭크의 결심이다.

1966년에 나온 대작 『수선공 The Fixer』은 저자는
「배짱좋고 승리로운 책으로 의도한 것이지 패배나 비
탄의 작품이 아니다」라고 한다. 이 작품도 또한 『점
원』처럼 고통감수와 인내에 대한 작품이다. 러시아
계 유대인 막일꾼 야코브(Yakov Bok)는 종교적 전통
과 아내의 소망에도 불구하고 자신의 부락(Shtetl)을
떠나 혁명이전의 키에브(Kiev)로 간다. 여기서 그는
어리석게도 일하며 살기위해 자신의 신분을 감추고
있다가 남자 어린이를 종교적 의식을 위해 살해한 혐
의로서 체포된다. 작품의 반 이상 가량이 재판받
기 이전의 2년 반 동안 야코브가 완강하게 견뎌내
는 것으로 이루어져 있다. 야코브는 잔인한 감금기
간 중 고통을 받으면서도 「고통의 맛은 지긋지긋 하
지만, 내가 고통을 받아야만 한다면 무언가 의미있
는 고통이 되도록 해 주오」(I hate the taste of it,
but if I must suffer let it be for something)」라고 말한다.
이와 같이 맬러머드의 "유대인 임"은 감옥과 직결

되어 있다. 감옥은 인간의 조건 특히 유대인의 조건
에 더 할 수 없는 완전한 상징이다. 은유적으로 감
옥이란 인생의 의무와 한계성을 수락한다는 것이다.
따라서 이이로니칼하게도 감금은 자유가 될 수도 있
다. 유대인의 의미는 의무를 받아들이고 다른 사람
의 고통에 함께 괴로워하고 스스로의 고통으로부터
배우는 것을 포함한다.

B. 20세기의 詩

미국의 현대시가 본격적인 활동을 하기 전에 19세
기와 20세기를 연결하는 시인이 있었으니 그는 더
없는 불운에 태어나 인간의 본성과 운명을 고찰한 로
빈슨(Edwin Arlington Robinson, 1869—1935)이다. 침울
하고 내성적인 면에서 청교도 조상을 연상시키며 도
덕적 충동의 세심한 분석과 정신적 비극에 대한 예
민성등은 호손과 유사하다. 또한 개인주의적 입장
에서나 사실을 중시하는 태도, 표현이 검약한 점에
서는 에머슨과 디킨슨을 연상시킨다. 에머슨의 철저
한 악의 존재 무시가 디킨슨에 와서 악의 힘을 조용
히 인정하는 철학이 되었다하면 로빈슨에 와서는 인
생을 좌지우지하는 그 힘에 절망을 하고 있다.

로빈슨은 심리적인 시를 썼으며 환상(illusion) 너머
의 영원한 빛을 추구하는 상태이다. 잘 알려진 「미니
버 치비 Miniver Cheevy」(1910)는 빈정대는 자화상
으로 세상에 태어난 것을 한탄하고 지나간 옛 것, 중
세적인 미와 가치를 애호하고 현세의 필요를 경멸
하면서도 그 때문에 고통받는 미니버를 묘사하고

있다.

Miniver scorned the gold he sought,
　But sore annoyed was he without it;
Miniver thought, and thought, and thought,
　And thought about it.

Miniver Cheevy, born too late,
　Scratched his head and kept on thinking;
Miniver coughed, and called it fate,
　And kept on drinking.

미니버는 부를 구하면서 경멸했네,
　그러나 돈 없이는 몹씨 괴로웠네.
미니버는 거듭거듭 생각만 했네,
　그리고 또 생각했네.

너무 늦게 태어난 미니버 치비,
　머리를 긁적이며 계속 생각했네,
미니버는 단념하고 운명이라 했네,
　그리고는 술을 계속 마셔댔네.
　　　　　　　　　　(필자 역)

또한 「리처드 코리 Richard Cory」에서는 이와 대
조적으로, 세상의 기준으로 크게 성공하여 부러움을
받는 바로 그 당사자가 밑도 끝도 없이 자살한다고
묘사하여 세속적인 성공에 대한 신랄한 비평을 가하
고 있다.

Whenever Richard Cory went down town,

We people on the pavement looked at him;
He was a gentleman from sole to crown,
　Clean favored, and imperially slim.
……

And he was rich yes, richer than a king,
　And admirably schooled in every grace:
In fine. we thought that he was everything
　To make us wish that we were in his place.
……

And Richard Cory, one calm summer night,
　Went home and put a bullet through his head.

리처드 코리가 시내로 갈 때마다
　우리는 포도에 서서 그를 바라보았다.
발바닥부터 머리 끝까지 신사이었고
　깨끗한 용모에 호리호리한 풍채였다.
…

게다가 부유했다——왕보다 더 부유했다.
　그리고 모든 면에 맵시 있고 세련됐다.
한마디로, 굉장한 사람이어서
　우리는 무조건 부러웠다.
…

　그런데 리처드 코리는, 어느 조용한 여름날 밤,
집에 가더니 제 머리를 쏘아버렸다.　　(이영걸역)

　미국의 현대시는 1912년을 출발점으로 한다. 시
를 애호하는 출판업자도 있었고 미국의 시가 국가적
인 생활의 일부를 감당할 때가 되었다고 강력히 믿은
자가 있었기 때문이다. 먼로우(Harriet Monroe)는 자
신이 시인이 되고자 한 여성으로 시의 이같은 역할

을 위해 시카고에서 시 애호가들을 찾아 설득, 1912
년 가을에 『시가 *Potry: A Magazine of Verse*』를 창
간하는데 성공했다. 당시 영국에 머물고 있던 에즈
러 파운드(Ezra Pound 1885—1972)가 적극 도움으로
서 이 잡지는 지방성을 벗어나서 국제적인 운동의 근
거지가 되었다. 이 잡지에 작품을 발표한 시인이 주
요인물이 되었음은 말할 것도 없다.

「시카고파 Chicago School」로 알려진 시인 중에 **샌드
버그** (Carl Sandburg, 1878—1967)는 휘트먼의 영향을
보인다. 후기 휘트먼이 「자아의 노래」에서 "하고프
면 언제고 모자를 쓰네, 집밖이든 안이든" 한 것
처럼 샌드버그는 「셔츠 Shirt」라는 시에서 「나는 셔
츠를 벗어서 찢어버릴 수도 있고 …· 언제나 입고 있
을 수도 있네」 라고 노래하고 있다. 휘트먼이 직접
경험하지 못한 미국을 직관으로 인지했다고 한다면
샌드버그는 속속들이 느낌으로 알고 있었다고 할 것
이다. 그는 잔인하나 왕성한 현실을 받아들이고 사
회적 단위로서의 집합적인 성격을 긍정적으로 수용한
다. 따라서 그의 시는 현실의 힘이 나타나고 사회적
암시가 깃들어 있다. 「시카고 Chicago」(1914)라는 시
를 보면

> Hog Butcher for the World,
> Tool Maker, Stacker of Wheat,
> Player with Railroads and the Nation's Freight
>   Handler;
>   Stormy, husky, brawling,
>   City of the Big Shoulders:

세계를 위해 돼지를 도살하며
연장을 제조하며, 밀을 쌓으며
철로를 희롱하며, 전국의 화물을 운송하는 자.
격렬하고 건장하고 요란한
넓은 어깨의 도시.   (이영걸역)

라고 하여 성장하는 미국 소도시의 거칠고 잔인한
현실을 봄과 동시에 한편으로는 활력과 온기도 평행
시키고 있다.

하트 크레인(Hart Crane, 1899-1932)은 샌드버그
와 비교할 때 공통점으로는 휘트먼의 태도를 이어
받아 비존에 관심이 있고 기계시대의 현실을 받아들이
고자 한다는 점이요, 다른 점은 샌드버그가 미국의
현실은 당연히 절대적 가치를 가지고 있으며 시인이
함께 자라나온 것이라 생각함에 반하여 크레인은 프
랑스의 상징주의자들과 친숙해 있다가 미국의 현실
을 나중에 발견해야 했으므로 지적인 노력을 통해서
이를 받아들인다. 그래서 그의 시가 더 복잡하다.

에머슨과 소로를 수호신으로 하는 프로스트(Robert
Frost, 1874—1963)는 인간성에 대한 청교도적인 불신
을 가지고 있어, 이 점에서 에머슨보다는 호손에 가
깝다고 보아진다. 프로스트에게는 자연의 현상이 어
둡고 위협적인 신비를 상징한다. 「디자인 Design」이라
는 소네트를 보면 흰 거미가 흰 만병초에 흰 거미줄
에 흰 나방이 걸려있음을 묘사하면서

What but design of a darkness to appall?——

If design govern in a thing so small.

겁내주려는 어둠의 계획이 아니고 무엇이겠는가?
그런 작은 것에도 계획이 다스린다면.

하고 결론짓는다. 하늘의 섭리에는 무엇인가 인간의
정신력으로는 완전히 알 수 없는 것이 있지 않은가
하고 묻고있는 것이다.

　프로스트의 시에서는 모순되는 요소가 종종 같이
있음을 보게된다. 공포, 격리, 불연속감이 있는가 하
면 신의, 사랑, 연속성 또한 발견된다. 「담장고치기
Mending Wall」를 보면

Something there is that doesn't love a wall,
That sends the frozen-ground swell under it,
And spills the upper boulders in the sun;

담장을 싫어하는 무엇이 있어
그 아래 언 땅을 부풀게 하여
위에 있는 돌멩이들을 햇빛 속에 쏟아뜨린다.
(이영걸역)

즉 혼자 있어 격리 되려는 가치와 좀 더 이웃과 가
까워지려는 희망이 나란히 존재하고 전통에 대한 두
가지 반대되는 태도가 있음을 볼 수 있다.

　프로스트는 뉴 잉글런드의 자연에 집중하여, 버
려진 것이나 하잘 것 없는 것을 소재로 잘 다루었는
데 이같이 시의 착상은 단순하나 우리는 곧 시인에
이끌려 무리없이 철학적 사색으로 빠져들고 있음을

알게 된다. 애송되는 시는 「눈 내리는 저녁 숲가에
서서 Stopping by Woods on a Snowy Evening」(1923)
를 예로 들 수 있겠다.

> Whose woods these are I think I know.
> His house is 'in the village though;
> He will not see me stopping here
> To watch his woods fill up with snow.
>
> My little horse must think it queer
> To stop without a farmhouse near
> Between the woods and frozen lake
> The darkest evening of the year.
>
> He gives his harness bells a shake
> To ask if there is some mistake.
> The only other sound's the sweep
> Of easy wind and downy flake.
>
> The woods are lovely, dark and deep.
> But I have promises to keep,
> And miles to go before I sleep,
> And miles to go before I sleep.

> 이 숲의 주인을 나는 알 것 같다
> 그러나 그의 집은 마을에 있어
> 자기 숲에 쌓이는 눈을
> 나 여기 서 바라봄을 그는 모르리.

나의 작은 말도 이상하게 생각하리
근처에 농가도 없는 곳에 멈추는 나를,
한 해의 가장 어두운 저녁
숲과 얼어붙은 호수 사이에.

그는 마구에 달린 방울을 한번 흔든다.
무슨 일이 있느냐는 듯이
그 외에 나는 것은
느슨한 바람따라 눈송이 쓸리는 소리.

숲은 아름답고 어둡고 깊다.
허나 지켜야 할 약속이 있고
잠들기 전 몇 마일을 가야만 한다.
잠들기 전 몇 마일을 가야만 한다.　　　(이영걸역)

시의 소재는 과연 단순하다. 그러나 그 의미는 그
리 간단한 것만은 아니다. 첫 연에서 우리는 민감한
자와 둔감한 자의 대조를 얻는다. 숲의 주인은 날씨
가 추우니 문을 걸어 잠그고 멀리 집안에 쉬고 있어
숲은 실제적인 용도──땔 나무라는 것──이외에는
의미가 없다. 두 번째 연에서 우리는 말과 인간의 대
조를 본다. 말도 숲의 주인과 마찬가지로 실제적인
이유없이 숲을 보느라 멈추어선 주인을 이해할 수가
없다. 그러므로 이렇게 멈추어 선 것은 인간 특유의
행동이다. 제 4 연에서 시는 결정적인 요점으로 발전
한다. 시인이 보고있는 숲은 아름답긴 하나 어둡고
깊다. 숲의 미는 행동과 의무를 저버릴 것을 요구하
기 때문이다. 그러나 행동이 수반되지 않는 미는 의
미가 없다. 그러므로 길 가에 멈추어 미를 관상하는

것은 짐승과 인간의 다른 점이나, 여기서 멈추어 행
동과 의무의 세계를 저버린다면 이 또한 진정한 인간
이 못된다. 우리는 이 두가지를 동시에 초월하는 데서
참 인간다움을 발견난다는 것이다. 프로스트의 시에
서 우리는 자주 이 주제가 반복되는 것을 볼 수 있다.

1908년에서 1912년 사이 런던이 새로운 미국시 운
동의 활발한 중심지가 되었다. 이 운동을 이름하여
이미지즘(Imagism)이라한다. 내거는 표제는 첫째,
일상 언어를 쓴다. 둘째, 새로운 기분을 표현하기 위
해 새로운 리듬을 창조한다. 셋째, 소재에 절대적 자
유를 부여한다. 넷째, 이미지(image)를 제시한다. 다
섯째, 견고하고 명쾌한 시를 쓸 것. 여섯째, 시는 집
중이 본질임을 인지할 것 등이다. 결점은 심오한 정
서나 수반된 사상을 무게있게 표현할 수는 없고 동사
가 부족하므로 동적인 감정이 결여되며 이미지가 단순
한 표현으로만 쓰이고 그 상징적인 면이 소홀하게 된
다는 것이다. 이미지란 파운드의 정의에 의하면 「순
간의 지적이고 정서적인 복합체를 나타내는 것(that
which presents an intellectual and emotional complex in
an instant of time)」이다. 파운드는 짧은 시 「지하철
역에서 In a Station of the Metro」(1916)를 내면서 이
시가 이미지즘의 특질적인 창작과정을 거치고 있음
을 설명하고 있다.

The apparition of these faces in the crowd:
Petals, on a wet, black bough.

무리(群)속에 홀연한 어 두 얼굴.
젖어 검은 가지에 핀 꽃잎일세.

(필자 역)

파운드에 의하면 이 시는 지하철 역에서 내릴 때
아름다운 얼굴을 보고 그 돌연한 정서에 표현할 말
을 찾지 못하다가 겨우 색채로서의 표현을 찾았다고
한다. 그는 이미지가 장식으로만 쓰였던 시의 전
통에서 벗어나 이미지즘에서는 이미지 자체가 말
(speech)이며 또한 형성된 언어 이상의 말이라고 주
장하고 있다.

파운드(Ezra Pound, 1885—1972)는 중세문학과 동양
문학에 관심을 두었고 그의 시는 대개 문화적 가치
를 진단하는 내용이다. 훌륭한 과거의 찬란한 문화를
찬양하고 이제는 조야하고 타락된 문화를 비판한다.
이상사회와 건전한 문화에 대한 파운드의 관심은 『휴
우 셀윈 모벌리 *Hugh Selwyn Mauberley*』(1920)에 명
쾌히 나타나 있다. 이것은 라파엘전파 시인으로부터
제 1 차 대전까지의 런던의 문학·예술사의 응축이다.
런던이 대표하는 현대문명은 예술가를 위한 사회가
없다. 고전과 예술품이 그저 가치있는 골동품이나 진
기품으로만 보이는 문명, 그들이 의미하는 바를 알
아 볼 능력이 없는 문명, 스스로의 문학과 예술을 창
조해 낼 수 없는 문명은 실상 "금간 문명(a botched
civilization)"이다. 파운드는 그 다음에 나온 『칸토
Cantos』에서도 그러한 것같이 독자에게 과중한 요구를
한다. 파운드는 세상사람들이 자기의 생활과 지식을
함께 하고 있다고, 즉, 독자가 시인의 친구들을 알고
당시의 역사를 읽어 알고 있으며 시인이 읽은 것은 독

자도 모두 읽었고 문학적 시사도 다 알 수 있다고 당
연시 하고 있다는 것이다. 작가가 겪은 것을 독자를
위해 재창조해야 작품이 이해된다는 것을 파운드는
무시한 것 같다.

문화적인 상황에 대해 파운드와 같은 생각을 하고
있으나 처방은 다른 시인이 스티븐즈(Wallace Stevens,
1879—1955)이다. 불신시대에 시인이 할 일은 자기나
름대로 신의에 대한 만족을 충족시키는 것이라는 그
의 주장은 「일요일 아침 Sunday Morning」(1923)에 잘
나타나 있다. 인간은 자신의 인간적 자력(資力)과 정
신력에서 문화적 위기와 싸우는데 필요한 모든 것을
발견할 수 있다는 것이다.

랜섬(John Crowe Ransom, 1888—1974) 역시 앞에서
얘기한 20세기의 다른 시인들과 같이 문화적 위기
에 대해 관심을 가지고 있었다. 테이트(Allen Tate,
1899 -), 워런(Robert Penn Warren, 1905 - 89), 브룩스
(Cleanth Brooks, 1906—) 로우월(Robert Lowell, 1917—),
재럴(Randall Jarrell, 1914—65)등 훌륭한 시인 및 비
평가들을 길러내어 유명하기도 한 랜섬은 「방향감각
이 없는 사람 Man Without Sense of Direction」에서 용
감한 자가 진짜 거인을 상대하다가 명예로운 패배를
당했다고 말하는 것도 서글픈 일이지만 더욱 기막힌
것은 사지가 멀쩡한 사람이 자신이 누구인지, 목적
이 무엇인지도 모르고 남자로서 의무를 수행하지 못
하는 것이라고 말하고 있다. 랜섬이 동시대 시인들
보다 뛰어난 것은 그의 절제된 예술성(principled art-
istry)에 있다. 그의 연애시라 할 수 있는 「겨울 회상

Winter Remembered」이 그 단적인 예이다. 각각 경험해도 흉악한 두 가지의 악이 화자(話者)를 괴롭히고 있다. ──마음 속의 허전함과 겨울의 혹독한 날씨이다. 비록 불을 피우고 바람을 막아서 몸은 따뜻하지만 이 따뜻함이 오히려 내적인 허전함을 상기시킨다. 그래서

Better to walk forth in the frozen air
And wash my wound in the snows; that would be
 healing;
Because my heart would throb less painful there,
Being caked with cold, and past the smart of feeling.

차라리 얼어붙는 추위 속을 걸어서
상처를 눈에 씻으면 나으리라.
가슴이 추위에 감각을 잃으니
덜 고통스러울테니까.

(필자 역)

「존 화이트사이드의 영양(令孃)을 위한 조종(弔鍾)
Bells for John Whiteside's Daughter」(1924)에서도 화자(話者)는 소녀의 죽음에서 어떤 거리를 유지하고 있다. 작은 몸으로 날렵하게 지칠줄 모르고 주위를 소란케하던 소녀가 갑자기 고요해진(still) 것에 대해 놀라거나 압도당한 것이 아니라 언짢아하고(vexed) 있다.

C. 20세기의 戱曲

미국극계(美國劇界)는 뒤늦은 발전을 보인다. 19세

기에는 주로 영국과 프랑스의 극작품이나 소설을 극
화한 것을 상연하였고 20세기 초에도 대체로 가벼
운 드라마가 우세, 완전한 상업성을 탈피하지 못하
였다. 그러므로 실험성이나 사회적 이단이 보이는 작
품은 상연하지 않고 혹은 받아들여지드라도 대다수
의 취향에 맞게 수정되는 것이 상례였다.

그러나 1915년 워싱톤 광장 극단(the Washington
Square Players)과 프로빈스타운 극단(劇團)(the Provin-
cetown Players)이 결성되고 이들은 상업적 무대에
반발, 좀 더 높은 예술적 수준으로 드라마를 끌어
올리는 데 성공하였다. 사회문제와 심리분석 등의
주제를 담기위해 표현주의와 과격한 사실주의가 새
로운 양식(樣式)으로 시도되었다. 현실 용인에 기
초한 견지와 경험세계를 너머 가치를 추구하는 견
지간의 갈등같은 양립할 수 없는 인생관은 필연
적으로 드라마의 형태를 빌려 나타나게 된 것이다.
이러한 갈등을 가장 힘있게 극으로 표현한 사람이 유
진 오닐(Eugne O'Neill, 1888—1953)이다. 『위대한 신
브라운 The Great God Brown』(1926)에서 오닐은 인간
이 현저한 비극적 입장에 처해 있음을 말하고 있다.
즉 인간이 관습의 길을 따르면 그는 비생산적이요,
사랑도 받지 못하나, 그렇다고 이 세계를 탈출하려 하
면 멸하고 만다. 그러나 반대로 자신의 예민하고 상
조적인 본능을 따르면 관습의 세계로부터 오해받거
나 심하면 고통을 당할 것이요, 그렇다고 속세에 적
응하려해도 역시 멸할 것이라는 인간성의 갈등을 다
루고 있다.

1916년에서 1933년까지 줄곧 극계에 작품을 낸 오

넓은 소재면에서나 스타일면에서 누구보다 다양하지만 기본 주제는 크게 다르지 않다. 같은 시대인 포크너의 인물들처럼 오닐의 주인공들로 어떤 피할 수 없는 운명감, 오만한 행위나 냉혹한 실패에 대한 회오감에 쫓기고 있다. 포크너와 같이 오닐도 삶이 환멸과 죄악으로 오염되어 있다고 보았다. 오닐은 이 점에서 고뇌에 찬 영혼을 다룬 호손과 멜빌의 후예이다. 이들처럼 오닐도 미국인의 생활에서 어두운 줄기를 발견했고 그 근원을 적으려고 애썼다고 생각된다.

오닐의 비극적 인간관은 풍부한 희랍비극 지식에 힘 입어 고대의 틀에 현대 심리적 해석을 가미한다. 그의 『느릅나무 아래의 욕망 Desire Under the Elms』(1924)은 의붓아들에 대한 피드러(Phaedra)의 숙명적 사랑의 비극인 유리피데스(Euripides)작 『히폴리터스 Hippolytus』에 바탕을 두고 있다. 고대 희랍작가들처럼 오닐 또한 멋대로의 정열에 의한 파국을 다루고 있으나 더 나아가서 현대 심리적인 이해를 더하고 있다. 캐보트(Cabot)영감의 셋째 부인 애비(Abbie)는 의붓아들 이벤(Eben)에 대해 모성애(maternal love)와 성욕(lust)을 동시에 느낀다. 이벤은 오이디푸스 콤플렉스(Oedipus Complex)의 전형적인 모델로 모친의 사랑과 남성적 지배력을 놓고 아버지와 경합하는 입장에 서 있음을 본다. 인간의 재산에 대한 탐욕과 정욕 그리고 증오심이 작품 전편에 흐른다.

『상복(喪服)이 어울리는 엘렉트라 Mourning Becomes Electra』(1929) 또한 희랍의 비극적 전설에 뿌리를 두고 인물 성격의 심리적 해석을 보이고 있다. 아이스퀼로스(Aeschylos, 525—456 B.C.)의 『오레스테스 3 부작 *Oresteia*』이 그 모체이다. 제 1 부 『아가멤논 *Agamem-non*』에서는 위대한 장군이 트로이 전쟁(Trojan War)에서 승리하여 돌아오나 귀가한 첫 날 부인 클리템네스트라(Clytemnestra)와 정부(情夫)에 의해 살해된다. 제 2 부 『제주(祭酒)운반자 *Choephoroe*』에서는 아가멤논의 아들 오레스테스(Orestes)가 7 년만에 돌아오고 누이 엘렉트라(Electra)의 도움을 받아 모친과 정부를 죽인다. 제 3 부에서는 죄의식으로 돌다시피 한 오레스테스가 신의 도움을 구하나, 신들은 아테네 시민의 법정에 그를 넘기고 드디어 평화가 온다는 내용이다. 오닐은 이러한 사건을 충실히 따르고 있으면서도 강조하는 바와 주제에 있어 크게 다르다. 오레스테스에 대응하는 오린(Orin)의 오이디프스 콤플렉스, 엘렉트라에 대응하는 러비니어(Lavinia)의 엘렉트라 콤플렉스등 프로이드식 심리학(Freudian Psychology)를 써서 희랍비극에서의 신의 의지가 아닌 현대 미국가정 매논(Mannon)가의 잠재의식속에 〈성격적으로〉 저주가 내리고 있음을 파헤치고 있다.

자서전적인 작품 『밤으로의 긴 여로 *Long Day's Journey into Night*』는 1940 년에 완성했으나 작가의 희망에 따라 오닐이 죽은 후 1956 년에 초연되었다. 작품에 등장하는 타이론가(the Tyrones)는 곧 오닐가의 가족구성원과 동일하고 문제의식도 동일하다. 유진 오닐의 부친은 제임즈 오닐(James O'Neill)로 『몬테 크리스토 백작 *The Count of Monte Cristo*』에서의 주역으로 성공적인 배우였고 아일랜드 카톨릭계 집안의 모친은 공연에 따르는 계속적인 기차여행과 이류 호텔

로의 전전등 고된 생활 끝에 둘째인 에드먼드(Edmund)
를 18개월 만에 잃게 되었다. 그 후부터 모친은 남
편을 탓하고 자신의 죄의식을 느끼고 있었는데 1888
년 유진을 뉴욕의 한 호텔에서 낳을 때 난산(難産)이
었던 고로 복용한 몰핀때문에 일생 그 환자가 되었
다. 이 작품에서 타이론 부인(Mrs. Tyrone)은 약물
중독자가 되어 현실을 대하기가 힘들 때마다 진통제
를 찾는다. 제임즈 타이론(James Tyrone)과 두 아들
제이미(Jamie)와 에드먼드(Edmund)는 술을 빌려 문
제점을 논하고 서로를 비난한다. 4식구 모두가 과
거에 매여있다.

오닐이 다룬 긴장감에 휩싸인 가족과 환상의 주제
는 다음에 오는 극작가들에게 깊은 영향을 주었다.
1차 대전 후의 윌리엄즈나 밀러, 60년대의 올비가
이러한 주제를 다루고 있음은 오닐의 영향을 입증한
다 하겠다.

2차 대전 후에 환상과 현실의 주제를 시적으로 아
름답게 그려낸 작품이 **테네시 윌리엄즈**(Tennessee
Williams, 1914—)의『유리 동물원 *The Glass Menagerie*』
(1944)이다. 작가는 산업화에 밀리고 미국 남부의 몰
락해가는 문화에 갇혀 꼼짝 못 하는 인물들을 취급하
고 있으므로, 이들을 몰아세우는 가차없는 현실과 인
물들이 간직하고 있는 환상의 갈등이 필연적인 주제로
나타나고 있는 것이다. 『유리동물원』을 세인트 루이
스에서의 어린 시절을 취한 자서전적 드라마이다. 남
편에게서 버림받고 어쩔 수 없이 중하류 생활을 하는
윙필드 부인 (Mrs. Amanda Wingfield)은 도저히 현
실을 직시할 수 없어 과거 화려했던 처녀 시절 환상

의 세계로 빠져든다. 아이들을 무척 사랑하지만 극
성맞은 어머니여서 오히려 심리적인 부담을 준다. 딸
로라(Laura)는 다리를 절고 또한 열등의식에 사로잡
혀 몹씨 수줍음을 탄다. 그를 결혼시키려는 윙필드
부인의 성화에 못이겨 노력은 하나 바로 다시 자신
의 상상의 세계——수집한 동물인형들의 세계——로
도피한다. 시인이 되고저하는 아들 톰(Tom)은 가족
의 생계를 담당해야 하는 환경 속에서 좌절을 느
끼며 끝내 그의 아버지처럼 도망하고 만다. 윌리엄
즈는 몰락해가는 남부의 귀족층이 자기의 특색을 잃
고 자기를 찾지못해 윤락해가는 그런 과정을 다루고
있다.

『욕망이라는 이름의 전차 *A Streetcar Named Desire*』
(1948)에서는 현실과 환상의 대조는 더욱 명백하다.
두 자매 가운데 동생 스텔라(Stella Kowalski)는 노동
자와 결혼하여 때로 거칠기는 하지만 대체적으로 육
체적인 매력을 느껴 행복한 생활을 한다. 현실에 잘
적응하는 좋은 예다. 반대로 그녀의 언니 블랑슈
(Blanche DuBois)는 부, 사치, 사회적 성공, 좋은 연
줄, 우아한 생활등 모든 환상을 추구했으나 모든 면에
서 실패했다고 느낀다. 동생의 집에 와서 안정을 찾으
나 욕망때문에 정신이상에 종착(終着)하게 된다. 블랑
슈와 스텔라의 남편 스탠리(Stanley)는 각기 복잡하고
내면적인 이상주의와 공공연한 성욕, 또 극도로 세련
된 점잖음과 고의적인 조야성을 대조하여 나타낸다.
스탠리가 보기에 블랑슈는 가짜요 위선이다. 그러나
블랑슈는 또한 문화적 가치와 목표를 나타내고 이런
것은 신체적 욕망을 알지 않고는 가능치 않다는 것을

지적하고 있다.

꿈과 현실의 갈등은 **밀러**(Arthur Miller, 1915—)에
서도 발견된다. 단지 윌리엄즈가 남부를 주요 배경
으로 삼은 것과는 달리 밀러는 뉴 잉글런드 지방을
중심으로 하고있다. 대표작 『세일즈맨의 죽음 *Death
of a Salesman*』(1949)에서 주인공 로우먼(Willy Lom-
an)은 60세의 세일즈맨으로 심한 좌절감과 피로감에
시달리고 있다. 그 하나는 자신이 세일즈맨으로 성
공하지 못했다는 데서 오는 좌절이요, 다른 하나는
큰 아들 비프(Biff)에 대한 실망이다. 윌리 로우먼
은 우리가 드라이저나 피츠제럴드에서 보았던 잘못
된 성공의 개념을 가지고 있다. 그는 부와 지위가 성
공의 지표이며 그것을 결정짓는 것은 인기(being well-
liked)라고 믿는다. 그가 어렸을 때 꿈 꾼 이상적이고
성공적인 세일즈맨 상(像)은 시대가 급변하는 현실세계
에 부합될 수 없다는 것을 깨닫지 못한다. 그는 또한
비프에 대해서도 그의 성격과 능력을 과대평가하고
잘못 인도함으로써 아들의 장래에 영향을 주게된다.
뛰어날 것도 없는 보통 인간(a common man) 윌리 로우
먼의 비극은 자신의 좌절과 아들의 실패 가운데 인간
으로서의 위엄을 잃지 않고 죽음을 택하는 데 있다.

현대로 와서 두드러진 미국 극작가로는 **올비**(Edward
Albee, 1928—)를 꼽을 수 있겠다. 그는 오닐이나 윌
리엄즈, 밀러가 다루었던 현실과 환상의 주제를 또
한 작품에 반영함으로서 미희곡의 전통을 계승한다
하겠으나, 수법에 있어서는 새로운 전기를 마련하여
소위 「부조리 연극(the Theatre of the Absurd)」을 선

보인다. 부조리 연극이라 함은 인간의 현실 적응을
어렵게 하고 실망시키는 원인이 환상이나 착각에 있
다고 보고 이로 부터 인간을 해방시켜 인간이 인간
의 조건을 사실대로 직면하게 하는데 그 목적이 있
다. 그들은 인간의 위엄이란 현실의 무의미함을 인
간이 용감히 대면할 뿐 아니라 얼마든지 두려움 없
이 환상의 도움을 받지않고 받아들이고 웃어버릴 수
있는 그런 능력에 있다고 믿기 때문이다.

올비의 『동물원 이야기 *The Zoo Story*』(1960)는 피
터(Peter)와 제리(Jerry)라는 두 인물을 등장시켜 대
도시의 공동문제인 「고립」의 문제를 제시하고 있다.
이오네스코(Eugene Ionesco, 1912—)나 베켓트(Samu-
el Beckett, 1906—   ), 즈네(Jean Genet, 1910—)
가 심오한 철학적 주제로 다룬 바 있는 현대의 사회
문제——언어의 붕괴, 환상적 회피, 동료 인간으로
부터의 소외감, 살아있는 인간이 다같이 느끼고 있
는 절박한 외로움을 이 작품에서 다루고 있는 것이
다. 피터는 곧잘 가는 공원 벤치에서 책을 보다가 동
물원에서 지금 막 오는 길이라는 제리라는 청년을 만
나 내키지 않는 대화를 나누게 된다. 둘의 이야기에
서 우리는 피터는 딸만 있는 가장이요, 생활에 여유
가 있으며 제리는 부모도 없는 독신이요, 가난하고
정착이 되지 않았음을 알게 된다. 제리는 동물원에
서 생긴 일을 말해 주겠다고 하고는 갑자기 화난 목
소리로 피터에게 벤치의 자리를 양보하라고 요구한
다. 벤치 가로 밀린 피터는 드디어 자기의 체면을
지키려하고 제리는 칼을 꺼내어 던지며 집으라고 고집
한다. 결국 자기 방어를 하려고 칼을 내어 민 피터

에게 엎어지면서 제리는 죽음을 맞으며 피터 에게
빨리 자리를 뜰 것을 지시하고 바로 이것이 동물원
에서 생겼던 일이라고 말한다.

제리와 피터는 사회·경제적 극단을 대변할 뿐 아
니라 정서적으로 대조를 이룬다. 피터는 책이나 읽
으며 간접적인 경험으로 만족하는 반면에 제리는 좀
더 깊은, 직접적인 경험을 요구하고 있는 것이다. 이
러한 대조감과 더불어 극 전체에 흐르고 있는 절실
한 느낌은 외로움과 단절된 대화이다.

올비의 첫 번 브로드웨이(Broadway) 성공작은 장
막극 『누가 버지니아 울프를 두려워 하랴 *Who's Af-
raid of Virginia Woolf?*』(1962)로 「누가 커다란 못된
늑대를 겁내랴(Who's Afraid of the Big Bad Wolf?)」를
술김에 변조한 귀절임을 보면 양성(兩性)간의 갈등을
품고 있음을 알 수 있다. 영국 엘리자베스 시대의 인
기 주제였던 양성간의 투쟁을 무대에 새로이 올렸다는
점에서 역사적 의의를 찾기도 한다. 두 커플의 대화
를 통해 4사람의 가면이 한 꺼풀씩 벗어짐을 보게 된
다. 사학과 교수인 조지(George)와 마아사(Martha)
부부는 게임을 즐기며 아이를 못 낳는 현실이 주는 두
려움을 회피하기 위해 심지어는 가상의 아들까지 꾸
며낸다. 그들을 방문 중인 생물학 교수 닉(Nick)
과 허니(Honey)부부는 임신한 줄 알고 결혼했으나 아
직까지 아이는 없고 사실은 부인이 임신을 기피하고
있었다는 사실들이 드러난다. 또한 두 부부의 결혼
동기도 각자 사소한 이해와 이기심이 작용했음을 보
게된다. 그러나 이들의 기대가 실망으로 변하자 현
실을 기피하는 증세가 심해지는 것인데 이를 과감히

벗겨내는 올비의 작품에서 우리는 현대인의 문제를
공감할 수 있다.

著者略歷

정 병 조
- 일본 법정대학 영문과 및 서울대 대학원 영문과 졸업
- 전 성균관대학교 교수
- 편저 : 영한대사전 외 다수
- 역서 : 귀향, 운명의 장난, Hardy 단편선 외 다수

이 재 호
- 서울대 문리대 및 동 대학원 영문과 졸업
- 영국 엑시터(Exeter)대학교 수학
- 성균관대학교 교수(현)
- 역서 : 장미와 나이팅게일(영미시집), 문학개론(공역),
  서양문학비평사(공역), The Bible(역주)외 다수
- 저서 : T.S.엘리어트(공저)

정 진 수
- 서강대 영문과 졸업
- 일리노이(Illinois)대학원 연극과 졸업
- 성균관대학교 교수(현)
- 역서 : 현대 연극의 사조(홍성사) 외 희곡 작품 번역 다수

이 영 옥
- 이화여대 영문과 졸업
- 미국 하와이 대학교 박사학위 취득
- 미국 채프만대(Chapman College)조교수 역임
- 성균관대학교 교수(현)
- 저서 : 호손(Hawthorne)과 R.P. Warren의 작품에
  나타난 비극적 주제 비교(학위논문) 외 논문 다수
- 역서 : 미국 민주주의의 문화사 외

普蘤교양신서 영미문학입문

1983년 2월 10일 1판 1쇄 / 2004년 3월 30일 1판 4쇄

지은이 정병조 · 이재호 · 이영옥 · 정진수
펴낸이 서정돈 **펴낸곳** 성균관대학교 출판부
등록 1975년 5월 21일 제 1975-9호 **주소** 110-745 서울특별시 종로구 명륜동 3가 53
전화 02)760-1252~4 **팩스** 02)762-7452 **홈페이지** www7.skku.ac.kr/skkupress

ⓒ 1983, 정병조 · 이재호 · 이영옥 · 정진수

값 6,000원   ISBN 89-7986-034-x 04840   잘못된 책은 구입한 곳에서 교환해 드립니다.